# कर्ण
# वास्तव में कौन था?



दाजी पणशीकर

ग्रंथ अकादमी, नई दिल्ली

प्रकाशक : **ग्रंथ अकादमी**
भवन संख्या–19, पहली मंजिल, 2, अंसारी रोड, दरियागंज, नई दिल्ली–110002
 / संस्करण : प्रथम, 2024 / पेपरबैक मूल्य : तीन सौ रुपए
मुद्रक : आर–टेक ऑफसेट प्रिंटर्स, दिल्ली अनुवाद : डॉ. दत्तात्रेय क्षीरसागर

**KARNA VASTAV MEIN KAUN THA?**
*by* Shri Daji Panashikar ₹ 300.00 (PB)
Published by **GRANTH AKADEMI**
Building No. 19, First Floor, 2, Ansari Road, Daryaganj, New Delhi-110002
ISBN 978-93-92013-65-2

# कर्ण
## वास्तव में कौन था?

# प्रस्तावना

आजकल कर्ण के कीर्तिस्थान पर बृहस्पति विराजमान दिखाई देता है। हर 4-6 महीनों में उस पर एक पुस्तक प्रकाशित हो रही है। कोई नाटक लिख रहा है, तो कोई उपन्यास। जो विद्वान् हैं, वे तो लिखते ही रहते हैं। बचेखुचे, निरंकुश उपाधि वाले ललित-साहित्य लिखने वाले भी और वह भी किस तरह? मानो कर्ण एक धीरोदात्त नायक हो! मानो कर्ण यानी भगवान् ने चारुदत्त, हरिश्चंद्र जैसे विख्यात दानशूरों, राम-परशुराम जैसे शस्त्रधारियों या महान्-अनिरुद्ध जैसे सुंदर, जाने-अनजाने पुरुषों के सद्‌गुणों के निचोड़ से साँचे में ढली मूरत! ये सारे चरित्र इसी प्रकार के हैं। नाटकों के बारे में तो कहना ही क्या? आखिर उनमें नाटकीयता होगी ही। एक समय था, जब कर्ण पर लिखे तीन नाटक चल रहे थे। उन्हें देखकर यह सवाल उभरता कि भारत में कर्ण के मंदिर क्यों नहीं बने? अस्तु! इस तरह कर्ण की कीर्ति आज कल दिग्-दिगंत में फैली हुई है। अच्छी बात है कम-से-कम इस बहाने ही क्यों न हो, उसका नाम सुनाई तो पड़ रहा है! भले ही विकृत रूप में हो, लोग महाभारत का अंश ही सही, सुन तो रहे हैं! इसी में से उन्हें शुद्ध, अविकृत रूप में महाभारत पढ़ने की इच्छा जागेगी, यह भी कोई कम बात नहीं है।

यह सब देखकर एक पक्ष सामने आता है कि महान् (या प्रमाणभूत) कौन है? महाभारत के लेखक वेदव्यास या ये विद्वान् और ललित लेखक? महाभारत के सारे किरदार व्यासजी की मानसिक संतानें हैं। लेखक के नाते वे सभी उनके निकटस्थ हैं, सभी समान रूप से प्रिय। ऐसा होते हुए भी क्या व्यासजी ने कर्ण पर जान-बूझकर अन्याय किया? और, यदि हाँ, तो क्यों किया? वैसे व्यासजी ने उसके साथ अन्याय किया हो, ऐसा लगता तो नहीं है। धर्मराज या भीष्म जैसे

महापुरुषों का दोषदर्शन उन्होंने तटस्थ भाव से किया है। अश्वत्थामा-शकुनि तो स्पष्टतः अधम हैं, फिर भी उनके गुणों का बखान व्यासजी ने उसी तटस्थता से किया है। इसीलिए लेखक के रूप में वह उनकी महत्ता है। इसे देखते हुए उनके द्वारा कर्ण पर अन्याय हुआ तो यह कहना उचित नहीं होगा। कर्ण जैसा उन्हें दिखाई दिया, वैसे ही जनसामान्य को 2-3 हजार वर्षों तक दिखाई देता रहा। किंतु आज हमें व्यासजी के द्वारा दिखाया कर्ण अलग रूप में आभासित हो रहा है। इसमें आभासित शब्द का मतलब है, क्यों?

हम हिंदू थे और रहे हैं, यही उसका मूल कारण है। हिंदू शब्द भले ही नया हो, पर उसकी व्यंजना महाभारत जितनी या कहिए उससे भी पुरातन है। जब इस ग्रंथ की रचना हुई, तब हमारा समाज जिंदा था। सभी अर्थों में, सभी प्रकार से जीवित था, गतिमान था। समाज की व्यवस्था के लिए हमने एक पद्धति बनाई थी, उसका अंत नहीं हुआ था, अवशेषों में वे निखरी नहीं थी। वर्ण-व्यवस्था थी, और कठोर बंधनों के पाशों में जकड़ वह निस्तेज नहीं हुई, म्लान नहीं हुई थी। विवाह संस्था थी, पर लगता है, वह भी कठोर नहीं थी। जन्म से ही तय होने वाली जातियों की उसपर पकड़ नहीं रही थी। अकेले भीष्म को छोड़ दें, तो शेष सभी के सारे जन्म अजीबो-गरीब ही हैं। स्वयं भगवान् श्रीकृष्ण के मामा कंस की पैदाइश भी इससे अलग नहीं। इसी क्रम में स्मरण हो आया कि पांडवों का कुछ वर्णन करना है। इससे जुड़ा ये एक सुभाषित प्रसिद्ध है—

*कानीनस्य मुनेः स्वबान्धववधूवैधव्यविध्वंसिनो।*
*नप्तारः किल पञ्च गोलकसुताः कुण्डाः स्वयं पाञ्डवाः।*
*ते पञ्चापि समानजानय इदं दुःस्वप्नविध्वंसनं।*
*तेषां कीर्तनमावनन्ति मुनयो धर्मस्य सूक्ष्मा गतिः॥*

सुभाषित का अर्थ देने की जरूरत भी नहीं है, क्योंकि पांडवों की जाति और कुल के चीथड़ों को चौराहे पर धोने जैसा वह काम होगा। कानीन मुनि कौन? कानीन यानी अविवाहित कन्या से उत्पन्न कन्या जात, यानी स्वयं वेदव्यास। उसकी माँ मछुआरे की लड़की थी, जो आगे चलकर सम्राज्ञी मत्स्यगंधा के नाम से जानी गई। उसके लड़कों की त्रासदी और उसके पौत्रों का जन्म सभी को ज्ञात होने से उस पर कोई टीका-टिप्पणी करने की आवश्यकता नहीं रह जाती है। ऐसे मछुआरन और जी परिवार ऋषि से पैदा हुए, इस तरह के क्षत्रियकुल! अब बचे चार वर्णों में श्रेष्ठ ब्राहम्ण। उनका इतिहास भी इससे कुछ अधिक भिन्न नहीं है। चाहें तो समीक्षक कृपाचार्य, द्रोणाचार्य, दीर्घतमा के जन्म की घटनाओं की परखकर लें।

शत–प्रतिशत उनकी भी उत्तपत्ति इसी प्रकार से हुई है। ऐसी परिस्थितियों में जाति संस्था का क्या और कितना महत्त्व रह जाता है? भले ही भगवान् श्रीकृष्ण ने गीता में कह रखा है 'चातुर्वर्ण्यं मया सृष्टम्' पर कम–से–कम उसमें से कर्म विभाजन सच है क्या? यदि वह (विभाजन)सच (वर्ण के अनुसार) होता तो द्रोण और कृप के हाथों में तीर कमान क्यों होते? और विदुर ब्रह्मज्ञान और राजनीति का प्रवक्ता होने के बजाय उसके हाथों में घोड़ों की लगाम या चारण–राव–भाटों की तरह वंशावलियों के पोथी–पत्रे होने चाहिए थे। महाभारत किसने कही? सूत ने। उसे संस्कारित किसने किया? सौती ने। सौती यानी सूत पुत्र। यह कर्म विभाजन का कौन सा तरीका हुआ? महाभारत इस पार्श्वभूमि में लिखा गया है। इसलिए व्यासजी के मन में कर्ण के विषय में किसी तरह की दुर्भावना या पूर्वग्रह था, ऐसा मानना समीचीन नहीं होगा।

आज परिस्थिति बदल गई है। हिंदुओं का मूल आधार पहले ही ढल गया है, उसमें गतिशीलता शून्य हो गई है। समाज बदला, व्यवस्था के नियम बदले। उनकी अर्थव्यवस्था परिवर्तित हो गई। विवाह संस्था का स्वरूप बदला, राज्य कभी का चला गया, बदली नहीं, समाज और शासन की नियमन पद्धति। जैसी थी वैसी ही रही। बल्कि वैसी रहती तो भी अच्छा होता। पद्धति वही रही, उसका परिवर्तनीय स्वरूप गया, वह एक प्रकार से फौलादी बंदिशों में जकड़ गई। आज सारा समाज उन बंदिशों के तले दब गया, ऐसा लगता है। जाति व्यवस्था और भी अधिक मजबूत हुई। समाज का गुणों के अनुसार कार्य विभाजन भगवद्गीता में ही रह गया। यह हिंदुओं का (अपना) दुर्भाग्य है। इसे सौभाग्य की बात ही मानना होगा कि म. गांधी, डॉ. आंबेडकर ने हमें जगाया। इसलिए आज हम जाति व्यवस्था के खिलाफ़ विद्रोह की आवाज उठा रहे हैं। इस विद्रोह का सफल होना अभी बाकी है, पर हाँ यश और सफलता की ओर हम अग्रसर हैं। ऐसे विद्रोह जब खड़े होते हैं तो उन्हें प्रतीकों की जरूरत होती है। उसके लिए किसी मिथक (Myth) को गढ़ना पड़ता है। वह हमें कर्ण में मिल गया और इसलिए गुणवान, कर्तव्यदक्ष, दलित महापुरुष के रूप में कर्ण सामने आ खड़ा हुआ। फिर हमने उसपर नाटक लिखे, उपन्यास लिख डाले। भाग्य से सैकड़ों वर्ष पहले नारायण भट्ट ने अपने 'वेणीसंहार' नाटक में कर्ण के मुख से कहलवाया है—

*सूतो वा सूतपुत्रो वा यो वा को वा भवाम्यहम्।*
*दैवायत्तं क़ुले जन्म मदायत्तं तु पौरुषम्॥*

जाति संस्था के विरोध में उठे हिंदू समाज का (मानो) इस श्लोक से स्वरसंवाद हो पाया और कर्ण का किरदार और अधिक उजला, उज्ज्वल हो उठा। मानिए ऐसी स्थिति न होती, तो?

अनुमानत्तः ई. 600-650 में अरबस्तान में एक उफान आया। सिर्फ 100 सालों में गुलिस्ताँ-ए-इंदलिस (स्पेन) से काराकोरम और हिंदुकुश तक उन्होंने अपना साम्राज्य विस्तार किया। अपना धर्म स्थापित किया। उन्हें वास्तविक विरोध हिंदुस्तान में हुआ। यदि वह विरोध स्थायी रूप न होकर धराशायी हो जाता तो? आज हम सब के सब मुसलिम होते, जातियों का नामो-निशान मिट जाता। उस हालात में दलितों के प्रतीक के रूप में कर्ण का क्या स्थान होता? और स्वयं महाभारत? आज इस ग्रंथराज की जो धार्मिक-सांस्कृतिक प्रतिष्ठा है, कभी की नामशेष हो जाती। फिर क्या होता? सद्यःस्थिति में इंडोनेशिया, जावा, सुमात्रा में महाभारत है। उसे वहाँ सांस्कृतिक विरासत के रूप में मान्यता है, पर वहाँ कर्ण की इतनी वाह-वाही हो, ऐसा सुनने में नहीं आया। यदि सारे ही भारतीय मुसलिम हो जाते तो यहाँ भी कर्ण दीन-हीन हो जाता। यह अपनी और कर्ण की खुशकिस्मती है कि हम हिंदू ही रहे। अपनी खामियों के साथ, या कहिए अपने सामाजिक दोषों को महादोष बनाकर (भी) हम हिंदू ही रहे। इसलिए हमारी जाति व्यवस्था हमें तकलीफें दे रही हैं, परेशाँ कर रही हैं, और हम उसके खिलाफ विद्रोह का झंडा उठाय हुए हैं। इन विद्रोही अक्षौधियों का कर्ण एक दिव्य पंचायतखेर व्यक्तित्व है। कर्ण का बस इतना ही महत्त्व है।

ऐसा होने के लिए भी तनिक भाग्य और कुछ गुणों की जरूरत होती है। वह कर्ण के पास पर्याप्त है। महाभारत में खल-दुष्ट व्यक्तित्व दुर्योधन का है, ऐसी परंपरा से ही एक धारणा बनी हुई है, पर समीक्षात्मक बुद्धि की कसौटी पर वह खरी नहीं उतरती। महाभारत का खल-पुरुष या कहिए खलनायक वास्तव में कर्ण है। ऐसा यदि न होता तो महाभारत होता ही नहीं। इसलिए महाभारत दुर्योधन की नहीं, बल्कि वह कर्ण की शोकांतिका या त्रासदी है। शेक्सपीयर के नाटकों में वर्णित त्रासदी के लिए प्रसिद्ध भाष्यकार/समीक्षक ब्राडले का एक सिद्धांत है कि त्रासदी का नायक (गुणों से) महान् ही होता है, पर उसकी इस महत्ता में अल्पातिल्प ही क्यों न हो, हीनता या क्षुद्रता का अंश रहता है। वही उसकी महत्ता को मिट्टी में मिला देता है। कर्ण की यही हालत है। सब करने/कराने वाले श्रीकृष्ण को छोड़ दें तो महाभारत का नायक अर्जुन ही है (चाहे तो धर्म-मीय-अर्जुन कह दें, यदि कई नायक मानते हों तो)। ये सारे सहोदर हैं, भले ही एक ही बीज से इनका जन्म न हुआ हो। नायक और

खलनायक दोनों का जन्म सहोदर के रूप में वेदव्यास की प्रतिभा की उड़ान दिखाई देती है। लगता है कि व्यासजी कई बातों की सूचनाएँ इस सहोदरता से देना चाहते हैं। उन्हें कर्ण-अर्जुन की समानता अभीप्सित है। इन दोनों की गुणों और पराक्रम में समानता को व्यासजी इंगित करना चाहते हैं। फर्क है तो अलग बीजों से दोनों के जन्म का। पर उसमें कोई बहुत ज्यादा अंतर नहीं है। इंद्र यदि देवेंद्र हैं, तो सूर्य यानी चराचर की आत्मा-'आत्मा जगतः तस्थुष्च'। फिर इंद्र और सूर्य में क्या भिन्नता रह गई? अर्जुन इंद्र पुत्र, कर्ण सूर्य का पुत्र—कौंतेय, जन्म कुंती ने ही दिया न? महाभारत में कर्ण के लिए प्रयुक्त विशेषणों को समीक्षा की दृष्टि से देखना चाहिए, यथा—सत्यसंगर, दानी, गुणज्ञ, घृणी, पुरन्दरसमोयुद्धे, कार्तवीर्यसमं वीर्ये, रथिनां श्रेष्ठः, धनुर्धरवरः, रणकर्कशः, आहवशोभी, दान्तः, ब्रह्मण्यः, तेजसा वह्निसहशः, महाबाहुः या व्यूढोरस्कः आदि। लगता तो है कि ये अर्जुन के विशेषण हैं, पर नहीं। भीष्म, श्रीकृष्ण, संजय, युधिष्ठिर आदि ने कर्ण के लिए ही इन विशेषणों को काम में लिया है। अब बताइए, कर्ण को महान् सिद्ध करने के लिए और क्या चाहिए? ऐसा यह कर्ण, अर्जुन के जितना महान्! पूरे महाभारत में कर्ण केवल अर्जुन को ही प्रतिद्वंद्वी के रूप में देख रहा है। क्या शेष पांडव निःशेष हो गए थे? शस्त्र और बल में भीम कहाँ कम था? दुर्योधन ने द्वेष रखा भीम से। फिर कर्ण के मन में ही अर्जुन के प्रति अचानक द्वेष जाग उठा? एक सुभाषित प्रसिद्ध है—

महान् महत्स्वेव करोति विक्रमम्। अर्थात् यह एक महान् व्यक्ति से दूसरे महान् व्यक्ति का संघर्ष, प्रतियोगिता या युद्ध है। एक का हारना तो तय है। यह महाभारत का नाट्य है। एक महान् व्यक्ति यों कैसे हार हो जाती है? यह विषय तर्क और विवाद का है, जिसमें से अलग-अलग मूल्यांकन उभरते हैं।

फिर ऐसे गुणशाली कर्ण को यश क्यों नहीं मिला? भगवान् ने यश प्राप्ति के सारे साधन उसे दिए फिर भी वह यश का पीछा करता रहा, यश उससे दूर भागता रहा। क्या कमी रही थी उसमें? ऐसे प्रश्न उभरने पर समर्थ रामदास का स्मरण हो आता है। उन्होंने मनाचे श्लोक (मन का विश्लेषण वाले श्लोक) में दो पंक्तियाँ लिखी हैं—

*अहंकार ज्या मानसीचा विरेना।*
*तया ज्ञान ते अन्न पोटी जिरेना॥*

अनु—

*भाव अहं का मिटे नहीं जिस मन में*
*ज्ञान ब्रह्म का पचे नहीं उस जन में॥*

यहाँ ज्ञान का अर्थ सभी प्रकार का श्रेष्ठ ज्ञान, उसमें ब्रह्म ज्ञान भी समाहित है। भले ही ब्रह्म का साक्षात्कार हो, पर अहंकार गया नहीं, तो सामान्य व्यक्ति का क्या कहना, स्वयं भगवान् शिव, जो श्मशान वासी और निस्संग हैं की भी दुरवस्था हो गई। सभी आत्मीय सुखों को जलाकर भस्म कर देने के बाद भी 'मैंने जलाया', यह अहंभाव जला नहीं। उसी से भगवान् शिवजी कैसे और कितने बेइज्जत हुए, उसे विस्तार से बताने की यहाँ जरूरत नहीं है। खुद शिवजी का यह हाल हो तो वहाँ कर्ण की क्या गिनती ? कर्ण का अहं ही उसकी पीड़ा या दोष है, यही उसकी त्रासदी का मूल कारण है। कर्ण इस अहं से संपृक्त है, वही उसकी बाधा है। उसका यही एकमात्र दोष है, यही उसकी त्रासदी का कारण है। द्रोणाचार्य कर्ण, पांडव और कौरवों के गुरु हैं। किसी अवसर पर उन्होंने शस्त्र विद्या की परीक्षा ली। अर्जुन ने उसमें विशेष कुशलता दिखाई। अब इसमें कर्ण के जल-भुन जाने की क्या जरूरत थी ? तुरंत उसने द्वंद्वयुद्ध के लिए अर्जुन को ललकारा। इस आह्वान में ही कर्ण की अहं से जगी मूर्खता झलकती है। उस समय अर्जुन 15 साल का, तो कर्ण 21 का रहा होगा। आज भी अखाड़े में 15 और 20-21 उम्र में क्या दंगल होता है ? आज भी इसका उत्तर नहीं मिलेगा, उस समय तो क्या मिलता ? दोनों के द्वंद्वयुद्ध को टाल देना, यही उसका उत्तर है। कृपाचार्य ने कर्ण से उसका खानदान पूछ लिया। द्वंद्व टल गया। 'सूतपुत्र' इस गाली को पहली बार इसी मौके पर कहा गया है। इससे पहले किसी ने सूतपुत्र कहकर कर्ण को नीचा दिखाया हो, ऐसा हमें कम-से-कम आज की तारीख में तो याद नहीं आ रहा है। मान लीजिए, यह द्वंद्वयुद्ध हो जाता तो कर्ण की कहानी वहीं पूरी हो जाती, फिर बाद में महाभारत होता ही नहीं। यहाँ जो द्वंद्वयुद्ध टल गया, वह कर्णपर्व में हुआ और उसका अंत जैसा होना था, वैसे ही हुआ। पर इस द्वंद्वयुद्ध की वजह से कर्ण के अहंभाव को चोट लगी। उस पर बार-बार फूँक मारते हुए दुर्योधन ने हमेशा के लिए कर्ण को मोल ले लिया। कर्ण को अंग देश देकर उसी अखाड़े में राज्यभिषेक कर दुर्योधन ने राजा बना दिया। बात मामूली लगती है, पर यहाँ सूतपुत्र से कई बातें उभरती हैं। सूतपुत्र राजा बन सकता है क्या ? यह घटना इस प्रश्न का 'हाँ' में जवाब देती है। सूत यानी सारथी और वंशावलियाँ रखने/पढ़ने वालो राय-भाटों के सदृश व्यक्ति, ऐसा प्रायः समझा जाता है। पर यह सही नहीं है। विराट का सेनापति कीचक सूत ही था। उसकी बहन सुदेष्णा विराट की पद्दाभिषिक्त महारानी थी। अर्थात् सूत राजा बन सकता था, सूत की कन्याएँ रानियाँ बन सकती थीं। फिर सूत और क्षत्रिय में क्या अंतर था, जिसकी वजह से कर्ण सूतपुत्र को दोष या अपमान मानता था ? (क्षत्रिय कन्याएँ

सूत को नहीं दी जाती थी, इतना सच तो है ही।) पूरे महाभारत में लोगों ने विदुर को क्षत्ता/क्षत्रिय शब्द से संबोधित किया गया है। यह संबोधन इन सभी स्थानों पर सम्मानसूचक है। कीचक को सूतपुत्र कह किसी ने नीचा दिखाया हो, ऐसा कहीं दिखाई नहीं देता। उलटे विराट के राज्य में सबकुछ करने, निर्णय लेने वाला वह ही है। फिर कर्ण ही इस संबोधन से पीड़ित क्यों है? इसके उत्तर के लिए कर्ण को गहराई से टटोलने की जरूरत है।

कर्ण हद से ज्यादा अहंकारी और घमंडी है। प्रथम पुरुष का एकवचन का सर्वनाम 'मैं' उसे बहुत पसंद है। उसके बार-बार उपयोग से उसकी बोली में उग्र या तीव्र अहंभाव झलकता है। उसके हर वाक्य में 'मैं' का नृत्य चलता रहता है इसलिए वास्तविक 'मैं' उसे कभी मिला ही नहीं और जिस व्यक्ति को यह अर्थ, 'मैं' का सही मतलब, समझ में नहीं आता है, वह अपने व्यक्तित्व को खो बैठता है। कर्ण इस बात को कभी समझ ही नहीं पाया, इसलिए उसने हमेशा के लिए दुर्योधन की मित्रता के रूप में दासत्व स्वीकार किया। इस घटना के बाद कर्ण स्वतंत्र नहीं रहा, उसका सबकुछ, वर्तमान और भविष्य दुर्योधन के साथ जुड़ गया। इसी प्रकार कर्ण के लिए अत्यंत अपमानजनक घटना द्रौपदी स्वयंवर की है। वहाँ धनुष को हाथ लगाने की क्या जरूरत थी कर्ण को? क्योंकि स्वयंवर मंडप में द्रौपदी के साथ प्रवेश करने पर धृष्टद्युम्न ने साफ तौर पर घोषणा की थी—

*एतन्महत्कर्म करोति यो वै*
*कुलेन रूपेण बलेन युक्तः।*
*तस्याद्य भार्या भगिनी ममेयं*
*कृष्णा भवित्री न मृषा ब्रवीमि॥*

इसमें 'कुलेन' शब्द महत्त्वपूर्ण है। क्या कर्ण उसका मतलब समझ नहीं सका या समझना ही नहीं चाहता था? मानिए समझा भी हो, तो क्या अपना कुल वह नहीं जानता था या भूल गया? हालाँकि वह सबकुछ समझ ही रहा था, फिर भी मत्स्यवेध—मछली पर निशाना लगाने के लिए वह आगे आया। परिणाम क्या हुआ? द्रौपदी ने साफ तौर पर, खुले रूप से मना कर दिया सूतपुत्र को। जो उसका थोड़ा बहुत सम्मान अभी भी बचा था, उसे ब्राह्मण भेस में आए अर्जुन ने युद्ध में तहस-नहस कर दिया। यहाँ कर्ण की अहंमन्यता पर आघात हुआ, धक्का लगा और वह भी, किसी स्त्री के द्वारा। अहं पर हुई इस जबरदस्त चोट से कर्ण कभी उबर नहीं पाया। इसी ने उसका विनाश किया, उस पर आघात किया। कर्ण पहली बार अर्जुन से यहाँ परास्त हुआ। दूसरी घटना विराट पर्व के उत्तर गोग्रहण में हुई जब उसका

वस्त्र बृहन्नला ने खोल दिया। ऐसा यह कर्ण अपनी 21 साल की उम्र में 15 साल के किशोर अर्जुन को द्वंद्वयुद्ध के लिए ललकार रहा था। अहंभाव से उपजी मूर्खता या बेवकूफी क्या इससे भी परे पहुँच सकती है?

इस मूर्खता की वजह है—अर्जुन के प्रति अत्यधिक द्वेष, और कट्टर द्वेष। इस द्वेष को पूरी तरह से साधने के लिए कर्ण ने वह सबकुछ किया, जो वह कर सकता था। दान से वासवी शक्ति प्राप्त की, परशुराम से अस्त्रविद्या सिखी। पर इसका कुछ भी उपयोग नहीं हुआ, असफलता ही सामने आती रही। क्यों? विद्याओं में अंतर आता है। एक अच्छे काम में उपयोग में ली, दूसरी बिना किसी कारण या दुर्हेतु, दुष्प्रयोजन से प्रयोग में ली हुई। विद्या का प्रयोग किसके लिए, किस पक्ष के लिए, कहाँ पर किया जाए, इसके कर्तव्य-अकर्तव्य का बोध-विवेक होना चाहिए। क्या इस मामले में कर्ण विवेकी है? दुर्योधन, ऐसा तो कोई लोकोत्तर पुरुषो, नाम था नहीं, जिस पर प्रसन्न हो, राजी-राजी कर्ण उसकी ओर से खड़ा हो जाए? बचपन से ही उसने अपना (असली) रूप दिखाया ही था। चलिए, मित्रता स्वीकार कर ली, पर उसके कुछ लक्षण तो हैं ही। भर्तृहरि ने 'नीतिशतक' में लिखा ही है—

*पापान्निवारयति योजयते हिताय*
*गुह्यानि गूहति गुणान् प्रकटीकरोति।*
*आपद्गतं न च जहाति ददाति काले*
*सन्मित्रलक्षणमिदं प्रवदन्ति सन्तः॥*

इन सारे लक्षणों को छोड़ दें? आपद्ग्रस्त संकट में मित्र अपने मित्रों का साथ नहीं छोड़ता, कम-से-कम दुर्योधन के संबंध में कर्ण इस लक्षण का तो पालन करता? घोषयात्रा के समय चित्ररथ गंधर्व दुर्योधन को पकड़कर ले ही गया था। इस घोषयात्रा की फितरत किसके दिमाग की उपज थी? कर्ण के। यात्रा के बीच में चित्ररथ आ टपका। गंधर्व और कौरवों का घोर युद्ध हुआ और अपनी जान बचाते हुए सबसे पहले कर्ण ही भाग गया। यों भागे जाने पर भीष्म ने दुर्योधन को संबोधित करते हुए कर्ण को बहुत खरी-खोटी सुनाई। उसे मूल में ही देख लें—

*प्रत्यक्षं तव गान्धारे ससैन्यस्य विशां पते*
*सूतपुत्रोऽपयाद्भीतो गन्धर्वाणां तदारणात्॥*
*क्रोशतस्तव राजेन्द्र ससैन्यस्य नृपात्मज॥*
*दृष्टस्ते विक्रमश्चैव पाण्डवानां महात्मनाम्।*
*कर्णस्य च महाबाहो सूतपुत्रस्य दुर्मतेः॥*

भीष्म के द्वारा कर्ण के लिए प्रयुक्त 'दुर्मतेः' शब्द से मित्रता का दूसरा लक्षण

'पापान्निवारयति' सामने आता है। कर्ण ने दुर्योधन का पाप से (वाचिक/कायिक से भी) कब परावृत्त किया?

कर्ण दुर्मति दुष्ट-बुद्धि वाला ही था। वह क्या अपने मित्र को पाप करने से रोकता? महाभारत में मिलने वाले सभी सबूत इस मामले में कर्ण के प्रतिकूल ही हैं। दुर्योधन ने पाप किए ही हैं, पर सौ में से निन्यानबे बार उससे कर्ण ने ही कराए हैं—

*न त्वं करोषि कामेन कर्णः कारयिता तव।*

यह बात दुर्योधन के पिता, स्वयं धृतराष्ट्र ने कही है। घोषयात्रा कर्ण के दिमाग की फितरत थी, इसी तरह द्रौपदी का वस्त्रहरण। दुर्योधन को नीच कह सकते हैं, पर वह व्यभिचारी नहीं था। वह द्रौपदी के स्वयंवर में गया, पर राजा-महराजाओं की तरह। दुर्योधन के मन में द्रौपदी के प्रति किंचित् भी आसक्ति भाव या आकर्षण हो, ऐसा महाभारत में उल्लेख तो क्या, कहीं पर प्रतिध्वनित भी नहीं हुआ है। फिर उसने द्रौपदी को विवस्त्र क्यों किया? कर्ण की सलाह से। दुःशासन अत्यंत दुष्ट, पर बुद्धि के मामले में बैल। एक ही वस्त्र पहनी द्रौपदी को वह सभागार में खींचते हुए लाया, पर शुरू में उसकी साड़ी की पटलियों में हाथ डालने की हिम्मत नहीं हुई। इतने में अंगराज कर्ण बोल उठे और हितकारी बात कर रहे विकर्ण की भर्त्सना कर द्रौपदी के साथ पांडवों को भी विवस्त्र करने का दुःशासन को आदेश दिया। वस्त्रहरण हुआ, पर इसके बाद? द्रौपदी ने स्वयंवर के समय कर्ण को दुत्कार दिया था। शायद उसे अपमानित कर अपने अपमान का कर्ण को बदला लेना हो! जो भी हुआ हो, पर इसके पहले कर्ण ने द्रौपदी को रखैल कहकर भद्दी गाली भी दी और बाद में उसे विवस्त्र करने की आज्ञा। कर्ण ने जाने-अनजाने द्रौपदी में (सुप्त)'कृत्या' (राक्षसी) को जगाया, अंत में कर्ण ही क्या, सारे कौरवों को वह खा गई। कर्ण की इस एक बदसलाह से दुर्योधन ने अपने वंश का विनाश किया। क्या इसे ही 'पापान्निवारयति' कहेंगे? जाने दीजिए, कर्ण ने युद्ध की अग्नि को धधका दिया, कम-से-कम यह तो देखता वह, उसे कितना अनुकूल रहेगी? क्या उसने ऐसा किया? सबूत तो इसके उलटे पड़ रहे हैं। युद्ध के प्रारंभ में ही भीष्म और द्रोण का अपमान कर सेनापतियों में फूट डाल दी। घमंड भरे लहजे में कह और दिया, "5 रात्रियों में पांडवों का विनाश करूँगा।" युद्ध अभी शुरू नहीं हुआ था। भीष्म के द्वारा प्रयुक्त 'अर्धरथी' शब्द के आधार पर कर्ण ने शस्त्र नीचे रख दिए। क्या यह मित्रता है? युद्ध से पहले मध्यस्थता के लिए साथ गए कृष्ण ने कौरवों की सभा में न्यूनतम माँग रखी थी। क्या? इंद्रप्रस्थ, वृकप्रस्थ, जयंत और वारणावत, ये चार गाँव चार पांडवों के लिए। बचे युधिष्ठिर के लिए कौन सा गाँव देना था? दुर्योधन राजी नहीं हो रहा था। यह

माँग दुर्योधन मान लेता तो सारा टंटा खत्म था। उस समय हितकारी सलाह कर्ण ने दी हो, उसका कोई उल्लेख नहीं है। दुर्योधन का दिया उत्तर प्रसिद्ध ही है—

*सूच्यग्रं नैव दास्यामि विना युद्धे न केशव।*

यह उत्तर मिलते ही युद्ध के नक्कारे पर पहली चोट पड़ ही गई।

उसके बाद हुए युद्ध का विवरण देने की जरूरत नहीं। भीष्म पर्व हुआ, द्रोणपर्व पूरा हो गया। इसी पर्व में कर्ण की वासवी शक्ति की इतिश्री हो गई। शेष रहा कर्ण पर्व। 15 रातों में कर्ण पाँच पांडवों का समूल विनाश करने वाला था। काहे की, पाँच रात्रियाँ, कर्ण पर्व का खेल दो दिन में ही समाप्त हुआ। धर्म और अधर्म का विवेक, जो कर्ण को जीवन में कभी सूझा ही नहीं, वह तब सूझा, जब उसके रथ का एक चक्का जमीं में धँस गया। काफी देर हुई विवेक के जगने में। धर्म की अपनी भी कुछ सीमाएँ होती हैं, उनमे से एक है 'धर्मो रक्षति रक्षित:'। कर्ण ने जिंदगी में कभी धर्म की रक्षा या हिफाजत नहीं की, इसलिए संकट की घड़ी में वह कर्ण के साथ खड़ा नहीं हुआ। रथ से उतरे कर्ण को देख अर्जुन के मन में दया उपजी थी, पर कृष्ण ने द्रौपदी के वस्त्रहरण और अभिमन्यु के वध की मर्मांतिक घटना अर्जुन को याद दिला दी, दया को निर्दयी बनाया और कर्ण की कहानी खत्म हुई।

इस आखिरी युद्ध के पहले की दो घटनाएँ—एक कृष्ण और कर्ण का संवाद और दूसरी कर्ण की कुंती से हुई बातचीत। ये दोनो ही अवसर कर्ण के लिए भूषणावह हैं। कृष्ण से बात करते हुए उसका अधिरथ और राधा से प्रेम अपने उफान पर था और कुंती को उसने वचन दिया कि वह पाँच पुत्रों की माता बनी रहेगी। दोनों ही बार, कर्ण होश में इनसान की तरह बरताव करता दिखाई देता है। शायद अपना भविष्य आँखों के सामने आ रहा हो उसके! परशुराम द्वारा उसे दिया हुआ शाप याद आया हो, इसलिए उसमें समभाव जाग्रत हुआ हो। कर्ण की उज्ज्वलता इन दो अवसरों पर और इतनी ही है, शायद अपनी सीमाओं के वह संवेदनशील हुआ हो। सबकुछ कर दिया, पर आखिर में पांडव ही जीतेंगे, अर्जुन अपने हाथ से नहीं मारा जाएगा, इसका ध्यान आते ही उसका अहंकार गल गया है, द्वेषभाव क्षणिक ही सही, अवश्य हुआ है, इसलिए कर्ण होश में बात कर रहा है। भले आदमी की तरह, यानी महापुरुष की तरह बतिया रहा है।

किंतु कर्ण पर्व शुरू होने पर वह फिर पहले जैसा था। कर्ण और युधिष्ठिर के युद्ध में पराजित युधिष्ठिर का वध कर ही देता, इतने में उसे कुंती को दिए हुए वचन की याद आ गई। उसने धर्मराज को जीवित छोड़ दिया। पर यह कौन सा तरीका हुआ? धर्म का जिंदगी भर मजाक उड़ाते हुए अब कर्ण की दिखाई दया को

दया नहीं कहते हैं। युधिष्ठिर ने पकड़ में आए दुर्योधन और जयद्रथ दोनों को ही छोड़ा था, दया दिखाई, थी पर अपनी कड़वी बातों से, उन्हें मर्मांतिक पीड़ा पहुँचाने के बाद। कर्ण के भाग्य में ऐसा सौहार्द नहीं था। उसके लिए सहजता या सरलता चाहिए। मनुष्य के मन में सूक्ष्म संवेदना की गूँज निनादित होनी चाहिए। कर्ण इस सबसे वंचित है, इसलिए वह युधिष्ठिर की अनावश्यक विडंबना कर सकता है। दुर्योधन ने धर्मराज के अनेक अपराध किए हैं, पर धर्मराज ने तो कर्ण का कभी कुछ नहीं बिगाड़ा था। इस विरोध को ध्यान में रखें तो कर्ण का चरित्र अधिक दागी दिखने लगेगा।

सौहार्द, संवेदनशीलता आदि के साथ मन में एक विचार और आया। अर्जुन ने युद्ध में भीष्म का वध किया। वैसे कपट और अधर्म से, युद्ध के नियमों के विपरीत ही था वह। पर वध भी उसने भीष्म का आदर/सम्मान रखते हुए ही किया। इसलिए अर्जुन के द्वारा दिए गए भीष्म के क्रूर वध में भी एक प्रकार की स्वाभाविक उदारता थी। कुंती को दिए हुए वचन के कारण कर्ण ने धर्मराज पर दया दिखाई। पर इस दया में वह स्वाभाविक उदारता नहीं थी। इन दो घटनाओं का अंतर जिन्हें समझ आएगा वे ही कर्ण और अर्जुन के अंतर को समझ पाएँगे। इसी हेतु से यह प्रस्तावना लिखी है। यह फर्क जो नहीं समझेंगे, उनके लिए यह प्रस्तावना है ही नहीं।

अब एक आखिरी मुद्दा। गीता का पहला अध्याय—अर्जुन विषाद योग। ग्यारह अक्षौहिणियों के सामने सात अक्षौहिणी सेना युद्ध में लड़ने के लिए खड़ी हैं। युधिष्ठिर रथ से उतर भीष्म को प्रणाम के लिए आता है और अर्जुन के मन में कई प्रश्न उभरते हैं। इन बड़े-श्रेष्ठ संबंधियों-रिश्तेदारों से कैसे युद्ध करूँ? युद्ध से राज्य मिले तो उसका उपयोग कौन करेगा? जो प्राप्त करना है, वह किनके लिए? "येषामर्थे···जिनके लिए राज्य, सुख, उपयोग कामना की, वे ही युद्ध में सामने डटे हैं" ऐसी हालत में युद्ध करें या न करें? यहाँ कार्य क्या और अकार्य-अकरणीय क्या है? क्या करना चाहिए या क्या नहीं करना चाहिए, यह सवाल युद्ध के मैदान में निरर्थक लगता हो, पर यह पूछना किसी ऐसे-वैसे व्यक्ति का काम नहीं है। इस प्रश्न में साध्य और साधन दोनों ही निहित हैं। वह जिसके ध्यान में आएगा, वही यह प्रश्न पूछ सकता है, आखिर यह विवेक किसे सूझता है? विचार करने वाले मनुष्य के सामने ये समस्या आती है। कर्ण के सामने ऐसी समस्या आती? पूरे महाभारत में कर्ण के संबंध में ऐसा कभी होने का कोई जिक्र नहीं है! जो स्थिति सामने हो, उसपर कर्ण ने तुरंत प्रतिक्रिया दी है। स्वयंवर में जिसने अपना अपमान किया, वह द्रौपदी द्यूत में हारे पांडवों की पत्नी दासी के रूप में एक वस्त्र पहने सामने खड़ी है, ले लो

उससे बदला! इसलिए द्रौपदी का एकमात्र वस्त्रहरण करने के लिए उसने दुःशासन को आदेश दिया—"वासांसि द्रौपद्याश्चाप्युपाहर।" जब कुंती उससे मिलने आई, तब "अर्जुन के अलावा (पांडवों में से) किसी का भी वध नहीं करूँगा" यह वचन कर्ण ने उसे दे दिया। बिना सोच-विचार के यह वचन है। क्या युद्ध रुक जाता? दुःशासन को दिया हुआ आदेश जितना बिना सोच के दिया था, वैसा ही यह वचन था। मान लो, अर्जुन मरता तो क्या यह युद्ध रुक जाता? पांडवों की ओर से युधिष्ठिर प्रतिष्ठा का मानक है। ''उसे छोड़ अर्जुन का वध करूँगा'' क्या यह कहने में दुर्योधन से मित्र-द्रोह नहीं है? पर इन सब पर सोचना कर्ण की औकात से बाहर था। सिर्फ उसके दुष्कर्म ही नहीं, अच्छे काम भी समान रूप से विचार-विवेकहीन थे। यह विवेकहीनता कर्ण के संबंध में थोड़ी सी अजीबोगरीब लगती है। वह पढ़ा-लिखा ही नहीं, शस्त्रों के साथ शास्त्रों का भी अध्ययन किया हुआ व्यक्ति था। धर्मशास्त्र पर उसकी अच्छी पकड़ थी। उसने खुद ही कहा है, 'मैं कैसा हूँ'। स्वयं के बारे में उसने कहा है—''धर्मशास्त्रों के श्रवण में नित्य अभिरुचि रखनेवाला''—''धर्मविद् धर्मशास्त्राणां श्रवणे सततं रतिः''। फिर धर्मशास्त्र का मौलिक प्रश्न कौन सा है? उसका क्या उत्तर है? ''को अहं''—मैं कौन हूँ, यह मूल प्रश्न है और उसका उत्तर है—''सो अहम्''—मैं वह (ब्रह्म) हूँ। सही मायने में कर्ण ने स्वयं से यह प्रश्न कभी पूछा ही नहीं, इसलिए उसे प्रश्न का उत्तर भी मिला नहीं। ऊपरी तौर पर ही उसने इसे टटोला। समाज ने उसे वैसे ही जवाब दिए। जीवन की शुरुआत में ही पहला उत्तर मिला-'सूतपुत्रो असि'(सूत के पुत्र हो)। दूसरा उत्तर तब मिला, जब युद्धभूमि में उसके रथ का एक चक्र जमीन में धँस गया। वह उत्तर भयानक था। धर्मविद् के रूप में, बड़े जानकार के रूप में स्वयं को दरशाने वाले कर्ण को, 'तदा धर्मः वच ते गतः' (तब तुम्हारा धर्म कहाँ था) इस प्रश्नालंकार ने लगभग विवस्त्र ही कर दिया था। कर्ण मूर्ख नहीं था, इस प्रश्नालंकार में उसे अपना सही रूप दिखाई दिया होगा। रथ का चक्का धँसने पर इस प्रश्न ने कर्ण का व्यक्तित्व लगभग समाप्त कर दिया था। अर्जुन ने उसका वध कर ही दिया था, यह जुदा बात है। मानिए, वह जीवित रहता तो जीते जी मरा हुआ जीवन जी लेता, क्योंकि 'को अहं' (मैं कौन?) का उसे मिला हुआ उत्तर जानलेवा है। ऐसे उत्तर जिन्हें मिल जाते हैं, वे या तो पागल हो जाते हैं या अवसाद से ग्रस्त रहते हैं। कर्ण के भाग्य में यही विकल्प सामने आए। शब्द प्रयोग गलत होगा, वह स्वयं ही जबरदस्ती ले आया, केवल अपने अहंकार के कारण। शोकांतिका या त्रासदी किसी-किसी के भाग्य या दुर्भाग्य से ही उसके हिस्से में आती है, हरेक के हिस्से में नहीं। शकुनि, दुःशासन, ये कर्ण के मित्र, किंतु

कूदकर, छलाँग लगाकर भी वे उस शोकांतिका तक नहीं पहुँच पाते। यही कर्ण की महत्ता, उसका बड़प्पन है, इसलिए आज कर्ण के महान् होने के गीत रचे-गाए जा रहे हैं। कर्ण-अर्जुन में महाभारत का नायक कौन होगा, इसे उनके जन्म से पूर्व जीवन माता ने शायद छापा-काँटा किया होगा, कर्ण का नसीब कि उसमें वह हार गया। इसलिए अर्जुन के भाग्य में शस्य-श्यामल हरियाली लिखी गई और कर्ण के भाग्य में साक्षात् विफलता का मरु-प्रदेश आया। कर्ण का चरित्र पढ़ने पर उसके संबंध में मन में गहरा चित्र उभरता है। भाग्य से सबकुछ मिलने पर भी रिक्त रहा दरिद्री महापुरुष यानी कर्ण। यही वह चित्र है।

दाजी पणशीकर की पुस्तक की प्रस्तावना के बहाने, कर्ण पर मुझे जो कुछ लिखना था, वह लिख लिया। अब दाजी की इस पुस्तक के बारे में। दाजी महाभारत के प्रगाढ़ अध्येता हैं। वे विश्वविद्यालय की उपाधि से अलंकृत नहीं हैं, पर उन्होंने परंपरागत काफी अध्ययन किया होगा। कर्ण हो, चाहे परशुराम हों उनपर लिखी लेखमाला दाजी के वैदुष्य, अध्ययन का स्वतः प्रमाण है। ऐसा लगता है कि अध्ययन के साथ उन्होंने चिंतन-मनन भी काफी किया है। यदि ऐसा न होता तो स्वयं ब्राह्मण होते हुए वे परशुराम की प्रतिष्ठा के तले नहीं बिखरते। अच्छा नाटक प्रबंधन उनका शौक या व्यवसाय या आजीविका! इस धंधे में फँसे लोग सामान्यतः (कुछ अपवाद छोड़कर) अध्ययन, चिंतन-मनन के फेर में नहीं पड़ते हैं। नाट्य व्यवसायी होते हुए भी, चिंतनशीलता उनकी विशेषता है। दूसरी विशेषता यह है कि उनकी प्रज्ञा, दृष्टिकोण परंपरा में जकड़े हुए नहीं हैं, वे स्वतंत्र विचार कर सकते हैं। लालित्य से उनका नजदीकी संबंध है। इसीलिए लालित्य के साथ विचारशीलता और विचारशीलता के साथ लालित्य उनकी स्वतंत्र प्रज्ञा का एक और आविष्कार है। तीसरी विशेषता है, बिना आधार के कुछ लिखा न जाए-'नामूलं लिख्यते किंचित्'। यह उनकी प्रतिज्ञा है। इन तीनों गुणों से संपन्न लेखक बिरले ही दिखाई देंगे।

यह सब पढ़ने पर लगेगा कि दाजी सर्वगुणसंपन्न लेखक हैं। इसलिए विशेष रूप से मैं यह बताना चाहता हूँ कि उपर्युक्त तीनों गुणों के साथ उनके लेखन में उतने ही दोष भी हैं। उनमें से कुछ परिस्थितिजन्य हैं, कुछ स्वभावगत। उनका सारा लेखन प्रतिक्रियात्मक है। मान लो, कर्ण की इतनी गौरव गाथा न गाई जाती तो? शायद दाजी गायत्री का पुरश्चरण कर रहे होते! पर उन्होंने कर्ण की अवास्तव बढ़-चढ़ कर की गई प्रशस्ति पढ़ी और उनमें निहित, अध्ययन किया हुआ लेखक संतप्त हुआ। इस संताप से ही लगता है, उन्होंने लेखमाला लिखी। उनका लेखन पढ़ते हुए लगता है, वे जानते न हों कि संज्ञाओं के प्रबल शत्रु विशेषण हैं। शायद इसी से

जाने-अनजाने लेखन में उनका आवेश प्रकट होता है। उससे उनकी भाषा अधिक ओजस्वी हो जाती है। लेखन में एक आवेगी प्रवाह आविर्भूत होता है। पर कर्ण के विरुद्ध की गई वकालत इस सबको निस्तेज कर देती है, सब पर पानी फेर देती है। यहाँ दाजी न्यायमूर्ति नहीं रहते, न्याय नहीं करते, वे वकील हो जाते हैं और वह भी कार्सन या जिन्ना की तरह क्रिमिनल पद्धति के वकील, यानी प्रॉसिक्यूटिंग बैरिस्टर! यह उनका दोष है। इसी के कारण उनका लिखना प्रतिक्रियात्मक प्रतीत होता है।

पर इसी दोष ने उनके लेखन को पठनीय बनाया है। पाठक दाजी की भाषा का प्रवाह वागौघ के साथ बहता रहता है। यहाँ वागौघ और वाक्प्रवाह शब्द का जान-बूझकर प्रयोग किया है। उनकी भाषा लिखित भाषा की तरह नहीं लगती। पढ़ते समय ऐसा लगता है कि मंदिर का सभामंडप खचाखच भरा हुआ है, गर्भगृह के सामने एक चौकी रखी है, सामने व्यासपीठ है। उस पर महाभारत ग्रंथ की पोथी रखी है और दाजी प्रबोधन-प्रवचन कर रहे हैं। आवेष्टित ग्रंथ सामने होना चाहिए, इसलिए रखा है। पर वस्तुतः ग्रंथ (मानो) उनकी जिह्वा पर नाच रहा हो! मेरे सामने मेरी कल्पना में यह चित्र उभरता है वह यह इस प्रकार का, क्योंकि दाजी की स्मृति जबरदस्त है। घटनाओं के योग्य संदर्भ, सही क्षणों में उन्हें याद आते हैं। यह दाजी का एक और विशिष्ट गुण है।

पर उनकी वाणी बेलगाम घोड़े की तरह उछलने से उनके लेखन में एक अनुशासन नहीं है। जो मन में आया, लिख दिया। पर यह टिप्पणी देते हुए एक विचार मन को स्पर्श कर जाता है। बिजली के पंखे की हवा को कम-ज्यादा वेग से, दिशा बदलकर नियमित किया जा सकता है। तूफानी हवा को कौन अनुशासित या नियमित करेगा? कैसे करेगा? उसकी दिशा कैसे बदलेगी? दाजी का लेखन तूफानी हवा की तरह है। क्या वह स्वयं उसे अनुशासित कर सकेंगे? पहले सवाल का उत्तर आज तो 'नहीं' में ही है, ऐसा लग रहा है। मान लो, उन्होंने यह प्रयत्न किया तो? तो वह उपयोगी नहीं होगा और मान लो वैसा हुआ, तो उनके लेखन में वह बात नहीं रहेगी। तात्पर्य क्या? यह शैली यानी 'स तस्य स्वोभावो प्रकृतिनियतत्वाद् कृतकः'—प्रकृति के द्वारा नियत किया गया, वह उनका अपना स्वभाव है, उनके या अन्य किसी के द्वारा बनाया गया नहीं है, सही-सही है। ऐसे हैं ये दाजी और इस तरह की है उनकी यह पुस्तक!

अब थोड़ा सा पाठकों के लिए। जो पाठक पूर्वग्रह छोड़, पूर्वग्रह का चश्मा उतारकर खुली आँखों से इस पुस्तक को पढ़ेंगे, उन्हें वास्तविक कर्ण दिखाई देगा और उसकी सही शोकांतिका और त्रासदी उनकी समझ में आएगी। इसका मतलब

कदापि यह नहीं है कि लोग उस शोकांतिका को समझ ही नहीं पाते! पर वह भोलेपन की समझ है। उसमें और वास्तविक समझ में बहुत अंतर है, हालाँकि दोनों में समझा गया अंतर अलग-अलग नहीं होता। महाभारत के कर्ण की शोकांतिका सूतकुल में पैदा होना ही एकमात्र मापदंड या परिमाण नहीं है। उसके कई अन्य मापदंड भी हैं। भारत में अनेक कर्ण पैदा हुए। इसलिए भारत के नसीब में दुर्भाग्य के कई आवर्त उठे। कर्ण ने हीन कुलोत्पन्न होने के दुःख की वजह से अपने अहंकार को सँजोए रखा। चंद्रराव मोरे, खोपड़े आदियों ने अपनी कुलीनत्व से उसे खाद-पानी दिया। जयचंद्र राठौड़, मानसिंह भी उस अर्थ में कर्ण के कुल के ही प्रतीत होते हैं। हरेक ने अपने 'अहंभाव' के कारण राष्ट्र को गड्ढ़ों में धकेल दिया। यह नहीं कहना चाहता की कर्ण की उदात्त महत्ता इनमें थी। अपने-अपने लिहाज से ये व्यक्ति अपने क्षेत्र में कद्दावर थे। पर अहं की बाधा ने इन सबका विनाश किया। अधिक क्या कहना? बैरिस्टर जिन्ना को लीजिए, उन्होंने किनका हित किया? पांडवों के रास्ते में रोड़े अटकाते, उन्हें तकलीफों में रखना और कौरवों का पतन-यह कर्ण ने प्राप्त किया। भारत का विभाजन और पाकिस्तान को अलग करना यह काम जिन्ना ने किया। इस दृष्टि से जिन्ना बीसवीं सदी में कर्ण का सही वारिस दिखाई देता है। महाभारत को अगर पढ़ना है तो इस दृष्टिकोण से। लोकमान्य तिलक कहा करते थे, ''मेरे सामने कोई समस्या आती है, तब मैं महाभारत का मनन करता हूँ। उसमें मुझे समस्या का उत्तर मिल जाता है।'' सही भी है। स्वयं भगवान् व्यासजी ने ही लिखा है, ''यदिहास्ति तदन्यत्र यन्नेहास्ति न कुत्रचित्''—यहाँ (महाभारत में)जो है, वह अन्यत्र भी होगा, (पर) जो यहाँ नहीं है, वह कहीं पर भी नहीं मिलेगा। इसे ध्यान में रखते हुए क्या हम महाभारत पढ़ते हैं? इसका जवाब आप अपने मन से पूछ लीजिए। इत्यलम्।

हाँ, अपराध की क्षमा तो माँगी ही नहीं। प्रस्तावना में लेखक का उल्लेख, "आदरार्थ बहुवचनम्"—आदर से बहुवचनान्त होने पर भी 'दाजी' इस तरह से हुआ है। 'दाजीशास्त्री' होना चाहिए था, क्योंकि वैदुष्यदर्शक इस (शास्त्री) नाम पर वे अपने अध्ययन से अधिकार प्राप्त कर चुके हैं। इसलिए यह निवेदन। क्षम्यताम्। क्षम्यताम्। क्षम्यताम्।

**—धोण्डो विट्ठल देशपांडे**

# लेखकीय

कुछ समय पहले तक मराठी ललित साहित्य में यकायक महाभारत के कर्ण को उदात्त रूप में समाज के सामने लाने की एक लहर उठी थी। किसी ने उपन्यास, किसी ने नाटक, तो किसी ने व्यक्ति चित्रण या मनोविश्लेषण तक, किसी ने कुछ तो किसी ने और कुछ, कर्ण के संबंध में साहित्यिक रचनाएँ प्रस्तुत कीं। महाभारत जैसे महाकाय ग्रंथ को मूल स्वरूप में पढ़ने के लिए आवश्यक अभिरुचि और समय सुविधा पाठको में कम ही दिखाई देती है। इन दिनों के हालात में अभिरूचि होने पर भी समय और स्वास्थ्य की अनुकूलता हमेशा ही ज्ञान प्राप्ति के आड़े आती है। इसलिए जो भी मनोरंजक/ललित साहित्य मिल जाए, उसे पढ़ना और संबद्ध विषय में अपना मन बनाना/प्रकट करना इतना ही अब पाठकों के हाथ में रह गया है। महाभारत जैसे जटिल, संपृक्त और अतिविस्तृत कथानक में ललित साहित्य के लेखकों द्वारा लिखा गया-व्यक्ति-रेखांकन या चित्रण मूल ग्रंथ के अनुसार है या नहीं, इसकी पड़ताल कर सत्य तक पहुँचना नामुमकिन नहीं, कठिन तो है ही। लगभग नहीं। इन हालातों में मानिए कोई ललित लेखक अपनी कल्पना या प्रतिभा से किसी ऐतिहासिक व्यक्ति के व्यक्तित्व का चित्रांकन करता है तो वह मूल विरोधी या असंबंध होता है। परंतु लेखक ललित लेखन द्वारा उकेरा गया ऐतिहासिक व्यक्ति का चित्रांकन लोकमानस में रच-बस जाता है, कभी न मिटे जैसा। ऐसा ही कर्ण के बारे में हुआ है। व्यासजी ने कर्ण का जो स्वरूप महाभारत में उभारा है, यर्थाथ में उसे ही पाठकों के सामने प्रस्तुत करना इस ग्रंथ का प्रयोजन है।

आज का युग समर्थन का युग है। अतः दुर्भाग्य, दुर्गुण, दुष्ट आचरण, विचार और दुष्कर्म इनका समथर्न करने की मानो होड़ लगी हो, ऐसा कभी-कभी लगता है।

ऐसी भी आशंका मन में आती है कि व्यक्तिगत जीवन में कैद हुई दुष्ट वासनाओं को छूट देने या उनका रास्ता खोलने किसी ऐतिहासिक व दुर्गुणसंपन्न व्यक्तित्व के पर्दे के पीछे छिपकर अपने दुर्गुणों का समर्थन करने का तो यह प्रयास न हो! विशेषकर कर्ण के जैसे अध:पतित किरदार पर अपने शैलीविशेष से जितना संभव हो, सद्गुणों का आवरण डालने का जब प्रयास होता है, सिर्फ चिरंतन मूल्यों का ही अवमूल्यन नहीं होता, बल्कि वह समाज के पतन की नांदी या (अ)मंगलाचार ही प्रतीत होता है। इसलिए जब ऐसे प्रयास हो रहे हों तो प्रवाह के विरोध में जाकर जीवनमूल्यों के अवमूल्यन को रोकना एक सामाजिक पवित्र कर्तव्य बन जाता है।

दुर्भाग्य से क्षत्रिय कन्या से पैदा होने पर भी कर्ण को क्षत्रियत्व न मिलने से उसे हुए दु:ख को एक मनुष्य के नाते समझ लेना, उसके दु:ख के हिस्सेदार बनना मनुष्यता के नाते हम मान सकते हैं। परंतु दुर्भागी कर्ण के हाथ से मानवता को कालिमामय बनाने वाली क्रूर-अमानवीय घटनाएँ होने लगती हैं, तब उनका मानवीय आधार पर समर्थन करना, यह खालिस भोलापन ही नहीं, बल्कि मक्कारी है। भरी सभा में द्रौपदी को वस्त्रहीन करने का आदेश दे कर्ण नीचता की सारी हदें पार कर जाता है। उसे जनसामान्य के सामने किसी महात्मा के स्वरूप में पूजास्थान पर प्रतिष्ठित करने का जब बुद्धिपूर्वक प्रयास किया जाता है, उसमें अकेला लेखक अपराधी नहीं, अपितु उसे सामाजिक ही क्या, राष्ट्रीय अध:पतन का स्वरूप प्राप्त होता है।

इस परिस्थिति में कर्ण का असली चेहरा सामान्य जनता के सामने लाने के लिए किसी व्यापक प्रचार-प्रसार वाले अखबार में स्वतंत्र लेखमाला लिखना आवश्यक हो गया था। एक के बाद एक कर्ण पर प्रकाशित हो रही ललित रचनाओं में उभारे गए तथाकथित गुणशाली कर्ण का सारा समाज इस हद तक भक्त हो गया है कि हमारे चिंतन को छापने, लोगों तक पहुँचाने के लिए किस समाचार-पत्र का संपादक राजी होगा? हमारी यह चिंता अपनी दृष्टि से बिल्कुल सही थी। इस हाल में 'दैनिक मराठा' की संपादिका श्रीमती शिरीष पै ने हमारी लेखमाला को 'मराठा' के रविवासरीय परिशिष्ट में छापने का साहसी निर्णय लिया। साहसी इसलिए कि समाज में ऐसी रचनाओं द्वारा प्रतिष्ठापित कर्ण के स्वरूप से हमारा 'कर्ण चित्रांकन' अलग ही नहीं, कर्ण-विरोधी था। अत: लेखक, प्रकाशक और पाठकों की नाराजगी सहने का जो साहस श्रीमती पै ने किया, वह वास्तव में आचार्य अत्रे की जूझारू विचार परंपरा के अनुकूल ही था। हमारे पहले तीन-चार लेखों में पाठकों की ओर से मिली वाहवाही से संपादिका महोदय ने हमें प्रोत्साहित रखा और स्वतंत्र दृष्टि से लेखन में प्रवृत्त किया। 7 या 8 लेखों में लेखमाला 6 मास तक निरंतर चलती रही और 7-8 की जगह 19

लेख छपे। 'मराठा' में छपी लेखमाला को पुस्तक रूप में लाने का सारा श्रेय श्रीमती शिरीष पै को देना होगा।

यह मेरी पहली ही स्वतंत्र पुस्तक है। श्री धोंडो विट्ठल देशपांडे जैसे चिंतनशील और ज्येष्ठ समीक्षक ने इस पुस्तक की प्रस्तावना लिखना स्वीकार किया। इसी से पुस्तक और लेखक दोनों की श्रीवृद्धि हो गई। उनके जैसे विद्वान् और समालोचक के द्वारा किया गया दोषदर्शन भी हम पुरस्कार मानते हैं—"तिरस्कृतिः सैव भवेत् पुरस्कृतिः।" अब उन्हें धन्यवाद दें तो उन्हें अच्छा नहीं लगेगा, इसलिए कृपया वे हमारे विनम्र निवेदन को स्वीकार करें।

बहु-भाषा-विषय-विशेषज्ञ डॉ. डी.बी. क्षीरसागर द्वारा अनूदित यह मेरी तीसरी पुस्तक है। यह उनका स्नेहानुबंध है व ऋणानुबंध या दोनों—कह नहीं सकता, पर इस बहाने मराठी साहित्य हिंदीभाषी प्रदेश में धीरे-धीरे लोकप्रिय होगा, इसके डॉ. क्षीरसागर निमित्त बने, हमारे कारण। यही संतोष हमें है। इस पूरे अभियान में मेरे स्नेही, श्री प्रकाश भातम्ब्रेकर का आत्मीय सहयोग मुझे प्राप्त हुआ। वे स्वयं भी एक ज्येष्ठ अनुवादक हैं और हिंदी साहित्य जगत् उन्हें जानता भी है, इन दोनों महानुभावों को मैं साधुवाद देना चाहता हूँ।

महाभारत के पन्ने पलटते हमें जो कर्ण दिखाई देता है, उस स्वरूप की यह प्रस्तुति है। यह न कर्ण का चरित्रगान है, न अवगाहन। आत्मशोधन का एक प्रयास है यह। कर्ण के जीवन प्रसंगों में जैसा स्फुरण हुआ, सूझा, उसे वाणीविलास से सजाया है, इसलिए यह लेखन स्वच्छंद है। प्रारंभ में एक के बाद अगला इस क्रम से लेख छपते जाने से पुनरुक्ति हुई है,पर कभी वह जरूरी भी थी। 'मनुष्य कर्ण' का 'समाज-कर्ण' के रूप में दर्शन कराने का यह प्रयास है।

कर्ण को हम समाज के लिए घातक प्रवृत्ति के रूप में देखते हैं, इसलिए उसका बारंबार निषेध करना/होना लाजमी था। कर्ण के व्यक्तिगत दुर्गणों से जब समाज ध्वस्त या नष्ट हो जाता है, तो उसे दोषी तो मानना ही होगा। साहित्य या समाज के अन्य क्षेत्रों में कर्ण को आदर्श रूप में प्रतिष्ठित करने के प्रयास आत्मवंचना के अलावा कुछ भी नहीं। जो हो रहा, वैसा न हो, इसीलिए इसे प्रस्तुत किया गया है। हमारी लेखनी कइयों को अच्छी नहीं लगेगी, कई घायल भी होंगे, यह हम जानते हैं, परंतु चिरंतन सत्य के संबंध में प्रत्यक्ष वक्त भी किसी की भावनाओं की चिंता नहीं करता है, इसे स्मरण रखिएगा। इत्यलम्

विनीत

**—दाजी पणशीकर**

# भूमिका

आज तक व्यासकृत महाभारत ने अनेक प्रतिभावान लेखकों को नए-नए विषय या कथानक उपलब्ध करवाकर उनकी प्रतिभा को कृतार्थ किया है। कालिदास, भारवि, माघ, हर्ष, भट्टनारायण आदि ने संस्कृत में रचनाएँ प्रस्तुत कीं तो ज्ञानेश्वर, मुक्तेश्वर, मोरोपंत, रघुनाथ पंडित आदि कवियों ने मराठी भाषा में महाभारत की कथाओं को प्रस्तुत किया। विगत कुछ दशकों में महाभारत की विवेचनात्मक और ललित रचनाएँ कतिपय लेखक-लेखिकाओं ने प्रस्तुत की हैं। उनमें भी मराठी में निर्मित अधिकांश साहित्य कुंती-पुत्र कर्ण पर आधारित है। इन शोधकर्ताओं ने एक नई खोज की है, कि कर्ण अलौकिक महापुरुष था! इस खोज से ही उसे न्याय मिला। इस शोध कार्य से उस पर हुए अन्याय को उजागर कर यथार्थतः अलौकिक, किंतु उपेक्षित महात्मा को समाज में सम्मानजनक स्थान प्राप्त कराने की तीव्र इच्छा प्रकट होती है। कम-से-कम इच्छा की तीव्रता का आभास तो हो ही जाता है। पर इसका मतलब यह नहीं कि नए लेखकों ने कर्ण पर पहली बार प्रकाश डाला है! स्व.परांजपे ने कर्ण के जीवन पर पहली बार ही नाटक लिखा-'पहिला पांडव'(पहला पांडव)। उसके बाद के प्रयासों में नामलेवा प्रयास श्री वि. वा. शिरवाडकर का लिखा हुआ नाटक 'कौंतेय' है। कौंतेय के बाद हालाँकि केवल कर्ण पर स्वतंत्र रूप से नहीं लिखा गया, पर महाभारत का विवेचन करने वाली पुस्तकें लिखी गई हैं, जिनमें से कोई एक प्रकरण कर्ण के जीवन पर है। इनमें से श्रीमती दुर्गा भागवत का 'व्यास पर्व' और दूसरा श्री शं. के. पेंडसे का 'महाभारतांतील व्यक्तिदर्शन' (महाभारत में व्यक्ति चित्रण) है। ये दोनों ही पुस्तकें भले ही मनोवैज्ञानिक विश्लेषण पर आधारित हों, उनमें किया गया विवेचन महाभारत की दृष्टि से न्यायसंगत नहीं है। उन्होंने कर्ण पर लिखा, इसलिए उनका यहाँ पर उल्लेख किया है। अन्य विवेचन यहाँ अपेक्षित नहीं है। इनके पश्चात् केवल कर्ण

पर लिखी पुरूतकों में श्री शिवाजी सावंत का 'मृत्युंजय' और श्री आनंद साधले का 'महापुरुष' प्रमुख हैं। ये दोनों उपन्यास हैं। श्री साधले का इससे पूर्व संपूर्ण महाभारत पर 'हा जय नावाचा इतिहास' (यह जय नाम का इतिहास) ऊपरी तौर पर संपूर्ण ग्रंथ-स्पर्शी कहा जा सकता है। इसमें भी कर्ण पर 1-2 प्रकरण दिए हुए हैं। लगभग इसी समय महाभरत पर शोधपरक और चर्चा प्रस्तुत करने वाला ग्रंथ श्रीमती इरावती कर्वे ने लिखा। इसमें 'मी कोण?' (मैं कौन?) यह प्रकरण कर्ण से संबंधित है। श्री गो. नी. दाण्डेकर ने 'कर्णायन' नाम से एक भाव-कथा स्वतंत्र पुस्तक में लिखी है।

## महाभारत से अलग

मराठी साहित्य में कर्ण पर अब तक लेखक-लेखिकाओं ने जो लिखा, उसका यह लेखा-जोखा है। यह पढ़ने पर किसी भी पाठक को यह प्रतीत होना स्वभाविक ही है कि कर्ण से संबद्ध यह लेखन मूल महाभारत को प्रमाण मानकर ही किया होगा। कर्ण का व्यक्तित्व काल्पनिक तो है नहीं, इसलिए यह सोच स्वाभाविक है। महाभारत का कर्ण महान् पराक्रमी, दानी था, यह तो सभी जानते हैं। परंतु इन लेखकों द्वारा वर्णित कर्ण वेदव्यास के कर्ण से सर्वथा अलग है, यह बात मुझ जैसे खुली दृष्टि से महाभारत पढ़ने वालों के ध्यान में आए बिना नहीं रहेगी। मूल महाभारत पढ़ते वक्त दिखाई देगा कि पाठक कर्ण को अपने गले का ताबीज बनाए, ऐसा वेदव्यास ने उसका वर्णन नहीं किया है। फिर भी महाभारत के अन्य अग्रणी व्यक्तियों की तुलना में जब ये नामचीन लेखक कर्ण पर सैकड़ों पन्ने लिखकर उसके व्यक्तित्व को और उज्ज्वल बनाते हैं, तो उसका क्या अन्वयार्थ या तात्पर्य माना जाए? यदि कोई पाठक ये समझे कि ये लेखक कर्ण के वर्णन में मूल-महाभारत को एक ओर नहीं रखेंगे, तो उसमें क्या गलत है? कुछ भी गलत सिद्ध नहीं होगा, ऐसा सोचना। हम भी यदि मूल महाभारत नहीं पढ़ते तो हमारी सोच भी इसी प्रकार की हो जाती। इन लेखकों के हम अंधे अनुयायी होते और जन्मजन्मान्तरों तक इस नए कर्ण के हम सिर्फ दास ही नहीं, उसके दासों के भी दास बन जाते! परंतु किसी परिवार के अच्छे चाल-चलन वाले लड़के के घर के या/ और बाहर के लोगों के द्वारा बार-बार दुष्ट या दुराचारी सिद्ध करने का प्रयास किया जा रहा हो, तो वह न होते हुए भी दुराचारी लगने लगता है। इसी तरह किसी दुष्ट व्यक्ति को सज्जन कहकर महिमामंडित करने का प्रयास होते रहने से वह सज्जन लगने लगता है। किसी व्यक्ति को दुष्ट या सज्जन कहलाने के लिए किए जा रहे प्रयासों के परिणामों में वह व्यक्ति जैसा नहीं है, वैसा अन्य लोगों को दिखाई देता है। चोर को भी राजा चोर न माने, तो प्रजा की राय भी वैसी ही बनेगी।

ठीक यही प्रयास इन लेखकों द्वारा किए जाने से महाभारत में कर्ण पराक्रमी, मृत्युंजय या महापुरुष था, ऐसा जनसामान्य को लगने लगा है।

महाभारत इतिहास है। महाभारत के प्रारंभ में ही 'जयो नामेतिहासोऽयम्' अर्थात्—महाभारत जय नाम का इतिहास है—ऐसा वेदव्यासजी ने कहा है। यानी महाकवि व्यास का व्यतीत हुई घटनाओं का यह सूत्रबद्ध आलेख है, कालिदास के 'मेघदूत' की तरह कोरा कल्पना विलास नहीं। महाभारत यानी देश-काल-परिस्थिति के अनुसार साक्षात् घटनाओं और व्यक्तियों का सूक्ष्मातिसूक्ष्म, सुसंगत विवरण है। ऐसे महाभारत में किसी ऐतिहासिक व्यक्ति पर शोधकार्य करने का आसान तरीका कौन सा है ? मूल महाभारत का बार-बार पठन, चिंतन और मनन करना या आधुनिक लेखकों द्वारा लिखे साहित्य में आए तथ्यों को प्रमाणभूत मानना ? हम मूल के पठन, चिंतन को ही प्रमाणभूत मानते हैं। इसमें कोई दो राय हो, ऐसा हमें कतई नहीं लगता।

इन लेखक/लेखिकाओं ने उच्च स्वर में कर्ण की कीर्तिगाथा गाना शुरू किया, इसलिए हमने कर्ण की खोज-बीन करना शुरू किया, मूल महाभारत को प्रमाणभूत मानकर। इसलिए इस रचना का नामकरण 'कर्ण वास्तव में कौन था' किया गया।

वेद-उपनिषद्, पुराण, रामायण, महाभारत, शांकरभाष्य आदि संस्कृत साहित्य और ज्ञानेश्वरी, नामदेवगाथा, एकनाथी भागवत, रामचरितमानस, कबीर गाथा, मीराबाई के पद, नाथों और संतों की वाणियाँ आदि देशी भाषाओं में रचा गया विपुल साहित्य हमारी अस्मिता है, राष्ट्र का मानदंड है। महाभारत तो पूरे संसार में आदरणीय है। महाभारत या इनमें से किसी ग्रंथ के आधार पर ऐतिहासिक व्यक्तियों पर खोज कार्य में कुछ नई बातें सामने लानी हैं, तो मूल ग्रंथ में दिया विवरण ही प्रमाणभूत मानना होगा। इस दिशा में कोई ऐसा प्रयास करेगा तो वह प्रशंसनीय होगा। किंतु कोई महान् लेखक तत्कालीन समाज की दृष्टि से निंदनीय, क्षुद्र व्यक्ति को 'नए दृष्टिकोण' से महापुरुष सिद्ध करता है, तो क्या उस व्यक्ति की स्वतंत्रता या वैचारिक स्वतंत्रता के नाम पर क्षमा कर दिया जाए ? हमारे सामने यही सवाल है। किसी धर्मप्राण व्यक्ति के द्वारा यदि अन्याय किया जाए तो उसे निंदनीय कहने में कोई आपत्ति नहीं होनी चाहिए। किसी महान् व्यक्ति के जीवन का समग्र मूल्यांकन करते हुए सर्वस्पर्शी विचार किया जाना अपेक्षित है। इसी प्रकार किसी क्रूर या दुष्ट व्यक्ति को महान् सिद्ध करते हुए औरों को निम्न या नीच साबित करने का कोई कारण या जरूरत नहीं पड़नी चाहिए, ऐसा हमें प्रतीत होता है।

महाभारत ही नहीं, प्राचीन इतिहास में हुए अनेक स्त्री-पुरुष या नायक-नायिकाएँ प्रसिद्ध ही हैं। विशेषकर यह ग्रंथ कौरवों-पांडवों के संदर्भ में है, इसलिए

उनसे संबद्ध स्त्री-पुरुष अधिक प्रसिद्ध हुए हैं। इनमें से कर्ण को भी ऐतिहासिक पुरुष माना जाता है। आज भले ही हम कर्ण को एक प्रसिद्ध पुरुष के रूप में जानते हैं, पर तत्कालीन समाज और उसके धुरीणों द्वारा कर्ण की कभी प्रशस्ति नहीं की गई है। स्वभाव, चरित्र, पराक्रम, दानशीलता, असाधारण कर्तृत्व, अलौकिक महापुरुषत्व की दृष्टि से अन्य महापुरुषों के सामने वह एकदम ही गौण, निस्तेज दिखाई देता है। सत्य यही है, कठोर तो उसे होना ही है।

वेदव्यास ने महाभारत में किसी भी व्यक्ति का वर्णन करते हुए उसके गुण या दोष छिपाए नहीं हैं, न किसी पर अन्याय किया, न तिरस्कार और न ही अवास्तविक प्रशंसा। युधिष्ठिर के व्यक्ति-चित्रण में जुए की आदत उसके अन्य गुणों के साथ कितनी विलक्षण है, इस पर उन्होंने तटस्थ भाव से लिखा है। धर्म का पालन करने वाला भीम दु:शासन के मृत देह से आनंद से खून पीता है तो व्यासजी ने उसी तटस्थ भाव से इसे भी दरशाया है। वे अच्छे को अच्छा कहते हैं, पर बुरे को कभी अच्छा नहीं कहा उन्होंने।

वेदव्यास का कर्ण क्या मूलत: अलौकिक महापुरुष था? उसके सूतपुत्र होने से किसने और कब आपत्ति की? वह (अधिक्षेप) योग्य था या अयोग्य? उसका पराक्रम असामान्य था या सामान्य? उसकी दानत, दानशीलता, स्वभाव, भाषा, प्रतिज्ञा, उसका मित्र-प्रेम, उसकी कुटिल नीति, दाँव-पेंच, धर्मज्ञान, सदाचार पर निष्ठा, कौरवों पर निष्ठा और पांडवों से बैर का जैसे वेदव्यास ने वर्णन किया है, उसे देखते हुए पूछना होगा कि क्या कर्ण वास्तव में महान् था? ना कि, उसके गुणों और अवगुणों से उभरती मिश्र छटा में यदि कर्ण की महत्ता आभासित होती हो, तो वह आज तक प्रकट नहीं हो पाई, इसका क्या कारण है? कालिदास, भारवि आदि महाकवियों, शंकराचार्य, एकनाथ, कबीर, रज्जब आदि विद्वानों और संतों तथा पिछली सदी में हुए लोकमान्य तिलक, आगरकर, भांडारकर जैसे विद्वानों को आधुनिक लेखकों के कर्ण ने आकर्षित क्यों नहीं किया? या कर नहीं सका? इनमें से किसी को भी नहीं लगा कि वह कर्ण का पक्ष लें। क्यों? इनमें से कोई भी महापुरुष कर्ण-प्रेम का कायल नहीं हो सका।

यदि वास्तव में महाभारत कर्ण अलौकिक या महापुरुष होता तो व्यासजी ने श्रीकृष्ण से भी कर्ण का अधिक श्रेष्ठ चित्र उभारा होता! वैसे महाभारत में कृष्ण के क्रियाकलाप काफी विलंब से, युद्ध शुरू होने के पूर्व के हैं। परंतु कौरव-पांडवों के बचपन से ही उनसे हिला-मिला कर्ण प्रारंभ से ही महाभारत में दिखाई देता है, जबकि बाद में आया श्रीकृष्ण संसार के लिए पूज्यग्रंथ भगवद्गीता का उपदेश देंकर महाभारत

के परवर्ती भाग का केंद्रबिंदु बन सका है। फिर शुरू से ही जुड़ा कर्ण महाभारत का नायक क्यों नहीं हो सकता? कर्ण ने जब-जब और जो कुछ कहा, उसे गीता जैसी प्रशंसा नहीं मिली। वैसा उसे कल्याणकारी या अशुभनाशक नहीं माना गया। क्या यह पक्षपात है या उसके गुणों का वास्तविक मूल्यांकन? महाभारत में कर्ण ने जो-जो कहा है, उसे यदि संगृहित करें तो उसमें से कौन सा उदात्त ज्ञान अभिव्यक्त हो रहा है?

महाभारत के पश्चात् हजारों वर्षों तक महाकवियों या विद्वानों का, अननधान से ही सही, 'महान्' कर्ण की ओर ध्यान नहीं गया होगा, इस बात को समझ सकते हैं। असंभव क्या है? पर कर्ण को प्रेम या भक्ति के कारण, उसमें जो सद्गुण नहीं हैं, उनका अध्यारोपण कर उसे मृत्युंजय या महापुरुष सिद्ध करना और इस संदर्भ में श्रीकृष्ण या पांडवों पर अवगुणों का अध्यारोप कर उन्हें अधिक निकृष्ट या नीच सिद्ध करना, निश्चय ही राष्ट्रविघाती उपक्रम है, ऐसा हमारा स्पष्ट अभिमत है। आज लोकतंत्र के नाम पर विचार और लेखन स्वतंत्रता की डींगें हाँकी जा रही हैं। हम भी इस स्वतंत्रता का स्वागत करते हैं। अन्याय के विरोध में इसी स्वतंत्रता का उपयोग कर लेखकों से अपनी कलम और वाणी को कृतार्थ किया है। या यूँ भी कहें कि लोकतंत्र में लेखन-स्वतंत्रता अत्यंत आवश्यक है, पर इसका मतलब यह नहीं कि प्राचीन परंपरा, श्रद्धेय महापुरुष, आदरणीय ग्रंथों को एक ओर धकेलने के लिए ऐसी स्वतंत्रता का उपयोग किया जाए! अंधश्रद्ध जनसामान्य में जागृति लाना निश्चय ही बुद्धिनिष्ठ व्यक्तियों का मुख्य कर्तव्य है, यह हम जान ही रहे हैं। पर उसके लिए अतिरेक अवास्तव विचार और बुद्धिवाद के अत्यधिक शिकार हो—'एक अलग दृष्टिकोण' कहकर श्रद्धास्थानों को भ्रष्ट और विकृत करने के जो हेतुपूर्वक प्रयास चल रहे हैं, वे कतई योग्य नहीं हैं।

वर्तमान में श्रद्धाहीन माहौल और विकृत दृष्टिकोण से ऐसे घातक प्रयत्नों की बड़े जोर-शोर से प्रशंसा होने लगती है, तब इस विकृत प्रवृत्ति के गंभीर परिणामों की कल्पना मात्र से भय की आशंका होने लगी है। ऐसे समय में ऐसे विकृत लेखन से जनसामान्य को दो कदम दूर रखना, एक सामाजिक कर्तव्य है, यह मानकर महाभारत में वेदव्यास द्वारा वर्णित कर्ण के असली स्वरूप को सामने लाने की प्रबल भावना से हम इस विषय के विवेचन के लिए, लगभग विवश होकर ही प्रवृत्त हुए हैं।

**—दाजी पणशीकर**

# अनुक्रम

*प्रस्तावना* *5*

*लेखकीय* *21*

*भूमिका* *25*

1. कुमारिका माता की संतान! कर्ण की जन्मकथा 33
2. द्वेष से कलंकित विदुर और कर्ण 43
3. चारित्रिक विसंगतियाँ 51
4. बहुरंगी कूटनीति 60
5. गुरुद्रोह 71
6. कृतघ्नता 78
7. एक और वस्त्रहरण 85
8. शस्त्र-संन्यास 91
9. सेनापति कौन? 97
10. भीष्म की स्पष्टोक्ति 103
11. द्रौपदी की विडंबना : सूत्रधार 107
12. भीम की प्रतिज्ञा 119
13. दान या विनिमय? 126
14. युद्धभूमि पर 137
15. अंतिम युद्ध 145

1

# कुमारिका माता की संतान! कर्ण की जन्मकथा

यदुकुल वंश के पराक्रमी शासक शूर की कन्या कुंती अर्थात् पांडवों की माता वसुदेव की सगी बहन और श्रीकृष्ण की बुआ थी। शूर की बुआ के बेटे-भाई कुंतीभोज संतति न होने से दुखी थे। इसलिए शूर ने अपनी पहली संतान उसे गोद देने का वचन दिया था। शूर के पहली संतान कन्या हुई, जिसे कुंतीभोज को समर्पित किया। यही कन्या आगे चलकर पांडवों की माता बनी।

कुंतीभोज के घर पर उसकी अपनी कन्या की तरह कुंती बड़ी हो रही थी। उसने जब किशोर अवस्था में कदम रखा, तब एक आश्चर्यजनक घटना हुई, जिससे केवल कुंती के ही नहीं, अपितु कौरव-पांडवों की ओर से लड़ने वाले वीरों की लाखों स्त्रियों के सामने एक भयावह आपत्ति आ खड़ी हुई-कुमार अवस्था में कुंती के गर्भ से पैदा हुआ सूर्यपुत्र कर्ण!

वह घटना इस तरह से है—

कुंतीभोज के यहाँ एक बार दुर्वासा ऋषि आए थे। उनकी सेवा करने की जिम्मेदारी कुंती को सौंप दी गई। दुर्वासा अपने क्रोध के लिए प्रसिद्ध थे, इसलिए कुंती बड़ी लगन से, बिना कोई कोताही बरते, उनकी सेवा में लगी रही। ऋषि महोदय ने प्रसन्न होकर कुंती को एक मंत्र देकर कहा, 'इस मंत्र से तुम्हारे द्वारा किसी भी देवता का आवाहन करने पर वह देवता तुम्हें पुत्र देगा'—

*यं यं देवं स्वमेतेन मन्त्रेणावाहायिष्यसि।*
*तस्य तस्य प्रभावेण तव पुत्रो भविष्यति॥ (आदिपर्व, श्लोक आं. 999)*

कुंती को देवता से पुत्र प्राप्ति का वर देकर दुर्वासा के प्रस्थान करने पर कुंती

ने मंत्र शक्ति की परीक्षा लेने के उद्‌देश्य से सूर्य की ओर देखते हुए मंत्रोच्चारण से सूर्य का आवाहन किया। केवल जिज्ञासा से बोले गए मंत्र से सहज, सौम्य रूप में सूर्य भगवान् प्रकट हुए, कुंती भौंचक रह गई। बचपन के भोलेपन से हुए अपराध की क्षमा माँगकर भगवान् को लौट जाने की प्रार्थना उसने की। मंत्र से भावी कार्य किए बिना लौटना सूर्य को भी गवारा न हुआ। तब उन्होंने कुंती को वर दिया, 'मुझसे पुत्र होने पर भी तुम्हारा कौमार्य अखंड रहेगा'। निष्कर्ष यह है कि सूर्य से कुंती को, जन्म से ही कवच-कुंडलधारी बलशाली पुत्र कर्ण हुआ। विवाह से पहले गर्भवती होने से कुंती भयभीत हुई। एक तो राजकन्या, घर के बड़े-बूढ़ों को कैसे मुँह दिखाए इस चिंता से वह घबरा गई—

*उत्ससर्ज कुमारं तं जले कुंती महाबलम्। (आदिपर्व अ. 111)*

अंत में, खाली जिज्ञासा से ही पुत्र होने से विषादग्रस्त उज्जित कुंती ने उस पुत्र को बक्से में रखकर नदी में बहा दिया। यह बालक अधिरथ नामक एक सूत को नदी में मिला। अधिरथ ने भी अपनी पत्नी राधा के साथ उस बालक को बड़े प्रेम से सँभाला, बड़ा किया।

## आयु का ज्येष्ठत्व

कौरव-पांडवों के साथ अंधक और वृष्णि वंश के युवक, कई राज्यों/देशों के राजकुमार और अधिरथ सूत का पुत्र द्रोणाचार्य के पास धनुर्विद्या सीखने आए। इस आश्रम में कर्ण के अलावा सभी छात्र लगभग एक ही उम्र के थे। चूँकि कुंती के विवाह से पहले कर्ण का जन्म हुआ, अतः अन्य छात्रों से, विशेषकर पांडवों से तो वह बड़ा ही था। दुर्योधन, भीम एक ही उम्र के थे, अतः कर्ण कौरवों से भी ज्यादा उम्र का था। छात्र रहते हुए सब छात्रों मे उम्रदराज कर्ण, मन से बड़ा उदार होने का महाभारत में तो कोई उल्लेख नहीं है।

षड्यंत्रों में चतुर धृतराष्ट्र का पुत्र दुर्योधन अपने पिता की तरह जन्म से दुष्ट है, मत्सरग्रस्त रहना कर्ण का स्वभाव है। दुर्योधन के मन में पांडवों के प्रति द्वेष भावना खून के दोष से होना स्वभाविक हो सकती है, हम इसे मान सकते हैं। परंतु कर्ण का पांडवों के प्रति, विशेषकर अर्जुन के प्रति द्वेष होने की कोई वजह दिखाई नहीं देती है। पर कर्ण की जन्म से ही उपजी मत्सरवृत्ति के साथ दुर्योधन की दुष्टता जुड़ने से वह सभी पांडवों के प्रति भी मत्सरग्रस्त हुआ—

*दुर्योधनं समाश्रित्य सोऽवमन्यत पाण्डवान्॥ (आदिपर्व अ. 130)*

यूँ देखें तो आश्रम में छात्र के रूप में रहते कर्ण पांडवों में/अर्जुन का

द्वेष करें, ऐसी कोई भी अप्रिय घटना नहीं हुई थी। कर्ण को अन्य छात्रों की तरह आश्रम में प्रवेश मिला (आदिपर्व अ. 132, श्लोक 211)। उसे द्रोण ने धनुर्विद्या नहीं सिखाई, ऐसा कोई संदर्भ हमारे देखने में नहीं आया। अन्य छात्रों के साथ ही द्रोण ने कर्ण को भी शिक्षा दी। पर गुरु और विद्या सीखने के लिए अर्जुन ने जितनी निष्ठा से आचार्य की कृपा या स्नेह प्राप्त किया, वैसी निष्ठा या विश्वास कर्ण ने नहीं दिखाया। कर्ण से कम उम्र का होने पर भी अर्जुन ने जो आश्चर्यजनक आत्मविश्वास प्रकट किया है, वैसा कोई संदर्भ कर्ण के बारे में नहीं मिला है।

## परीक्षा में असफल

धनुर्वेद की शिक्षा के श्रीगणेश से पहले आचार्य द्रोण ने सभी शिष्यों को इकठ्ठे बुलाकर पूछा था, 'बच्चो, मुझसे शस्त्रास्त्र विद्या सीखकर मेरे मन की एक अधूरी इच्छा पूरी करोगे ना'? उत्तर कोई नहीं दे पाया था, सबने चुप्पी साध ली। अकेले अर्जुन ने ही प्रतिज्ञा लेकर गुरुवर की इच्छा पूरी करने का आश्वासन दिया (आदि. अ. 132)। इस एक ही घटना से अर्जुन का आत्मविश्वास और गुरु के प्रति स्नेह भाव प्रकट होता है। इसके साथ ही उसकी गुरु के साथ आत्मीयता और निकटता बढ़ती गई।

कुछ समय बाद छात्रों की परीक्षा लेने आचार्य ने एक कृत्रिम भासपक्षी बनाकर पेड़ पर रख दिया और शिष्यों से कहा, 'निशाना लगाने को तैयार रहो'। युधिष्ठिर से शुरू कर हरेक को वे पूछते गए, 'पेड़ पर तुम्हें क्या दिखाई दे रहा है?' 'पेड़, पक्षी और सबकुछ देख रहे हैं' यही जवाब दिया सभी ने। निशाना लगाने के लिए जरूरी एकाग्रता किसी में न दिखाई दी, तब नाराज गुरुदेव ने अर्जुन से पूछा। प्रश्न सुनते ही अर्जुन ने उत्तर दिया—

*शिरः पश्यामि भासस्य न गात्रमिति सो अब्रवीत्। (आदिपर्व अ. 133)*

'मुझे सिर्फ पक्षी का सिर दिखाई दे रहा है, उसके अलावा कुछ भी नहीं।' इस जवाब से गुरुमहाराज को प्रसन्न होना ही था। कहे अनुरुसार अर्जुन ने अचूक निशाना लगा दिया। इस परीक्षा में कर्ण उतीर्ण नहीं हो सका। इसका दोष न गुरु का था, न अर्जुन का। आचार्य सभी को समान अवसर दे चुके थे।

*'वितरति गुरुः प्राज्ञे विद्यां यथैव तथा जड़े'*

भवभूतिकृत 'उत्तररामचरित' में यह सुभाषित है। गुरु समान रूप से ही विद्यादान करता है, चाहे शिष्य तीव्र बुद्धिवाला या जड़ बुद्धिवाला हो। हाँ, सीखकर

उसे पचाने, आत्मसात् करने की क्षमता हरेक की अलग-अलग होती है। अर्जुन में क्षमता अच्छी थी, वह एकमात्र छात्र था, जो उत्तीर्ण हुआ। कर्ण और अन्य शिष्य इस कसौटी पर खरे नहीं उतरे।

फिर एक बार द्रोणाचार्य अपने शिष्यों की परख करना चाहते थे। नदी में स्नान करते हुए द्रोण का पैर मगरमच्छ ने पकड़ लिया। उससे पैर छुड़ाने की बजाय आचार्य छात्रों का बारी-बारी से नाम लेकर चिल्लाते रहे, 'अरे, कोई बचाओ, बचाओ मगरमच्छ से'। पर कोई भी शिष्य आगे आकर साहस नहीं दिखा सका। कर्ण भी नहीं। आचार्य की आवाज सुन दौड़ते हुए आए अर्जुन ने ही मगरमच्छ पर पाँच बाण छोड़कर अपने गुरु को छुड़ा लिया।

इसी तरह की छोटी-बड़ी घटनाओं से गुण या दोषों की परख होती है। इन दोनों ही घटनाओं में अर्जुन ने असीम आत्मविश्वास दिखाया। वह कुशलता या आत्मविश्वास कभी कर्ण में नहीं दिखलाई दिया।

भले ही इन घटनाओं में कर्ण की कुशलता न दिखाई दे, पर उसकी उपेक्षा करें, ऐसा तो वह धनुर्धर नहीं था, सामान्य तो कभी नहीं। उसकी अर्जुन से प्रतियोगिता, भले ही अकारण ही, किंतु उसी वजह से धनुर्विद्या में उसने अपना ध्यान केंद्रित किया ही होगा। रात के अँधेरे में भी, धनुर्विद्या में विशिष्ट योग्यता के लिए, अर्जुन सत्वशील वृत्ति से निशानेबाजी में लगा रहा और कर्ण मत्सरग्रस्त अवस्था में धनुर्विद्या को आत्मसात् करता रहा। दोनों की परस्पर विरोधी स्थितियाँ हैं। एक का अधिष्ठान निष्ठा और विनय है, दूसरे का असूया और प्रतियोगिता। इसका परिणाम यह हुआ कि एक सव्यसाची, विनम्र पर प्रलयंकारी योद्धा बना, तो दूसरा मत्सर और द्वेष में अपने मानसिक संतुलन की शक्ति खोकर उन्मत्त और अहंकारी योद्धा बन गया।

## दुष्कर्मों में हिस्सेदार

कौरव और पांडवों में भीम सबसे अधिक बलवान के रूप में प्रसिद्ध था। अपने साथियों को छोड़ना, मार-पीट करना, डराना जैसे काम वह करता ही रहता था। भीम की इसी शक्ति से दुर्योधन उससे जलने लगा। आमने-सामने भीम से मुकाबला करने की हिम्मत किसी में नहीं थी। इनमें उसे अच्छा सबक सिखानेवाला कोई नहीं था। कौरव भले ही सौ हों, पर सब मिलकर भी भीम के सामने किसी गिनती में नहीं थे। इसीलिए, चाहे जैसे अच्छे-बुरे तरीके से, जरूरत हो तो क्रूरता से भी भीम को जान से मारने की बात मन-ही-मन दुर्योधन सोचता रहता था। उसे

जहरीले साँप से दंश कराना, बेहोशी में उसके हाथ-पैर बाँधकर गहरे तलाबों/नदी में डुबाने या खाने में भयंकर विष मिलाना आदि, दुर्योधन ने सब करके देख लिया और इन सब दुष्कार्यों में दु:शासन और शकुनि के साथ कर्ण ने भी दुर्योधन का पूरा साथ निभाया है—

*एवं दुर्योधनः कर्णः शकुनिश्चापि सोबलः।*
*अनेकैरभ्युपायैस्तां जिघांसन्ति स्म पांडवान्॥*

(*आदि पर्व. अ. 129*)

मोह, सत्ता और लालच के कारण दुर्योधन पांडवों से ईर्ष्या करने, उन्हें नीचा दिखाने लगा। उसकी बुद्धि भ्रष्ट हो गई। इस विकृति का कारण धृतराष्ट्र की अंत:-प्रेरणा तो है ही, पर उसका सत्ता का लोभ मुख्य है। इसलिए पांडवों से उसके द्वेष को समझ सकते हैं, पर कर्ण के पांडवों के प्रति द्वेष का कोई ठोस कारण महाभारत में दिखाई नहीं देता। कम-से-कम शस्त्र-अस्त्र विद्या में अर्जुन को ललकारने तक तो उसके मन में पांडवों के प्रति द्वेष नहीं था। उनसे कोई झगड़ा होने का उल्लेख नहीं है, यों कहें कि कर्ण पांडवों से मन से द्वेष करे, ऐसा पांडवों ने उसका कोई अपराध नहीं किया था। फिर भी बिना वजह बचपन से ही दुर्योधन की बातों में आकर वह पांडवों से द्वेष करने लगा।

सभी छात्रों की शिक्षा होने पर राजधानी के नागरिकों और भीष्म आदि परिवार के वृद्ध जनों के सामने शिष्यों की निपुणता की परख करने और उनकी कुशलता के दरशाने के लिए द्रोणाचार्य ने एक दिन तय किया। उस दिन हरेक ने अपनी कुशलता से सभी को प्रभावित किया, पर उनमें अर्जुन ने तो मानो मंत्रमुग्ध कर दिया और लोगों की वाह-वाही लूटी। इस अवसर पर कर्ण नहीं था। इस प्रदर्शन के बाद कर्ण खम ठोकता हुआ वहाँ पर आया। मंच पर खड़े हो, चारों ओर देखकर बिना बहुत आदर से उसने द्रोण और भीष्म को प्रणाम किया और अर्जुन से कहा, 'तुमने यहाँ जो भी कुशलता दिखाई है, वह मैं भी दिखा सकता हूँ। फालतू ही वाह-वाही लूटकर जनता के प्रिय मत बनो।' वस्तुत: यह सब कहने की जरूरत ही क्या थी? इसे कहते हैं घमंडी स्वभाव। न अर्जुन ने कुछ बोला, न ही आचार्य द्रोण ने। जैसा कर्ण ने कहा, अपनी शस्त्र विद्या की निपुणता उसने दरशायी। इसे देख दुर्योधन की खुशी का तो कोई ठिकाना ही नहीं रहा। उसने आगे बढ़कर कर्ण को अपनी बाँहों में भर लिया और अपनी दोस्ती जताई।

## अंगदेश का शासक

दुर्योधन जैसे युवराज के मित्रता के लिए हाथ बढ़ाते ही कर्ण फूले नहीं समाया और तत्काल उसने द्वंद्वयुद्ध के लिए अर्जुन को ललकारा। अर्जुन ने भी उसे स्वीकार किया। दोनों ही द्वंद्व के लिए एक-दूसरे के सामने खड़े हुए, तो युद्ध नीति में कुशल कृपाचार्य आगे बढ़े। अर्जुन के माता-पिता, कुल आदि घोषित कर कर्ण से भी कुल इत्यादि बताने के लिए कहा। समान कुल के क्षत्रिय होने पर ही द्वंद्वयुद्ध हो सकता है यह बताकर कृपाचार्य ने कर्ण से माता-पिता के बारे में पूछा। यह पूछते ही शर्म के मारे उसकी गरदन झुक गई और वह चला गया। सिर्फ क्षत्रीय न होने से अर्जुन से द्वंद्वयुद्ध न कर पाना दुर्योधन को नागवार गुजरा और उसने अपने अधिकार में कर्ण को अंगदेश का शासक/राजा बना दिया।

इस तरह राजा बनने पर भी उसका अर्जुन से द्वंद्वयुद्ध न हो सका। विधि-विधान से कर्ण का राज्यभिषेक होने पर अधिरथ बहुत प्रसन्न हुआ, कर्ण भी सिंहासन से उठकर पिता को प्रणाम करने उनके पास आया। 'हे पुत्र' अनायास ही आनंद में अधिरथ के मुँह से निकला। भीम और सभी ने यह सुन लिया। तब कर्ण के सूत पुत्र होने की बात सार्वजनिक हो गई। युवराज की मित्रता ने उसे राजा तो बना दिया पर 'सूत पुत्र' का अवांछित विरुद्ध हमेशा उससे जुड़ गया।

इसके बाद की घटनाओं में द्रुपद की पराजय आती है। द्रुपद और द्रोण दोनों बचपन के दोस्त। द्रुपद राजा बना, ब्रह्मास्त्रविद् होने पर द्रोण गरीब ही रहे। अपने मित्र द्रुपद से सहायता की अपेक्षा से आए द्रोण का अपमान हुआ। इसका बदला चुकाने के लिए द्रोण ने कौरव-पांडवों को युद्ध कला की शिक्षा देकर निपुण बनाया। द्रोण की यह जिद थी कि अपने शिष्यों से ही द्रुपद को पराजित कर उसे कैदी की हालत में उनके सामने लाया जाए।

## द्रुपद की पराजय

आचार्य के आश्रम में युद्ध विद्या की शिक्षा पूरी करने पर द्रोण ने अपनी गुरुदक्षिणा के रूप में द्रुपद को जिंदा पकड़कर लाने का कार्य शिष्यों को सौंप दिया। 'अपना अध्ययन अब हो गया, हम तो आसानी से द्रुपद को कैद कर ले आएँगे,' इस भ्रम में कौरव और कर्ण ने पांचालों की ओर कूच किया। पांडव, खासकर अर्जुन इतना उतावला नहीं था। इसलिए कौरवों की तरह 'पहले मैं, पहले मैं' न कर पांडवों ने युद्ध के लिए प्रस्थान नहीं किया। अर्जुन इन लोगों की सामर्थ्य जानता ही था, साथ में उसका आत्मविश्वास भी दृढ़ था। इसलिए गुरु द्रोण के साथ युद्ध के मैदान से

करीब आधा कोस पीछे ही वह रुका रहा। द्रुपद के नागरिकों ने ही लाठी-भाला जंग में कौरवों को पछाड़ दिया। सारे कौरव हाँफते-हाँफते जब वापस लौटे, तब अर्जुन और भीम ने युद्धभूमि की ओर कूच किया और द्रुपद को पराजित कर, उसे बंदी बनाकर द्रोण के सामने पेश किया। इस पहली घटना में ही अर्जुन-कर्ण का कर्तृत्व 'दूध का दूध, पानी का पानी' सिद्ध हो गया। पहली बार अजेय रहा अर्जुन आखिर तक अपराजेय दुधर्ष योद्धा बना रहा। परंतु इस घटना के बाद भी कर्ण गंधर्व, भीम, सात्यकि व अभिमन्यु के हाथों पराजित हुआ है।

पांडवों ने अपने व्यवहार और गुणों से हस्तिनापुर के नागरिकों का दिल जीत लिया। अब युधिष्ठिर को राज्य के अधिकार मिलने चाहिए, ऐसी प्रजाजनों की अपेक्षा होने लगी। चौराहों पर धृतराष्ट्र और दुर्योधन की दुष्टता की लोग चर्चा करने लगे। उसका परिणाम यह हुआ कि दुर्योधन, दुःशासन, शकुनि और कर्ण ने पांडवों को जिंदा जलाने का एक षड्यंत्र रचा और धृतराष्ट्र को उसके लिए राजी भी कर लिया।

दुर्योधन का खास दोस्त कर्ण पांडवों से कितना द्वेष करता रहा और कौरवों को पांडवों के विरुद्ध उकसाकर कितनी नीचता पर उतर आया था, इसका सबसे बड़ा और ठोस सबूत है आदिपर्व का 'लाक्षागृह प्रकरण'। कर्ण की वीरता, पराक्रम को सुशोभित होने की बजाए, उसकी सामर्थ्य, नृशंस क्रूरता से इस घटना में कलंकित हुई है। फिर भी कर्ण के भक्त उसे 'मृत्युंजय' व 'महापुरुष' मानें, तब क्या कह सकते हैं?

## अर्जुन से पराजित

कर्ण और अर्जुन को आमने-सामने युद्ध का अवसर द्रौपदी के स्वयंवर में मिला। कई राजा-महराजाओं के साथ दुर्योधन भी कर्ण के साथ आया था। दुर्योधन आदि इस पुगालते में रहे कि पांडव तो लाक्षागृह में जलकर खाक हो गए। परंतु सुरंग मार्ग से भागे पांडव ब्राह्मण के भेस में मंडप में आकर बैठ गए थे। किसी को भी इसकी भनक भी नहीं लगी। हालाँकि धृष्टद्युम्न ने यह घोषणा की थी कि कुल, रूप और बल से युक्त जो वीर पानी में देखकर ऊपर चक्राकार घूमती मत्स्य की आँख को निशाना बनाएगा, उसे ही द्रौपदी वरण करेगी। बावजूद इस घोषणा के कर्ण के मत्स्य भेद के लिए उठते ही द्रौपदी बोल उठी, 'सूतपुत्र का मैं वरण नहीं करूँगी'। अपमानित कर्ण चुपचाप अपने स्थान पर जा बैठा। फिर ब्राह्मण के भेस में अर्जुन ने मत्स्य-भेदकर द्रौपदी को जीत लिया। वरमाला अर्जुन के गले

में पड़नी ही थी। क्रुद्ध राजसमुदाय, दुर्योधन, कर्ण अर्जुन पर टूट पड़े। अर्जुन को भीम का साथ था ही। इस अवसर पर अर्जुन ने कर्ण को पराजित किया। लेकिन पराजय वह कैसे स्वीकार करता ? "ब्राह्मण का वध नहीं कर सकता" कहकर कर्ण वहाँ से निकल गया।

कर्ण की नीचता का दूसरा उदाहरण द्यूत क्रीड़ा के समय मिलता है। युधिष्ठिर ने द्रौपदी को दाँव पर लगा दिया। यह दाँव शकुनि ने जीत लिया। उसी क्षण आनंद से उन्मत्त हुए दुर्योधन ने द्रौपदी को दासी के रूप में राजसभा में लाने का आदेश दिया। यह सुनते ही भीष्म, विदुर, द्रोण की पलकें नीचे झुक गईं। सभा के सदस्य 'धिक्कार-धिक्कार' चिल्लाने लगे। मगर वहीं बैठे कर्ण की खुशी का कोई ठिकाना ही नहीं रहा—

*जहर्ष कर्णो अतिभृशं सह दुःशासनादिभिः ।*
*इतरेषां तु सभ्यानां नेत्रेभ्यः प्रापतज्जलम् ॥ (सभापर्व अ. 65)*

द्रौपदी के स्वयंवर में हुए अपमान का बदला लेने के लिए मिले इस अवसर को कर्ण किसी कीमत पर खोना नहीं चाहता था। द्रौपदी के बाल पकड़कर उसे खींचते हुए दुःशासन सभा में ले आया, तब दुःशासन का भाई विकर्ण कड़े शब्दों में अपना विरोध जताने लगा। बीच में कर्ण ने दुःशासन से कहा-'द्रौपदी एक वस्त्र पहने हो या निर्वस्त्र हो। उसकी फिक्र करने की तुम्हें जरूरत नहीं। उस दासी को लाओ और विवस्त्र करो।' कितनी पशुता! क्रूरता! कर्ण ने जब घटना को यूँ मोड़ दे दिया, तब दुर्योधन-दुःशासन के पागलपन का क्या कहना ? द्रौपदी को दुर्योधन ने अपनी जंघा दिखाई, वह भी कर्ण की मौन स्वीकृति से ही। तात्पर्य यह है कि द्रौपदी की इस निर्घृण विडंबना के पीछे कर्ण की पाशविकता ही तो थी। कर्ण के पराक्रम, दान आदि गुणों की प्रशस्ति,कसी पढ़ने से पहले इस निंदनीय घटना पर हजार बार सोचने की जरूरत है।

## विकृत मानसिकता

'वनपर्व' में भी कर्ण की विकृत मानसिकता के दो-तीन उदाहरण मिलते हैं।

'तेरह साल बाद लौटने पर पांडव राज्य का अपना हिस्सा माँगेंगे, जो न्यायसंगत होने से स्वीकार होगा। उन्हें ऐसा अवसर ही न मिले, इसलिए वन में जब वे असहाय हालत में हों, तभी कौरव उनपर आक्रमण करें। उनकी हत्या से कौरवों का मार्ग निष्कंटक हो जाएगा' ऐसी कर्ण की सलाह पर कौरव सेना के साथ रवाना भी हो गए। पर ऐन वक्त व्यासजी ने सेना को वापस बुला लिया, सो भयानक घटना

टल गई (वनपर्व अ. 7/18)। अपनी प्रतिज्ञा के लिए मित्र के शत्रु के विनाश कार्य में कर्ण ने जिय क्षुद्रता से भाग लिया, उससे स्वार्थ में अंधा हुआ आदमी कितना क्रूर हो सकता है, उसका एक तरह से प्रमाण ही मिलता है।

एक बार मनुष्य मत्सरग्रस्त हो जाए, तो उसकी बुद्धि और मन सड़ने लगते हैं। इसका उदाहरण घोषयात्रा के समय 'वनपर्व' में वर्णित कर्ण का आचरण है। इस लिहाज से इस पर्व के कुछ श्लोक अध्ययन करने योग्य हैं। घोषयात्रा का असली उद्देश्य जब कर्ण और शकुनि धृतराष्ट्र को समझा रहे हैं, उससे तुरंत ही कर्ण की नीचता सामने आ जाती है। दोनों धूर्त धृतराष्ट्र से कह रहे हैं—'वनवासी, धनहीन, राज्यच्युत पांडवों को जाकर देखने का भी एक अलग मजा है। जड़ाऊ गहने और सुंदर वस्त्रों से सुशोभित्त राजकुल की महिलाओं को साथ ले जाएँ। वे फटेहाल द्रौपदी को देखती रहें। इन स्त्रियों को देख अत्यंत दुःखी, विपन्न, अपनी हालत पर अफसोस करती द्रौपदी के चेहरे पर प्रकट होनेवाली व्यथा को देखने के अलावा और क्या सौभाग्य हो सकता है? शत्रु की दीन-हीन हालत में उसकी जख्मों पर नमक रगड़ने में बड़ा ही आनंद है।' शकुनि की इस नीचता को कर्ण उससे भी नीच बन साथ दे रहा है, यह देख दुर्योधन-दुःशासन का सड़ा दिमाग कितना नीच या क्षुद्र होगा, हम सोच सकते हैं। कर्ण शकुनि की बातें हमें ही शर्मसार करती हैं। भीष्म, विदुर, द्रोण, द्रुपद, कृप, अश्वत्थामा, अर्जुन और श्रीकृष्ण ने कर्ण का इतना उपहास न किया होगा, जितना इस अवसर पर कर्ण ने स्वयं अपना उपहास कर लिया/करवा लिया है।

## मानवीयता पर संकट

महाभारत में चित्रित व्यक्तित्वों में से कर्ण कोई सामान्य नागरिक या सैनिक होता तो उसके दुर्गुणों या बुराइयों पर इतना विचार करने की कतई जरूरत नहीं थी। वह अर्जुन के समक्ष असामान्य धनुर्धारी योद्धा, सूर्य का एकनिष्ठ उपासक, प्रसिद्ध दानवीर, माता-पिता का भक्त और ब्राह्मण-याचकों के लिए तो मानो 'कल्पद्रुम' ही था। सुंदर, आकर्षक और तेजस्वी व्यक्तित्व के धनी कर्ण ने धर्मशास्त्रों का गहन अध्ययन किया था, शास्त्र-श्रवण में उसकी हमेशा अभिरुचि रहती थी। अपने पराक्रम से चारों दिशाओं में राजाओं को पराजित कर उन्हें दुर्योधन के मातहत उसी ने करा लिया था। इतना ही नहीं, बल्कि समर्थ अजेय सिद्ध हुए जरासंध को भी कर्ण ने मल्लयुद्ध में पराजित कर उसी से प्रशंसा प्राप्त की। गुरुवर परशुराम से ब्रह्मास्त्र प्राप्त करने से वह अधिक शक्तिशाली हुआ था।

इतनी योग्यताओं और गुणों से संपन्न कर्ण महापुरुष कहलाया जाना चाहिए ऐसा कतिपय लोगों को लगना स्वाभाविक है; इसलिए हमने उसके जन्म से वनपर्व में प्रस्तावित घोषयात्रा तक की कुछ मुख्य घटनाओं का यहाँ उल्लेख किया है। इनसे कर्ण की नीचता कितनी घृणित थी, इसकी कल्पना की जा सकती है। अनेक गुण होने पर भी यदि स्वभाव सत्त्वशील न हो, सज्जन संगति न मिले, जीवन में उच्च उद्देश्य न हों, तो ऐसा मनुष्य कैसे पशु बन जाता है, इसका उदाहरण है—कर्ण। केवल दुष्ट-संगति से कर्ण की यह दुरवस्था हुई हो, ऐसी बात नहीं है। वैसे देखा जाए तो विदुर दासी पुत्र ही था। आजीवन वह धृतराष्ट्र के साथ ही रहा, पर उसमें बदलाव नहीं आया, वह महात्मा ही रहा। अहंकार, महत्त्वाकांक्षा, मत्सर और आत्मकेंद्रित स्वभाव को दुर्योधन जैसे दुष्ट का साथ मिलने पर वे दोष मानवीयता के लिए संहारक सिद्ध हुए। अन्यथा जिन उत्तम गुणों से मानवीयता का कल्याण, मंगल हो, ऐसी अपेक्षा करें, उस कर्ण की सिर्फ निजी महत्त्वाकांक्षा के कारण लगभग 40 लाख लोगों का सर्वनाश नहीं होता। कर्ण की असीम महत्त्वाकांक्षा के कारण तत्कालीन समाज की एक पूरी कर्तृत्वशाली पीढ़ी की गरदनें सिर से अलग हो गईं, इस सत्य पर हम परदा नहीं डाल सकते। यदि कर्ण चाहता तो लाखों क्षत्रियों को मौत के मुँह में जाने से बचा लेता, वह आदर्श या महापुरुष बन समकालीन और परवर्ती पीढ़ियों में पूजनीय, आदर योग्य बनता। मान लो वह दुर्योधन से मित्रता न करता या कर भी लेता तो उसे असत्य आचरण से बचा लेता, तो उसने अपना नाम मनुष्यता के हृदय-कमल पर हमेशा के लिए अंकित कर लिया होता! पर इतिहास और कालपुरुष 'यदि तो' या 'ऐसा होता तो' जैसी भाषा को नहीं पहचानता है। हमें-आपको लगता है, सत्य उसे नहीं जानता और जो त्याज्य, फेंक देने लायक है, संसार उसे सुरक्षित नहीं रखता। महाभारत में 'महान्' किंतु 'दुर्भाग्यशाली व्यक्तित्व कई हैं, पर उनके दुर्भाग्य ने व्यक्तिगत सुख या दुःख की सीमा नहीं लाँघी।' परंतु 'कन्यागर्भ' से उत्पन्न कर्ण के दुर्भाग्य ने स्वयं की व्यक्तिगत सुख-दुःख की सीमाएँ लाँघ दी हैं। इसी से समाज और शासन के लिए उसका दुर्भाग्य अधिक भयावह सिद्ध हुआ है। कर्ण का यह दुर्भाग्य मानवीयता पर महान् राष्ट्रीय संकट सिद्ध हुआ।

□

2

# द्वेष से कलंकित विदुर और कर्ण

कर्ण सूतपुत्र था, इसलिए उसका तिरस्कार या अपमान हुआ। वह जातिबाह्य—यानी समाज से बहिष्कृत रहा। वह अपने गुण या योग्यता को सार्थक नहीं बना सका, उसे ऐसा अवसर नहीं मिला, इसलिए आधुनिक लेखकों के दिल में एक कसक उठी, एक प्रकार का अपनत्व या दयाभाव उभरा। यदि कर्ण के लिए इतना ही अपनापन है तो विदुर तो सीधे ही दासी-पुत्र था। उसका जीवन दया व अनुकंपा के लायक बन जाना चाहिए। पर विदुर का कहीं पर भी तिरस्कार किए जाने का कोई उल्लेख नहीं है, जबकि उसका एक महान् विचारशील और धर्मात्मा के रूप में सम्मानजनक उल्लेख किया जाता है! आज भी विदुर नीति के विचार, चिंतन करने लायक हैं, उसके चिंतन की परिपक्व अवस्था के मोहक दर्शन 'विदुरनीति' में होते हैं। दासी-पुत्र होने पर भी वह समाज, कौरव-पांडवों के लिए आदरयोग्य बना। यह प्रतिष्ठा प्राप्त होने में उसकी जाति या दासी-पुत्र होना बाधक नहीं बना। प्राय: ऐसा समझा जाता है कि विदुर पांडवों का पक्षधर है। पर वैसा नहीं है, वह सत्य पक्षपाती था। पांडव सन्मार्गी, सत्यवादी होने से विदुर को उनसे लगाव रहा हो, पर कौरवों से उसने कभी द्वेष नहीं किया।

हमें लगता है कि महत्ता, पराक्रम या कर्तृत्व को तत्कालीन समाज जाति में अनुस्यूत नहीं मानता था। योग्यता गुणों पर निर्भर होती है, पर कभी भी परिस्थिति सापेक्ष नहीं होती। जो परिस्थिति सापेक्ष होगा, वह कर्तृत्व नहीं, बल्कि परिस्थिति के अनुसार आविर्भूत कर्तृत्वहीनता है। कम-से-कम उस समय वह कोई पराक्रमी शासक या योद्धा नहीं था, सिर्फ सलाहकार, परामर्शदाता था। उससे किसी को वैर या शत्रुता नहीं थी। सत्य का पक्ष लेने या सद्विचारों के प्रवर्तन का किसी ने उसके लिए नियम नहीं बनाया था। फिर भी उदार मन से, निस्वार्थ भाव से यह दासीपुत्र

कौरव और पांडवों को जब-जब सत्य, न्याय, नीति या सदाचारण के श्रेष्ठत्व को समझाने की चेष्टा करता है, तब यही विदुर योद्धा न होने पर भी वंदनीय लगता है, पराक्रमी न सही, पूजनीय और सम्राट् न सही, पर श्रद्धेय तो प्रतीत होता ही है न? ऐसा यह विदुर विश्वबंधुत्व की उदात्त भावना से मानवीयता के मंगल का स्तोत्रगान कर सकता है, स्वार्थ लोभ से होने वाले भयवाह भविष्य के रूप में सूचना कर सकता है, तो पूरे जीवन में सद्विचार, सदाचरण करने का कर्ण पर कोई प्रतिबंध तो था नहीं। या शुभ बोलने, मंगल करने के लिए समाज ने इस सूतपुत्र को मनाही की थी? नहीं। महाभारत में ऐसा कोई उल्लेख नहीं है।

हमारी राय में कर्ण की महात्मा विदुर से अंशतः भी तुलना नहीं हो सकती, इताना वह नगण्य है। फिर भी तुलना के लिए विदुर का व्यक्तित्व लेने का इतना ही उद्देश्य है कि कर्ण के सूतपुत्र होने से आधुनिक लेखक उसके प्रति दुःखभरी दया दिखाने लगे हैं। सभी तरह से अनुकूल युवराज दुर्योधन की मित्रता, अंग प्रदेश का अधिकार, पूरे कुरु साम्राज्य का समर्थन, आकर्षक व्यक्तित्व और प्रशंसनीय पराक्रम होते हुए भी विदुर के वैचारिक स्तर तक पहुँचना तो दूर, वह दो कदम भी आगे नहीं बढ़ सका। बिना राजसत्ता या पद के, शस्त्रास्त्र हाथ में न थामते हुए, व्यक्तिगत स्वार्थ की अभिलाषा न करते हुए भी, विदुर ने शांत, संयमशील, सदाचारी रहकर अपने उच्च वैचारिक व्यक्तित्व का निर्माण किया और तत्कालीन समाज में वह पूजनीय बना। वैसी लोकप्रतिष्ठा कर्ण प्राप्त नहीं कर सका। क्यों? क्या उसे विदुर जैसी अनुकूल परिस्थिति नहीं मिली? लेकिन ऐसा दिखाई नहीं देता, बल्कि पूर्व परंपरा न होते हुए भी वह अंग के सिंहासन पर अभिषिक्त हुआ, वह शस्त्रास्त्र संपन्न और अपनी इच्छा के अनुसार कोई भी साध्य सिद्ध कर सके, ऐसा बाहुबली है। कौरव-पांडवों से वह उम्र में बड़ा है। फिर भी विदुर की तुलना में कहीं ठहरता नहीं है। महात्मा विदुर, धृतराष्ट्र और पांडु का सौतेला ही क्यों न हो, भाई था, इसलिए उसकी बात का महत्त्व था, उसका अपना प्रभाव था, ऐसा कह सकते हैं। फिर कर्ण भी युवराज का मित्र ही था। दुर्योधन की कोई योजना कर्ण के मत/स्वीकृति के बिना पूरी नहीं होती थी। इतना कि भावी सम्राट् उसके अनुनय-विनय में लगा हुआ है। कर्ण की हर बात युवराज के लिए वेद के प्रमाण की तरह थी, फिर भी कर्ण का प्रभाव नहीं था, ऐसा हम कैसे कह सकते हैं? मानिए प्रभाव हो या न हो, विदुर ने प्रजा से जो आत्मीयता और स्नेह प्राप्त किया, क्या कर्ण के लिए यह संभव हुआ? जबकि यह असंभव तो था नहीं! कहीं ऐसा तो नहीं कि प्रजा की गुणग्राहकता-गुणों का आदर करने की योग्यता—कम पड़ी, जिससे कर्ण पर अन्याय हुआ?

विदुर की योग्यता कर्ण प्राप्त नहीं कर सका या विदुरनीति की तरह कर्णनीति समाज में समादृत नहीं हुई, फिर भी दया करें या कुछ दखल ही नहीं दे, ऐसा सामान्य पुरुष तो कर्ण नहीं था। कौरव-पक्ष का वह कोई सामान्य सिपहसालार या छड़ीदार होता तो उसके वध के लिए अर्जुन को प्रतिज्ञा नहीं करनी पड़ती। पर वास्तविकता ऐसी नहीं है। भले ही कर्ण, श्रीकृष्ण, भीष्म, द्रोण, कृप या विदुर की तरह योग्य न हो, वह शक्तिशाली और शस्त्रास्त्रों में निपुण होने पर भी अधम प्रवृत्ति का, दुष्प्रवृत्तियों को बढ़ावा देने वाला एक खलनायक तो था ही। अत: यह कैसे संभव है कि सज्जन व्यक्ति उसके दुष्कार्यों, दुष्प्रवृत्तियों पर कुछ बोले या लिखे ही नहीं? अत: वर्तमान परिस्थितियों में हमारे लेखक जब कर्ण पर लिख रहे हैं, तो किसी पर अन्याय किए बिना वे उसे महापुरुष सिद्ध नहीं कर सकते। असत्य और कल्पित इधर-उधर से चुने सद्गुणों से संपन्न इस नकली महापुरुष को जब प्रतिष्ठित लेखक समाज-पुरुष के गले कौस्तुभ-मणि कहकर लटकाते हैं, तो कभी रत्नों को न देखी हुई जनता पत्थर के इस टुकड़े को असली रत्न का सम्मान बहाल करती है।

## एकलव्य : कर्ण से महान्

इस संदर्भ में दूसरा उदाहरण है हिरण्यधनुष नामक शिकारी के पुत्र एकलव्य का है। द्रोणाचार्य की धनुर्विद्या से आकर्षित एकलव्य ने गुरु के जितनी ही योग्यता प्राप्त करने की ठान ली। पर युवराजों के आचार्य ने उसे सिखाने से इनकार किया। तब मन-ही-मन आचार्य को गुरु मानकर उनका मिट्टी का पुतला एकलव्य ने बनाया और उसके सामने समर्पित हो एकाग्रता से धनुर्विद्या का अध्ययन शुरू किया। प्रत्यक्ष में गुरु जो न दे पाते, वह सब अपनी सद्भावना से वह प्राप्त कर सका। गुरु के प्रति-सद्भावना बहुत कुछ दे जाती है, यह विद्या प्राप्ति का एक महत्त्वपूर्ण सिद्धांत है। आज क्रय-विक्रय से ही ज्ञान-शब्दज्ञान प्राप्त करना सिद्धांत समझा जाता है, इसलिए गुरु सद्भावना का सिद्धांत किसी को पागलपन या मूर्खता लगेगी। पर कोई क्या सोचता है, इस पर सिद्धांत न बनता है, न स्थिर होता है और एक बार सिद्धांत की स्थापना होने पर कालचक्र कैसे भी उलट-पुलट घूमे, वह मुश्किल से ही बदलता है। महाभारत काल में अत्यंत निम्न वर्ग से होने पर एकलव्य को वह सिद्धांत उचित ही लगा। एकलव्य इस तरह से धनुर्विद्या का अध्ययन कर पारंगत हुआ। आगे चलकर कौरव-पांडवों के कुत्ते के मुँह में इसी एकलव्य ने सात बाण लगाकर उसका भौंकना बंद कर दिया था, बिना किसी जख्म के। अर्जुन से एकलव्य की धनुर्विद्या श्रेष्ठ न हो, इसलिए आचार्य ने एकलव्य के दाँए हाथ का अँगूठा 'गुरुदक्षिणा' में माँग लिया।

दूसरे ही क्षण शिष्य ने अपना अँगूठा काट समर्पित किया।

निम्न वर्ग के सभी जातीय बंधनों को तोड़ एकलव्य अपनी जिद से विद्या में कुशलता प्राप्त कर सका। आज कम-से-कम इस घटना से ही, एकलव्य महान् हो गया। द्रोण के चेतन शरीर के द्वारा विद्यादान के लिए मना करने पर एकलव्य ने गुरु की मिट्टी की प्रतिमा के सामने कठोर विद्याभ्यास किया और सचेतन शरीर को पराजित करने का असामान्य चमत्कार कर दिखाया। द्रोण ने अर्जुन के प्रेम या अपने वचन को सत्य सिद्ध करने के लिए केवल क्षुद्र स्वार्थ से एकलव्य का अँगूठा कटवा दिया, पर अर्जुन के भाग्य में जो गुरुकृपा नहीं थी, वह एकलव्य को मिली। शिष्य ने अपना मन ही गुरुचरणों में समर्पित किया, इसलिए वह एक अँगूठे के बदले आचार्य की आत्मशक्ति ले पाया। उसी आत्मशक्ति ने एकलव्य को अमर कर दिया।

ऐसा मानने के लिए काफी गुंजाइश है कि द्रोणाचार्य अर्जुन के पक्षपाती थे। एकलव्य को तो सिखाने से उन्होंने स्पष्ट मना कर दिया था, इसलिए पक्षपात तो हुआ। पर कर्ण को तो उन्होंने मना नहीं किया था न? पर एकलव्य की तरह कभी भी आचार्य के सामने कर्ण की निष्ठा दिखाई नहीं देती। सारे शिष्य समूह में एकलव्य की तरह की निष्ठा उन्हें केवल अर्जुन में दिखाई दी।

## गुरु के प्रति कृतघ्नता

कौरव पांडवों के साथ अन्य राजपुत्रों को शस्त्रास्त्र विद्या सिखाने की जिम्मेदारी भीष्म ने आचार्य द्रोण को सौंपी थी। नियुक्त किसने और किसकी की, इस बात का कोई महत्त्व है या नहीं? धनुर्विद्या में धुरंधर, पूजनीय भीष्म, आचार्य द्रोण को इस कार्य में नियुक्त करते हैं, जो महत्त्वपूर्ण है। सीधा-सा इस बात का तात्पर्य है कि द्रोणाचार्य की कुशलता की परख करने की भीष्म में क्षमता थी। इसीलिए पितामह ने अपने कुल के राजकुमारों को शस्त्रास्त्र में निपुण करने के लिए जान-बूझकर द्रोणाचार्य को नियुक्त किया था—

*अग्रतश्चतुरो वेदान् पृष्ठतः सशरं धनुः।*
*इदं ब्राह्ममिदं क्षात्रं शापादपि शरादपि॥*

ऐसा ब्रह्म-क्षात्र तेज से ठक्कीप्त मानो प्रत्यक्ष तेज।

ऐसे साक्षात् तेजस्वरूप द्रोण के शिष्य होने का सौभाग्य राजकुमारों के साथ कर्ण को भी मिला। जिस आचार्य ने कर्ण को शस्त्र विद्या में कुशल बनाया, उसे अपने गुरु के प्रति उत्कटता से कृतज्ञ होना चाहिए, इस बारे में दो राय नहीं हो सकती। अत्यावश्यक होने पर भी, उपकारों को याद रखने की जो समाज में एक

स्वाभाविक प्रवृत्ति होती है, वैसी कर्ण की सामान्य सत्प्रवृत्ति का महाभारत में कोई उल्लेख नहीं है। कर्ण का कलंकित जीवन अधिक स्थान बनने लगा तो, जब-जब अवसर मिला, उसके द्वारा द्रोणाचार्य की गई क्रूर विडंबना, तिरस्कार और अपमान के कारण ही ऐसा हुआ है। कर्ण का तेज धीरे-धीरे कम हुआ तो इसी कृतघ्नता के कारण। वैसे तो वह सूर्य का पुत्र है। जन्म से ही तेजस्वी कर्ण अपनी कृतघ्न प्रवृत्ति से अपने जीवन को अधिक संतप्त, चरित्र को कलुषित करता रहा है।

द्रोणाचार्य ने भले ही पक्षपात से, कर्ण को जो कुछ भी शिक्षा दी, कर्ण के लिए उसका मूल्य शून्य था। आचार्य द्रोण के द्वारा गुरुदक्षिणा माँगने पर, उनसे प्रत्यक्ष विद्या न ले पाए एकलव्य में तुरंत अपने हाथ का अँगूठा काटकर गुरुचरणों में समर्पण करने की जो भावना है और आचार्य से प्रत्यक्ष विद्या प्राप्त किया हुआ कर्ण तो जिंदगीभर अपने गुरु को निंदा और अपमान के अलावा कुछ भी नहीं दे सकता, यह कितना बड़ा विरोधाभास है! सामान्य श्रेणी के जिस एकलव्य के मन की ऊँचाई तक पहुँचना आचार्य के लिए भी असंभव था, उस ऊँचाई तक पहुँचना दूर क्या, कई जन्मों तक उसे देख पाना भी कर्ण के लिए संभव होगा? कर्ण की मानसिकता किस हद तक सड़ी-गली थी, इसे देखना हो तो द्रोणाचार्य के संदर्भ में उसकी कही बातों या वक्तव्यों की एक बार जाँच-परख करने में कोई एतराज नहीं होना चाहिए।

'विराटपर्व' में गोग्रहण की घटना है। विराट की गायों को भगाने के लिए कौरवों की विशाल सेना सीमा पर पहुँची है। उस समय विराटपुत्र उत्तर को सारथी बनाकर स्त्री के वेष में अकेला अर्जुन कौरव सेना की ओर रथ को दौड़ाकर ललकार रहा है। इतनी विशाल सेना पर अकेला धावा बोलने वाला योद्धा अर्जुन ही है, यह द्रोणाचार्य ने पहचान लिया। अर्जुन की प्रशंसा करते हुए द्रोण ने सेना को सावधान रहने की सूचना दी है।

## पांडवों से द्वेष

पांडवों विशेषत: अर्जुन से अंतर्बाह्य जलने वाले और उसी से प्रभावित दुर्योधनादि कौरवों को जलाते रहने वाला कर्ण द्वेषाग्नि ही था। इसलिए द्रोणाचार्य ने जब सेना को सावधान रहने के लिए आगाह किया उसमें भी अर्जुन की हुई प्रशंसा में उसे बदबू आई। उससे वह विचलित हुआ, कहाँ क्या बोलना चाहिए, इसका ध्यान रहा नहीं और अपने विद्यागुरु द्रोण को वह जो मर्जी में आया, बोलने लगा—

'आचार्य, आप हमेशा अर्जुन की ही प्रशंसा करते हैं, वैसी इस बार भी कर दी आपने। वह तो मेरे या दुर्योधन के मुकाबले कहीं ठहरता ही नहीं है!'

इतनी बात कहने पर कर्ण यदि चुप हो जाता तो उसे कोई दोष न देकर हम कुछ नहीं कहते, शांति से बैठ जाते या यह समझते कि आचार्य के द्वारा दिए गए इशारे से कर्ण में शौर्य का संचार हुआ और आचार्य का निहित हेतु सफल होकर कर्ण अर्जुन का सामना करने लिए प्रवृत्त हुआ।

परंतु कर्ण के इस तरह बोलने पर सेना में वीरश्री का संचार तो हुआ नहीं, अर्जुन का नाम सुनने मात्र से वह तितर-बितर होने लगी। अर्जुन से सामना होना है, इस बात पर कौरवों की सेना अंदर से हिल गई, पर ऐसा नहीं होना चाहिए था, क्योंकि कुछ काल पहले ही इस सेना ने विराट की गायों को भगा दिया था। हजार गायों को भगा ले जाना वीरश्री की गाथा थी, पर अर्जुन के नाम से ही उसके ये हालात नहीं होने चाहिए थे। किसी के व्यक्तित्व की स्वाभाविकता का प्रभाव कैसे और कितना पड़ सकता है, उसका यह ज्वलंत उदाहरण है, ऐसा हमें लगता है। पांडव जब वनवास में थे तब इसी कर्ण ने चारों दिशाओं के राजा-महाराजाओं को युद्ध में परास्त कर दुर्योधन के अधीनस्थ शासक बना दिया था। जरासंध जैसे बाहुबली महापराक्रमी योद्धा को कर्ण ने अपने बाहुबल से शिकस्त दी थी, वही कर्ण इस सेना में अगुवा रहकर अर्जुन को किस पेड़ की पत्ती कहकर अपनी आस्तीन में चढ़ा रहा था, कम-से-कम इससे तो सेना में वीरश्री का संचार हो जाना चाहिए था। किंतु ऐसा हुआ नहीं और अर्जुन के आने की खबर से सेना के पैर काँपने लगे। अर्जुन से युद्ध की कल्पना से ही वह भयाक्रांत हो गई। ऐसे समय कर्ण को चाहिए था कि वह सेना को धीरज बँधाता। मित्र का कर्तव्य कहीं एक तरफ रह गया, उलटे कर्तव्यच्युत होकर कर्ण अपने गुरु को ही दोष देते हुए दुर्योधन को सलाह देने लगा, 'सेना की घबराहट द्रोण की वजह से है, अर्जुन तो कुछ भी नहीं। पहले इस आचार्य को यहाँ से निकाल बाहर करो। बार-बार पांडवों से प्रेम जताकर हमारा तेजोभंग करना ही इसका काम है। कर्मकांडी ब्राह्मण की औकात ही क्या?'

*इष्टा ही पांडवा नित्यमाचार्यस्य विशेषतः।*
*आसयन्नपराधश्चि कथ्यते स्म स्वयं तथा॥*
*आचार्या वै कारुणिकाः प्राज्ञाश्चाअपापदर्शिनः।*
*नैते महाभये प्राप्ते संप्रष्टव्या कथञ्चन॥*
*प्रासादेषु विचित्रेषु गोष्ठीषूपवनेषु च।*
*कथा विचित्राः कुर्वाणाः पण्डितास्तत्र शोभनाः॥*
*बहून्याश्चर्यरूपाणि कुर्वाणा जनसंसदि।*
*इज्यास्त्रे चोपसंधाने पण्डितास्तत्र शोभनाः॥*

*परेषां विवरज्ञाने मनुष्यचरितेषु च।*
*हस्त्यश्वरथचर्यासु खरोष्ट्राजाविकर्मणि॥*
*गोधनेषु प्रतोलीषु वरद्वारमुखेषु च।*
*अन्नसंस्कारदोषेषु पण्डितास्तत्र शोभना:॥*

*(विराट पर्व अ. 47/ 24-32)*

अधिक जानकारी के लिए 'विराटपर्व' में आई गायों को भगा ले जाने की घटना देखनी चाहिए। उससे पूर्वापर संबंध स्पष्ट होगा। यहाँ केवल कर्ण की मानसिक पृष्ठभूमि प्रस्तुत करने के लिए आवश्यक संदर्भ ही लिये गए हैं।

## आचार्य निंदा?

गोग्रहण के संदर्भ कर्ण के द्वारा की गई आचार्य की निंदा काफी पर्याप्त है। यहाँ इस बात का उल्लेख करना होगा कि विद्याग्रहण के समय से कर्ण का गुरु के प्रति कभी भी आदर या सम्मान प्रकट नहीं हुआ है। बचपन में तो पांडवों की कर्ण से कोई शत्रुता नहीं थी। दुश्मनी मोल लेने का कर्ण के पास कोई कारण नहीं था। फिर भी पांडवों के संबंध में कोई अच्छी बात, उनका उत्कर्ष या प्रशंसा के दो शब्द भी कर्ण सहन नहीं कर पाता था। आचार्य का अर्जुन से अधिक लगाव था, इसलिए कर्ण की दृष्टि में आचार्य का भी कोई महत्त्व नहीं था। पांडवों से द्वेष के कारण ही आचार्य की निंदा करते हुए कर्ण को एक तरह का राक्षसी या प्रतिशोधात्मक आनंद मिलता था। जब भी आचार्य ने पांडवों के लिए न्यायसम्मत बात की, तब अवसर मिलते ही कर्ण ने आचार्य को उपेक्षित या अपमानित या अत्यधिक तिरस्कृत करते हुए अपनी तुच्छता का प्रदर्शन किया है।

'आदिपर्व' में भी कर्ण ने द्रोणाचार्य का अपमान या तिरस्कार किया है। द्रौपदी स्वयंवर के बाद पांडव जब अपने मूल रूप में प्रकट हुए तब राज्य में हिस्से का सवाल खड़ा हुआ। इस विवाद में 'पांडवों को हिस्सा देना जरूरी है, न्यायसंगत है। उनके साथ भाईयों की तरह बरताव करना (सभी के लिए) हितकारी होगा', ऐसी सलाह द्रोणाचार्य ने धृतराष्ट्र और दुर्योधन को दी। द्रोणाचार्य से यही अपेक्षित भी था। इस सलाह में पांडव प्रेम नहीं, न्याय और तर्कसंगति की बात कही गई थी। जिसका हिस्सा है, उसे मिले, कोई किसी के हिस्से को जबरन न हथिया ले। यहाँ आचार्य की विशुद्ध भावना ही अभिव्यक्त होती है। अलबत्ता यह सलाह देने में आचार्य ने न कौरवों का अधिक्षेप किया, न ही कर्ण का। इसलिए कर्ण के गुस्साने की कोई वजह तो यहाँ नहीं दिखाई देती। फिर भी पांडवों से द्वेष और दुर्योधन के प्रति लगाव के

कारण कर्ण आगबबूला हुआ और जो मर्जी आए, सो बकने लगा।

पांडवों को राज्य में आधा हिस्सा देना जरूरी है, यह सब द्रोणाचार्य ने कहा, तब दुर्योधन का आगबबूला होना लाजमी था, क्योंकि सवाल आधे राज्य का था। नुकसान होता तो कर्ण से ज्यादा दुर्योधन का होना था। कर्ण की न कोई हानि होने वाली थी, न उसका कुछ लेना-देना था। पर दुर्योधन का राज्य अपना ही है, इस भावना से कर्ण संतप्त हुआ।

जैसे कोई द्रोणाचार्य, दुर्योधन और धृतराष्ट्र को गड्ढे में धकेल रहे हो, देखिए कर्ण धृतराष्ट्र को क्या सलाह दे रहा है—

*दुष्टेन मनसा यो वै प्रच्छन्नेनान्तरात्मना।*
*ब्रूयान्निश्रेयसं नाम कथं कुर्यात्सतां मतम्॥*

*(आदिपर्व—204)*

कर्ण धृतराष्ट्र से कह रहा है, "आपने द्रोणाचार्य को संपदा, सम्मानजनक पद देकर प्रशासन में मंत्री बनाया, फिर भी वह आपको हानिकारक सलाह दे रहे हैं। वे यह दिखा रहे हैं कि उनकी निष्ठा कौरवों के साथ है, पर वास्तव में वे आस्तीन के साँप हैं। ऐसे व्यक्ति के द्वारा दुष्ट मन से किया उपदेश आपके लिए लाभदायक कैसे हो सकता है ?"

इससे कर्ण की मानसिकता कितने निम्न स्तर की थी, आप समझ सकते हैं। भीष्म, कृपाचार्य जैसे वरिष्ठ व्यक्तियों का अपनमान या अवहेलना करने का प्रयास कर्ण ने किया है। कर्ण की दृष्टि ही विकृति से ग्रस्त थी। अन्याय, असत्य, दुराचार, कुविचार उसे अच्छे लगते थे। अपना महत्त्व बढ़ता रहे, इसलिए वह पांडवों के साथ अपने गुरुजनों का भी धिक्कार करता रहा। वह इसलिए नहीं कि वह अधिक योग्य है, बल्कि उसे दुर्योधन का पूरा समर्थन था, इसलिए। पांडवों की निंदा, उनका अपमान बार-बार करते रहने से दुर्योधन की प्रसन्नता बढ़ जाती थी। दुर्योधन को अधिकाधिक प्रसन्न रखकर अपने स्थान को अधिक दृढ़ बनाते जाने का कर्ण का विचार था, भले ही वह स्वार्थी और व्यवहार के अनुकूल हो। भले ही वह बार-बार कौरवों के कल्याण की अपनी निरपेक्ष भूमि को दरशाता हो, उससे कर्ण का महत्त्व तो निश्चित ही नहीं बढ़ेगा। हाँ, दुर्योधन के बंधु-द्वेष की अग्नि में तेल डालकर प्रज्ज्वलित रखने का काम कर्ण ने जरूर किया है।

□

3

# चारित्रिक विसंगतियाँ

कर्ण को क्षत्रियत्व मिला नहीं, 'सूतपुत्र' नाम से ही वह प्रसिद्ध हुआ, जिससे समाज में उसकी अवहेलना और तिरस्कार हुआ। परंतु इस कारण वह उपेक्षित रहा, यह कहना ठीक नहीं होगा। यह तथ्य हमने विदुर और एकलव्य के उदाहरण से सिद्ध किया है। सूतपुत्र होने पर भी उसने तत्कालीन समाज-राजसमाज में जो महत्त्वपूर्ण स्थान प्राप्त किया, वह अपने गुणों और योग्याताओं से ही, जो सूत समाज में नहीं पाई गई है। सूत का काम रथ चलाना है। उस समय के युद्ध 'धर्मयुद्ध' हुआ करते थे, जिनमें रथ आवश्यक थे। कुशल रथ-संचालकों की बहुत जरूरत थी। इस आवश्यकता से 'सूत जाति' या समाज का उदय हुआ। यह समाज उपेक्षणीय तो कदापि नहीं था,राष्ट्रीय कार्यों में उसकी सहभागिता थी। किसी बड़े योद्धा का सारथी होना सम्मानजनक माना जाता था; क्योंकि योद्धा का जीवन बहुत कुछ सारथी के अधीन रहता है। अतः सूत को उपेक्षणीय नहीं माना जाता था। परंतु इसका अर्थ यह नहीं कि क्षत्रियों का जो उच्च स्थान था, वह सूतों को भी मिलना जरूरी था। ऐसा कैसे मानें? सारथी योद्धा नहीं था, न वैसा मानते थे। श्रीकृष्ण या शल्य सारथी बने, पर वे अपवाद हैं। अपवाद से नियम सिद्ध होता है, यह तथ्य सर्वमान्य है। श्रीकृष्ण-शल्य सारथी बने, इसलिए उनका बहिष्कार नहीं हुआ, न क्षत्रिय होते हुए भी सारथी बनने में उन्हें कोई शरम आई, न संकोच हुआ। जब सारा जीवन ही युद्धों में बिताना है, तब सारथी कर्म का उन्हें ज्ञान होना स्वभाविक ही था, किसी हद तक जरूरी भी था। पर जब तक कोई सूत धर्मयुद्ध में निष्णात नहीं होता, तो समाज की यही अपेक्षा रहती कि वह सूतों का निर्दिष्ट कार्य ही करे।

भारतीय संस्कृति-दर्शन ने जाति को महत्त्व नहीं दिया है। जातियों में वैमनस्य या शत्रुता का कारण मन का हलकापन है, दूसरे के उत्कर्ष को सहने की क्षमता का

अभाव है, पर वह सिद्धांत नहीं है। यदि वैसा होता तो क्षत्रिय विश्वामित्र को 'ब्रह्मर्षि' की उपाधि से कभी विभूषित नहीं किया जाता, न याद ही रखा जाता, न ही वणिक तुकारामजी की 'अभंगवाणी' हमारे लिए प्रात:स्मरणीय गीता बनती। इसका तात्पर्य है कि कोई भी, किसी को भी, कार्य करने के लिए प्रतिबंधित नहीं कर सकता था, न करता था। और प्रतिबंध से जिनका विकास रुके, उनकी क्षमता पर प्रश्नचिह्न लग ही जाता है। विकास प्रयत्न-सापेक्ष होता है, क्वचित् परिस्थितियाँ भी अपना काम कर जाती हैं। जब विश्वामित्र अपनी जिद और प्रयासों से ब्रह्मर्षि बन सकता था, तब किसी अन्य क्षत्रिय को प्रतिबंधित तो नहीं किया गया था न? चलो, यह प्राचीन घटना है, पर 8-9 सदियों पहले हुए संत ज्ञानेश्वर का उदाहरण सर्वश्रुत, सर्वप्रसिद्ध है। समाज में श्रेष्ठ और हीन व्यक्ति होते ही हैं, हीन या कनिष्ठ को वैसा ही रखने के लिए जी तोड़ प्रयास होते रहते हैं। हमारा तात्पर्य यह है कि कर्ण के सूतपुत्र होने से उस पर अन्याय हुआ, अपमान हुआ, ऐसा उसके प्रशंसक कितना भी आक्रोश करें, वह आधारहीन है। वह सिर्फ ढकोसला है।

कुंती की कोख से कुमारी-अवस्था में मंत्रसामर्थ्य से कर्ण का जन्म होना उसका सबसे बड़ा दुर्भाग्य है, न वह क्षत्रिय समाज का अपराध है, न ही कर्ण के अपयश में कुंती का कोई दोष है। किसी नदी का उद्गम ढूँढ़ना महत्त्व का है या जल का उपयोग? ऋषि का कुल ढूँढ़ने से उसका कर्तृत्व और योगदान महत्त्वपूर्ण होता है। उसी तरह कर्ण के जन्म पर सवाल करने की अपेक्षा किशोर अवस्था के बाद उसका आचरण और कर्तृत्व हमारी दृष्टि में महत्त्वपूर्ण है। कर्ण का आचरण, व्यवहार केवल सूत जाति पर ही नहीं, मानवता पर कालिख पोतने वाला है। धनुर्विद्या की कुशलता और पराक्रम, उसकी हुई निंदनीय पराजय से सारी क्षत्रिय जाति के लिए कलंक है। इसकी वजह उसकी जाति या परिस्थिति नहीं, उसकी मनोभूमि, परिस्थितियों का ठीक आकलन नहीं कर पाना और अहंकार है।

किसी व्यक्ति को लगे कि समाज में उसे सम्माननीय स्थान मिले, तो इसमें गलत क्या है? वह उसका दोष नहीं। सर्वोच्च स्थान की आशा से प्रयत्नशील रहना, व्यक्ति के पौरुष का आविष्कार समझना चाहिए। पर ऐसा प्रयत्न करते हुए मेरी बराबरी का कोई न हो, इस अभिलाषा को मन में रखकर, अपने ही तरह पराक्रमी समान बल वाले व्यक्ति से द्वेष करना, किसी की मानसिक विकृति के अलावा क्या है? कर्ण ने इस गाँठ को हमेशा अपने मन में सँजोए रखा और इस असूया के कारण कोई भी सामर्थ्यशील पुरुष जीवनपर्यंत अपयशी, सामर्थ्य के गैरवाजिब उपयोग से कलंकित होता रहा है।

## सूर्योपासना का तात्पर्य?

कुंती के विवाह से पहले कर्ण का जन्म हुआ। अर्थात् युधिष्ठिर—दुर्योधनादि से वह कम-से-कम 5-6 वर्ष बड़ा हुआ। उम्र के लिहाज से कौरव-पांडवों से कर्ण अधिक बलवान होना चाहिए और वैसा था भी, पर उम्र के साथ आने वाली मानसिक और बौद्धिक प्रगल्भता शायद उनमें नहीं रही। इसका परिणाम यह हुआ कि शारीरिक शक्ति बढ़ती गई, पर मन निप्रगल्भ होने के स्थान पर विकृत होता गया। इस विकृति से ही वह अहंकारी, घमंडी होता गया और अपयश का सामना करता रहा। बावजूद अनुकूल परिस्थितियों के कर्ण, अपनी मानसिकता में सुधार नहीं कर पाया। पांडवों से भयंकर द्वेष और अर्जुन का वध, ये दो ही उसके जीवन के उद्देश्य बन गए। शस्त्रास्त्रों की प्रतियोगिता से लेकर जीवन का हर क्षण उसके उद्देश्यों के प्राप्ति में व्यतीत हुआ। इसी से अवसर होते हुए भी श्रेष्ठ योग्यता उससे दूर भागती रही। बहुत बड़ी योग्यता या स्थान के लिए रात-दिन प्रयास करते हुए भी अपनी विकृत मानसिकता और अनुचित उद्देश्यों की वजह से कर्ण वाममार्ग का अनुयायी बना, अन्याय, असत्य, अविचार, दुष्ट-संगति और दुराचरण का निष्ठावान उपासक सिद्ध हुआ। अविचारों की यह उपासना कर्ण ने अति श्रद्धा और निष्ठा से की, कि उसकी सूर्योपासना भी फिकी पड़ गई। पांडवों से द्वेष और बदले का चिंतन भी एक तरह से मानसिक उपासना ही थी और जाने-अनजाने यह उपासना उसके दिमाग में रात-दिन तूफान मचाती रही, द्वेष का चक्रवात गतिमान हुआ। 'जैसा चिंतन, वैसा फल' यह मनोविज्ञान का सिद्धांत है, जिसे योगशास्त्रकार पतंजलि ने भी 'यज्जपस्तदर्थभावनम्' इन शब्दों में अभिव्यक्त किया है। संभवतः इसलिए कर्ण के मन पर सूर्योपासना के संस्कार दृढ़मूल होने की बजाय विद्वेष के अंतर्द्वंद्व के संस्कार दृढ़मूल होते गए। सूर्योपासक होते हुए भी वह सूर्य की योग्यता प्राप्त न कर सका। इस उपासना का 'आदिपर्व' में दिया विवरण देखने योग्य है—

*आपृष्ठतापादादित्यमुपातिष्ठत वीर्यवान्।*
*तस्मिन्काले तु जपतस्तस्य वीरस्य धीमता॥*
*नादेयं ब्राह्मणेष्वासीत् किंचिद् वसु महीतले॥ (आदिपर्व अ. 111/25-26)*

सूरज की धूप से पीठ तप्त होने तक यह कर्ण सूर्य की उपासना करता था। उपासना में जप करते समय, याचक ब्राह्मणों को दान देने के लिए, ऐसा कोई धन पृथ्वी पर कर्ण के लिए नहीं होता, जो वह दे न सके। कर्ण की तपस्या का यह विवरण पढ़ने से ऐसा लगता है कि वह महात्मा बनता, प्रातःस्मरणीय, पूज्य महापुरुष हो जाता। पर महाभारत की इन्हीं पंक्तियों के कवि ने कर्ण का जो व्यक्तित्व रेखांकित

किया है, वह इस उपासना से बनी कर्ण की छवि पर एक बड़ा धब्बा, लांछन है।

जिस उग्र सूर्योपासना के प्रभाव से ब्राह्मणों को सर्वस्व समर्पित करने की प्रवृत्ति कर्ण के मन में स्फुरित होती रही, उसी कर्ण के मन में अंतर्बाह्य दृढ़मूल हुआ पांडव द्वेष किंचित् भी कम न हुआ, यह किस का परिणाम था ? क्या उसकी तपस्या भी प्रतिष्ठा की प्राप्ति का एक नाटक था ? जिस तपस्या के परिणाम में दानशीलता का स्फुरण होता था, क्या यह केवल दानशीलता का स्फुरण ही इस तपस्या का ध्येय था ? यदि सूर्योपासना सत्त्वशील दानवृत्ति के कारण है, तो वही तपस्या कर्ण के मन में सदाचारादि सत्त्वगुणों की उद्‌भावना क्यों नहीं कर पाती ? अँधेरे को खत्म कर प्रकाश फैलाना सूर्य का सहज धर्म है, तो कर्ण पांडवों से द्वेष रूपी अहंकार को क्यों नष्ट नहीं कर पाया या करता ? कम-से-कम अपने अंतर्मन में बद्धमूल वैर के अँधेरों को कर्ण उखाड़ क्यों नहीं फेंक सकता ? जिस उपासना से 'ब्राह्मणों को अदेय कुछ भी नहीं' इस उत्कर्ष बिंदु तक जो पहुँच सका, वह कर्ण अपनी कुप्रवृत्तियों पर विजय क्यों नहीं पा सका ? या सूर्य के मंत्र के प्रभाव से कुंती ने उसे जन्म दिया, इसलिए कर्ण सूर्यापासना के प्रति इतना आकर्षित रहा ? मंत्र प्रयोग से किसी कन्या द्वारा पुत्र को जन्म देना आज भले ही ढकोसला लगता हो, फिर भी सूर्य के आकर्षण से सूर्य और कर्ण का कोई संबंध रहा हो, ऐसा तर्क उपस्थित करने में तो कोई एतराज नहीं होगा। इस तर्क के आधार पर कर्ण भी सूर्य की तरह अँधेरे का विनाश करने वाला होना चाहिए था ! पर कर्ण की उपासना दानवृत्ति के स्फुरण से किंचित् भी आगे नहीं बढ़ पाई है, दिखाई तो यही देता है।

## दुर्योधन का दिखावटी स्नेह

कर्ण की सूर्योपासना एक तरह से निष्फल होने का कारण है—द्रोणाचार्य के आश्रम में धनुर्विद्या सीखने के लिए आना और दुर्योधन के जाल में फँसना। शायद स्वभाव की समानता उसकी वजह हो। शस्त्रास्त्रविद्या में अर्जुन जैसी कर्ण ने अपनी कुशलता सिद्ध कर दिखाई, जिससे उसके लिए दुर्योधन के मन में अपनापन जाग उठा। पर यह अपनत्व कर्ण की विद्या की वजह से नहीं, दुर्योधन का राजनैतिक स्वार्थ के लिए वह नाटकीय स्नेह था।

कौरव साम्राज्य के युवराज से अपनी पीठ थपथपाई जाने पर 'धन्य-धन्य' होना अस्वाभाविक नहीं, परंतु सूत-परिवार और जाति से संस्कारित कर्ण के लिए वह बहुत बड़ी बात हो गई। कर्ण जैसे धुरंधर धनुर्धर को अपने पक्ष में न करे, इतना तो दुर्योधन भोला नहीं था। उसने अपने अधिकारों के तहत कर्ण को अंग-प्रदेश का

राजा ही बना दिया। स्वाभाविक मित्रता में दोनों एक-दूसरे से जुड़ गए। इसमें दुर्योधन की धूर्तता के साथ 'सूतपुत्र होने पर इतनी प्रशंसा' पाने से कर्ण का अभिभूत होना भी यहाँ सिद्ध होता है। परवर्ती समय में कर्ण नित्य ही दुर्योधन के साथ रहा, दोनों प्रगाढ़ मित्र बने। दुर्योधन की पांडवों से शत्रुता और कर्ण की अर्जुन से स्पर्धा, अर्थात् कर्ण पांडवों का भी शत्रु बना। दोनों की चर्चा का एक ही विषय रहता—पांडवों का द्वेष, उनका विनाश! सूतकुल में संस्कारित कर्ण की दुष्ट प्रवृत्ति वाले दुर्योधन से नजदीकियाँ बढ़ती हैं, पहले अनजाने में और फिर जानते हुए कर्ण दुर्योधन की दुष्ट प्रवृत्तियों का दास, संरक्षक बनता है। अपने स्वार्थवश दुर्योधन ने जो प्रतिशोध की भावना को दृढ़ से दृढ़तर किया, उसे कर्ण ने दृढ़तम बनाने का काम किया। सूत-कुल के संस्कार कर्ण के लिए दुर्भाग्य सिद्ध हुए। इसी के कारण राजधानी में क्षत्रियों की निरंतर निकटता होने पर भी उसे भीष्म, द्रोण, कृप, युधिष्ठिर या पांडवों के लिए कोई आकर्षण नहीं लगा। कर्ण को क्षत्रियत्व का आकर्षण था, पर उसकी छटपटाहट उसमें नहीं थी।

भीष्मादि जैसे महान् व्यक्तियों के होते हुए भी कर्ण को दुर्योधन से ही निकटता बढ़ाना ठीक लगा। वह सिर्फ दुर्योधन के क्षत्रियत्व से नहीं, अपितु उसने कर्ण को अंगदेश दे दिया, इसलिए। और वह भी बड़ी आसानी से। कभी सोचा भी नहीं होगा कर्ण ने कि उसे राजा बना दिया जाएगा और वह भी सम्राट के समतुल्य युवराज दुर्योधन के द्वारा। इसलिए शासक का पद स्वीकार कर लिया, साथ ही दुर्योधन की कुप्रवृत्तियों और कुविचारों को उसने अपने मन के सिंहासन पर हमेशा के लिए अभिषिक्त कर दिया। बिना कल्पना के मिली राज्यश्री से वह इतना मोहित हुआ कि उसकी स्वयं की आत्मश्री भी उससे सदा के लिए दूर हो गई! कर्ण का पिता अधिरथ सूत था, परंपरा से सारथी बनने वाले को राज्यश्री मिलना अन्यथा असंभव ही था। अपनी धनुर्विद्या से किसी शासक को पराजित कर वह अपने कर्तृत्व से राजा बन सकता था, उसे कोई नहीं रोक पाता, पर वैसा नहीं हुआ। सूर्य के उपासक को अत्यंत तेजस्वी, स्वाभिमानी होना चाहिए था। पर लगता है कि वह स्वाभिमानी की अपेक्षा अहंकारी था। अपनी सामर्थ्य की उसकी की गई गर्वभरी बातों से ऐसा ही लगता है। तात्पर्य, हम उसके स्वभाव की प्रशंसा नहीं कर सकते। यदि वह वैसा होता तो दुर्योधन के दिए हुए सिंहासन को ठुकरा देता। वैसे वह दानशीलता के लिए प्रसिद्ध था। दान देने के प्रति वह जाग्रत् ही था। पर शस्त्रास्त्र विद्या की निपुणता के प्रदर्शन के समय उसकी शस्त्रकुशलता से कई गुना अधिक दुर्योधन का दाता-रूप ही उजला हुआ। दुर्योधन ने अपनी इच्छा से बड़ी उदारता से कर्ण को अंग का

सिंहासन दिया, यह भले ही सच हो, पर कर्ण दान लेने वाला 'ब्राह्मण' नहीं था। वस्तुतः वह द्रोण, कृप आदि ब्रह्मर्षियों की 'ब्राह्मण' यानी याचक कहते हुए निंदा करने वाला था। कम-से-कम अपनी सिद्धांत-निष्ठा के लिए ही वह दुर्योधन से कहता, 'हे दुर्योधन, अस्त्र विद्या की मेरी कुशलता देख आपने मुझे राजसिंहासन देने की जो उदारता दिखाई है, उसके लिए मैं कृतज्ञ हूँ, पर मैं स्वयं धनुर्विद्या में प्रवीण हूँ, समर्थ योद्धा हूँ। यदि मेरा सिंहासन पर बैठना जरूरी हो, तो अपने पराक्रम से हासिल करूँगा। मैं दान देता हूँ, लेता नहीं हूँ।' परंतु दुर्योधन से अभिभूत स्थिति में कर्ण ने वह दान लिया, उसे वह चुकता कर नहीं पाया। इस घटना में अंगदेश के सिंहासन के बदले कर्ण के स्वाभिमान की मृत्यु हुई। यदि स्पष्ट रूप से कहना हो तो कहेंगे कि दुर्योधन ने अंग-सिंहासन के बदले एक समर्थ और शक्तिशाली योद्धा को मोल ले लिया। इस क्रय-विक्रय से ही कर्ण की शोकांतिका या त्रासदी शुरू होती है, उसकी योग्यता का प्रशंसनीय न होना, इस क्रय-विक्रय में निहित है। वह लगभग बिक गया था, उसने तत्वनिष्ठ या सिद्धांतनिष्ठ नहीं कह सकते। बिके हुए व्यक्ति की अपने स्वामी के समक्ष जो स्थिति होगी, वही हालत दुर्योधन के सामने कर्ण की है। उसकी सिद्धांतनिष्ठा, शूरता, दानशीलता केवल इसी वजह से हास्यस्पद होती प्रतीत होती हैं। 'अर्थस्य पुरुषोदासः' यह उक्ति द्रोण की अपेक्षा कर्ण पर ही अधिक लागू होती है।

## सामर्थ्य का खोखला प्रदर्शन

भीष्म, द्रोण, कृप, विदुर या धर्मराज की योग्यता कर्ण कभी प्राप्त नहीं कर सका, उसे सिर्फ शस्त्रास्त्रों, विशेष रूप से धनुर्विद्या में महारत हासिल थी। फिर भी यह कुशलता अर्जुन से कम ही थी। पांडव-कौरवों व कर्ण के लिहाज से विचार करें तो अर्जुन के अलावा इनमें से कोई भी कर्ण को पराजित नहीं कर सकता था। इस बात को मद्‌दे नजर रखने हुए दुर्योधन ने उससे दोस्ती का हाथ बढ़ाया था, उसे अपने अधीन ही कर लिया। भीष्म, द्रोण या गांधारी जैसे वरिष्ठ जन दुर्योधन को युद्ध टालने के लिए उपदेश देते रहे, पर कोई असर नहीं हुआ। षड्‌यंत्र रचकर पांडवों के विनाश के लिए दुर्योधन गरजता रहा, वह किसके बूते? भीष्मादि या भाइयों या अपनी चतुंगिणी सेना के बल पर? इनमें से किसी पर नहीं, बल्कि दुर्योधन का केवल कर्ण पर भरोसा था। कर्ण भी बार-बार पांडवों की निंदा करता है, उनके विनाश के लिए प्रेरित कर दुर्योधन को प्रोतसाहित करता, अपनी सामर्थ्य का बार-बार उद्‌घोष कर दुर्योधन को अपने खोखले बल का अहसास कराता है,

बार-बार पांडवों के विनाश कि प्रतिज्ञा करता है। यह सब जान बूझकर हो रहा है और उसका परिणाम दुर्योधन के चेहरे पर परिलक्षित होता रहा है। वह मन ही मन खुश हो रहा है। बड़े-बूढ़ों की सलाह को ठोकर मार दुर्योधन के मुख से युद्ध का मार्ग ही योग्य कहलाया जा रहा है। यह सब किसका परिणाम है? कर्ण के द्वारा उसे उकसाते रहने का। स्वयं बलशाली न होते हुए शकुनि भी दुर्योधन को वाममार्ग पर चलने के लिए प्रेरित कर रहा है, बुद्धिहीन किंतु निष्ठावान भाई दु:शासन का इस चक्र में पूरा योगदान है। इन तीनों के, वास्तव में कर्ण के भरोसे दुर्योधन लाखों मनुष्य के संहारक महायुद्ध की घोषणा करता है। उद्योग पर्व के 55वें अध्याय में दखिए दुर्योधन क्या कहता है—

'मेरा मानना है कि भीष्म, द्रोण और कृप के समान योग्यता कर्ण में है।' परशुराम ने भी कर्ण योग्यता में मेरे बराबर है, यह कहा है। कवच-कुंडल के बदले में इंद्र से प्राप्त गूढ़ शक्ति कर्ण के पास है। तब अर्जुन कैसे बचेगा? हे राजन्! निश्चय ही इस युद्ध में जीत मेरी होगी, यह हस्तामलकवत् स्पष्ट दिखाई दे रहा है।

फिर इसी पर्व के 58 वे अध्याय में धृतराष्ट्र दुर्योधन को काफी समझाता है अनुनय-विनय करता है—"दुर्योधन समझौता करो, सर्वनाश से बचो और पांडवों से मधुर संबंध रखो।" भीष्म, द्रोण, कृप, संजय, अश्वत्थामा, शल्य आदि वीरों को भी यह युद्ध मंजूर नहीं है। कौरव भी युद्ध नहीं चाहते हैं। अपनी बात को समेटते हुए धृतराष्ट्र कह रहा है—

*न त्वं करोषि कामेन कर्णः कारयिता तव।*
*दुःशासनश्च पापात्मा शकुनिश्चापि सौबलः॥*

तुम अपनी मरजी से युद्ध नहीं कर रहे हो, कर्ण तुमसे करवा रहा है, उसी तरह पापी दु:शासन और धूर्त शकुनि तुम्हें प्रवृत्त कर रहे हैं। यह सुनने पर अपने पिता के सामने दुर्योधन की कही यह दर्पोक्ति देखिए—

*नाऽहं भवति न द्रोणे नाऽश्वथाम्नि न संजये।*
*न भीष्मे न च काम्बोजे न कृपे न च बाल्हिके॥*
*अहं च तात कर्णश्च रणयज्ञं वितत्य वै।*
*युधिष्ठिरं पशुं कृत्वा दीक्षितौ भरतर्षभ॥*
*अहं च तात कर्णश्च भ्राता दुःशासनश्च मे।*
*एते वयं हनिष्याव: पांडवान्समरे त्रयः॥*

## दुर्योधन उपदेश

कौरवों की सभा में जब श्रीकृष्ण ने दोनों पक्षों में समझौता करने की कोशिश की, उसके बाद भीष्म, विदुर आदि ने भी पांडवों से मधुर संबंध बनाने की सलाह दी। बाद में उद्योग पर्व में द्रोणाचार्य दुर्योधन को हितकारक सलाह देते हुए कहने लगे, 'कृष्ण और भीष्म की सलाह मानने में ही तुम्हारा भला होगा।' फिर वे कह रहे हैं—

*ये त्वां प्रोत्साहयन्त्येते नैते कृत्याय कर्हिचित्।*
*वैरं परेषां ग्रीवायां प्रतिमोक्ष्यन्ति संयुगे॥ (उद्योग अ. 125/13)*

'ये (कर्ण) जो तुम्हें युद्ध के लिए प्रोत्साहित कर रहे हैं, वे समय पड़ने पर तुम्हारे काम नहीं आएँगे। यह सब जो तुम्हें युद्ध न करने की सलाह दे रहे हैं, तुम्हीं पर सारी जिम्मेदारी डाल देंगे। वे काम नहीं आएँगे, उनकी सलाह मत मानों।'

इन सब उपदेशों का दुर्योधन पर तनिक भी असर नहीं हुआ और अंत में "सूच्यग्रं नैव दास्यामि विना युद्धे न केशव" यह घोषणा वह कर देता (अ. 27) है। उस समय क्रोधित हुए श्रीकृष्ण ने दुर्योधन के अपराधों को गिनाया है—

*नृशंसानामनार्याणां पुरुषाणां च भाषणम्।*
*कर्णदुःशासनाभ्यां च त्वया च बहुशः कृतम्॥ (उद्योग अ. 128/12)*

"दुर्जनों" और दुष्टपुरुषों को ही ठीक हो, ऐसा भाषण तुमने कर्ण और दुःशासन ने किया है॥ 12॥

पापों की यों गिनती होते ही दुःशासन दुर्योधन को संबोधित कर बोल पड़ा—

*न चेत् संधास्यसे राजन् स्वेन कामेन पांडवैः।*
*बध्वा किल त्वां दास्यन्ति कुंतीपुत्राय कौरवाः॥ 23॥*

'हे राजन्, तुमने अपनी इच्छा से पांडवों से सलाह नहीं की, तो ऐसा लगता है कि सभा में कौरव उपस्थित हैं, वे तुम्हें बाँधकर बेड़ियों में जकड़कर कुंतीपुत्र युधिष्ठिर के हाथों में सौंप देंगे'॥ 23॥

'वैकर्तन कर्ण, तुम और मैं इन तीनों को भीष्म, द्रोण और तुम्हारे पिता पांडवों के हवाले कर देंगे'॥ 24॥

इतना सुनना था कि दुर्योधन फुँफकारता हुआ सभा से बाहर निकल गया, धृतराष्ट्र, भीष्म किसी की उसने परवाह नहीं की। उसके भाई, अमात्य और उनके अनुयायी भी उसके साथ गुस्से में बाहर निकल गए।

यों गुस्से से दुर्योधन के सभा से निकल जाने पर श्रीकृष्ण ने बची हुई सभा को संबोधित करते हुए दुर्योधन आदि को बंदी बनाने की सलाह दी है—

*तथा दुर्योधनं कर्णं शकुनिं चापि सौबलम्।*
*बध्वा दुःशासनं चापि पांडवेभ्यः प्रयच्छत॥ 48॥*

## माता का अभिमत

धृतराष्ट्र और गांधारी के कहने पर कर्ण के साथ सभा से बाहर निकल दुर्योधन को विदुर बापस ले आता है। अब गांधारी दुर्योधन को समझाने का प्रयास करती है—

*न चैष शक्तः पार्थानां यस्त्वमर्थमभीप्ससि।*
*सूतपुत्रो दृढक्रोधो भ्राता दुःशासनश्च ते॥ (उद्योग अ. 129/48)*

"पांडवों के अर्थ यानी राज्य को तुम बलात् हथियाने की बात कर रहे हो, पर उसके लिए तुम समर्थ नहीं हो, शीघ्रक्रोधी कर्ण और दुःशासन भी समर्थ नहीं हैं"॥ 48॥

अर्थात् माता क्या चाहती है, इसका तो खुलासा हो गया। पर दुर्योधन टस-से-मस न हुआ। गांधारी का अनादर और अपमान करते हुए वह फिर बाहर निकल गया। क्या थी उसकी योजना—

*दुर्योधनस्य कर्णस्य शकुनेः सौबलस्य च।*
*दुःशासनचतुर्थानामिदमासीत् विचेष्टितम्॥ (उद्योग अ. 130/3)*
*'दुर्योधन, कर्ण, शकुनि और चौथे दुःशासन ने तय किया¨ ॥ 3॥'*
*पुरायमस्मान्गृह्णाति क्षिपकारी जनार्दनः।*
*सहितो धृतराष्ट्रेण राज्ञा शान्तनवेन च॥ 4॥*
*"धृतराष्ट्र और भीष्म की मदद से,*
*इससे पहले कि श्रीकृष्ण हमें कैद करें¨ "॥ 4॥*
*वयमेव हृषीकेशं निगृह्णीम बलादिव॥*

'अपन ही श्रीकृष्ण को जबरदस्ती से पकड़ लें।'

सात्यकि पहले ही इस योजना को भाँप गया। उसने कृष्ण को आगाह भी किया। यह बात दीगर है कि श्रीकृष्ण कर्ण आदि चारों को वह बंदी नहीं बना सका।

□

# 4

# बहुरंगी कूटनीति

मध्यस्थता के लिए श्रीकृष्ण के रवाना होने से, कौरवों की सभा से बाहर निकलने तक तत्कालीन वरिष्ठ व्यक्तियों, नेताओं की कर्ण के बारे में जो राय थी, वह तथा स्वयं श्रीकृष्ण के मत को हमने सप्रमाण प्रस्तुत किया है। जिस कर्ण को बंदी बनाने की श्रीकृष्ण सलाह दे रहा था, वही श्रीकृष्ण सभा से बाहर निकलकर थोड़े समय बाद कर्ण को अपने रथ में बैठा लेता है, इसका क्या मतलब निकलता है ? कर्ण के आधुनिक प्रशंसक केवल इतना ही देख पाते हैं कि कर्ण को रथ में बैठाया। उसे कर्ण की महत्ता समझकर मारे खुशी के नाचने लगते हैं। पर उसी कर्ण का पूर्व-चरित्र देखना वे टाल जाते हैं! ऐसा नहीं है कि उसका कलंकित या दागी चरित्र उन्हें दिखाई नहीं दिया। पर उस जीवन की अपेक्षा श्रीकृष्ण द्वारा कर्ण को रथ में बैठाना, उससे चर्चा, पांडवों से मिलने के लिए अनुयय-विनय करना इत्यादि घटनाएँ ही उन्हें अधिक मूल्यवान् या महत्त्वपूर्ण लगीं।

कर्ण के संपूर्ण जीवन में ऐसी घटनाएँ बहुत ही कम, एक या दो होंगी। शेष सारे जीवन में यदि कुछ है तो सिर्फ स्वार्थसाधना। ऐसे व्यक्ति के जीवन को किसी उपन्यास में रेखांकित करना हो तो उसके दोषों और कमियों को नजरंदाज किए बिना वह धीरोदात्त नायक या महापुरुष कैसे सिद्ध होगा ? जिस महाभारत के आधार पर ये लेखक स्वयं सत्यान्वेषी होने का दावा करते हैं, हमने भी उसी महाभारत से प्रमाण उपस्थित किए हैं—

*राजपुत्रैः परिवृतस्तथा भृत्यैश्च संजय।*
*उपारोप्य रथे कर्णं निर्यातो मधुसूदनः॥ (उद्योग अ. 140/1)*

'राजपुत्रों एवं सेवकों द्वारा घिरा हुआ कृष्ण, कर्ण को अपने रथ में बैठाकर चल पड़ा'॥ 1॥

कर्ण-माहात्म्य के लिए इन लेखकों ने यह श्लोक सूत्र रूप में पकड़ा है। पर उसी कर्ण को कैद करने के लिए (उद्योग. अ. 128/28) श्रीकृष्ण की दी हुई सलाह की ओर आँखें मूँदकर कैसे चलेगा? यूँ आँखें मूँद लेना भले ही सुविधाजनक होगा, कर्ण के जीवन का दर्प इतना उग्र और भयंकर है कि इन सत्य को न देखने वाले लेखकों को कर्ण की वास्तविक योग्यता से रू-ब-रू कराने में वह समर्थ है। अलावा, सूर्योपासना में, अपनी पीठ तप जाने तक सूर्य के सामने खड़े होकर तपस्या करने वाले कर्ण को ऐसी याजस्तुति अच्छी भी नहीं लगेगी, क्योंकि वह अंधश्रद्ध नहीं है। वह हर कार्य आँखों में तेल डालकर करता है। इसलिए भूतल यानी मृत्यु लोक पर रहने वाले अपने प्रशंसकों और भक्तों को देख कर्ण अपना सिर पकड़ रहा हो तो इसमें क्या आश्चर्य? कम-से-कम कृष्ण किसी को उत्तर देते समय, अपने कुल और दुर्योधन के प्रति जितनी सच्चाई और निष्ठा कर्ण ने दिखाई है (उद्योग अ. 140-41), उतनी सच्चाई अगर ये प्रशंसक दिखाते, तो औरों को तो रहने दीजिए, स्वयं कर्ण प्रभावित हुए बिना नहीं रहता, क्योंकि इस कर्ण को श्रेष्ठ-गुणों का किंचित् भी आकर्षण हो ऐसा नहीं दिखाई देता। अच्छा, अपने प्रशंसक वैसी सच्चाई दिखावें, ऐसा कर्ण का भी कोई आग्रह होने का कारण नहीं। वैसा जब उसके स्वयं के जीवन में ही नहीं रहा, तो वह अपने प्रशंसकों से भी वैसी आशा नहीं रखेगा। इतनी अच्छाई उसे ठीक भी नहीं लगेगी। कर्ण को जो-जो प्रिय हो, वह करने में भी ये प्रशंसक असमर्थ सिद्ध, हुए वरना कृष्ण-कर्ण मुलाकात को वे इतना महत्त्व नहीं दे पाते।

## विदुर की नापसंदगी

मध्यस्थता के लिए निकलते समय द्रौपदी, नकुल-सहदेव, अर्जुन, भीम, युधिष्ठिर ने कृष्ण को युद्ध का संकेत दिया ही था। पाँच गाँव लेकर संतोषी सिर्फ युधिष्ठिर था, शेष पांडव उसके कहने में थे, यह दूसरी बात है। इसके अलावा श्रीकृष्ण को अपने व्यक्तित्व के लिए उपयुक्त तरीके से ही मध्यस्थता करनी है। उसका उद्देश्य मित्र रूप में प्रयास करना है। उस दृष्टिकोण में भी जहाँ तक टले, युद्ध को टाला जाए, यह उदात्त विचार होने पर भी, श्रीकृष्ण का आंतरिक या अंतर्मन से ऐसी मध्यस्थता में कोई विश्वास नहीं दिखाई देता। परंतु योग्य होते हुए भी प्रयत्न नहीं किया, ऐसा कोई न कहे, दोषारोपण न करे, यही श्रीकृष्ण का दृष्टिकोण था।

श्रीकृष्ण हस्तिनापुर पहुँच धृतराष्ट्र से मिलते हैं, फिर दुर्योधन का स्वागत-सत्कार स्वीकारते हैं, परंतु भोजन के प्रस्ताव को टालते हैं और विदुर के निवास पहुँचते हैं (उद्योग अ. 92/32)। श्रीकृष्ण जैसा समर्थ पुरुष पांडवों की ओर से

केवल इसी उद्देश्य से हस्तिनापुर आए और दुर्योधन जैसे दुष्ट को समझाने की कोशीस, करे यह बात मूल रूप से विदुर को स्वीकार्य नहीं है। दुर्योधन के स्वभाव, उसने अपने साथ जोड़े राजा-महाराजा और कर्ण के साथ उसके जो संबंध थे, उसकी विदुर ने श्रीकृष्ण के साथ स्पष्ट रूप से उसके राजसभा में जाने से पहले ही चर्चा की है। श्रीकृष्ण जैसा धुरंधर व्यक्ति मूर्खों को समझाने के लिए खुद आए और अपना समय व्यर्थ गँवाए, यह विदुर को बिल्कुल मंजूर नहीं है—

*तेषां समुपविष्टानां सर्वेषां पापचेतसाम्।*
*तव मध्यावतरणं मम कृष्ण न रोचते॥ (उद्योग अ. 92/16)*

'असभ्य, पापकर्म में प्रवृत्त कौरवों में हे कृष्ण, तुम जाकर कुछ बोलो, यह हमें किचित् भी मान्य नहीं।'

उन्होंने दुर्योधन के बारे में भी कहा कि उसका विश्वास है कि कर्ण ही सबको पराजित करने के लिए काफी है—

*एकः कर्णः परां जेतुं समर्थ इति निश्चितम्।*
*धार्तराष्ट्रस्य दुर्बुद्धेः स शमं नोपयास्यति॥ (उद्योग अ. 92/10)*

विदुर का सात्विक संताप जब कम हुआ, तब अत्यंत शांति से श्रीकृष्ण ने अपने हस्तिनापुर आने का कारण बताया है—

*न मां ब्रूयुरधर्मिष्ठाः मूढा ह्यसुहृदस्तथा।*
*शक्तो नावारयत्कृष्णः संरब्धान् कुरुपांडवान्॥ (उद्योग अ. 93/17)*

"अधार्मिक, मूर्ख और मेरे बारे में अच्छी राय न रखने वाले लोग मुझे यह न कहें कि समर्थ होते हुए भी संतप्त कौरव और पांडवों को युद्ध से मैं परावृत्त नहीं कर सका।"

इससे यह आसानी से समझ सकते हैं कि मध्यस्थता असफल होगी, यह श्रीकृष्ण को ध्यान में आ गया था। दोनों पक्षों में समझौता होकर भावी नरसंहार से मनुष्यता को बचाने की आखिरी कोशिश करने श्रीकृष्ण का आना हुआ। भले ही अंतिम प्रयास हो, उसमें लगन और विश्वास की अपेक्षा तटस्थता अधिक है। द्रौपदी जैसी स्त्री को अपमानित और तिरस्कृत करने वालों से समझौता कर उनके अपराधों को क्षमा किया जाए, यह कल्पना भी युद्ध की इच्छा रखने वाले श्रीकृष्ण जैसे पुरुषोत्तम को मूलतः स्वीकार ही नहीं थी। न्याय, नीति और सत् आचरण का शासन यदि स्थापित करना हो तो अन्यायी, दुराचारी दुष्टों को मृत्युदंड देना ही जरूरी है यह श्रीकृष्ण की 'शठं प्रति शाठ्यम्' न्याय से दृष्टि है। इसीलिए कौरवों की सभा में आने पर वह दुर्योधन से अनुनय-विनय नहीं करता है, न उसे कोई प्रलोभन ही

दिखाता है। उलटे कठोर शब्दों में दुर्योधन को खरी-खरी सुनाकर समझौता करने की चेतावनी देता है। परिणाम वही निकला, जो श्रीकृष्ण को अपेक्षित था। इसी तरह की स्पष्ट शब्दों में अपनी निंदा सुनना और वह भी भरी सभा में, दुर्योधन के सपने में भी नहीं था। अंततः श्रीकृष्ण के भाषण का परिणाम युद्ध निश्चित होने में हुआ। श्रीकृष्ण युद्ध के निर्णय पर मुहर लगाते हुए सभा से बाहर आता है। इन संदर्भों से स्पष्ट होगा कि मध्यस्थता में कर्तव्य पालन सामाजिक दृष्टिकोण है, उसी तरह कर्ण से मुलाकात श्रीकृष्ण की व्यक्तिगत दृष्टि है।

## स्वार्थकेंद्रित

पांडवों की सज्जनता के लिए श्रीकृष्ण मध्यस्थता में सामाजिक अपयश स्वीकारता है, जब कर्ण से मिलने पर वह व्यक्तिगत अपयश स्वीकार करता है। मध्यस्थता का प्रमुख उद्देश्य दुर्योधन से मुलाकात था, वैसे सिर्फ कर्ण से मिलने श्रीकृष्ण हस्तिनापुर नहीं आया है। हस्तिनापुर जाकर कर्ण से किसी प्रकार का अनुनय करने का पांडवों का कोई आग्रह नहीं था। पांडव पक्ष समझ ही गए थे कि युद्ध होना या न होना पूरी तरह से दुर्योधन पर निर्भर करेगा। भले ही दुर्योधन कर्ण के सलाह-मशविरे से सारे निर्णय लेता था, पर पांडवों से राज्य के स्वार्थवश जिस दुष्टबुद्धि दुर्योधन ने द्वेष किया, वह यदि कर्ण समझौते की सलाह दे भी देता, तो उसे कतई नहीं मानता। अलावा कर्ण दुर्योधन की निगाह में था भी क्या ? मोल लिया हुआ समर्थ धनुर्धर और प्रशंसक, बस इतना ही! दुर्योधन प्रत्येक दुष्कृत्य में कर्ण की सलाह लेता ही रहता, उसी आधार पर निर्णय करता, पर अपनी स्वार्थपूर्ति के लिए जो उपयोगी हों, उन्हीं निर्णयों को वह लागू करता था। दुर्योधन की कृपा से ही कर्ण का कौरवों की राजसभा में महत्त्व बढ़ा और दुर्योधन के स्पष्ट/मूक समर्थन से ही कर्ण, भीष्म-द्रोण जैसे ज्येष्ठ सदस्यों की निंदा करने का साहस करता है। इसलिए पांडवों से स्नेहभावपूर्वक समझौता करने दुर्योधन को सलाह देने की नैतिक सामर्थ्य कर्ण के पास नहीं है, उसका अधःपतन वैसा करने की उसे प्रेरणा ही नहीं दे सकता था। इसलिए दुर्योधन के अन्य पर आश्रित होने पर भीष्म-द्रोणादि उसी के सामने कर्ण की भर्त्सना करने का साहस करते हैं, उस नैतिक सामर्थ्य का कर्ण के पास नितांत अभाव है।

हालाँकि भीष्म, विदुर और द्रोण भी साम्राज्य के आश्रित ही थे, पर मानवता की दृष्टि से उनका पतन नहीं हुआ था। जो आश्रय में हो, वह हमेशा ही अपने स्वामी की हर बात का अनिवार्यतया समर्थन न करे ऐसा कानून या नीति नहीं

थी। आश्रय में रहकर भी सद्गुणों के विकास और रक्षण में कोई आपत्ति नहीं थी। भीष्म-विदुर की स्पष्टता कर्ण के पास कतई नहीं थी, फिर वह किस बूते दुर्योधन की स्वार्थ भरी वृत्ति को काबू में करता? इसलिए कर्ण के होते ऐसा कोई समझौता हो सकता है, यह दुराशा थी, क्योंकि पांडवों से युद्ध करने के लिए कर्ण ने हमेशा ही दुर्योधन को प्रोत्साहित किया है। और तो और, अर्जुन के वध की प्रतिज्ञा को दोहराते हुए वह उस अवसर की प्रतिक्षा कर रहा है। इसलिए मानिए कि कर्ण युद्ध न करने और पांडवों से समझौता करने की सलाह दे भी देता तो वह उसके व्यक्तित्व के अनुरूप नहीं होता, उसकी छवि खराब हो जाती। अपनी छवि और प्रतिष्ठा हमेशा सर्वोपरि रखने के लिए जिस कर्ण ने कोई भी अच्छा बुरा उपाय नहीं छोड़ा, वह युद्ध से होने वाले सर्वनाश की अपेक्षा अपनी ही प्रतिष्ठा को बनाए रखना चाहता था, यह तथ्य अनेक सबूतों, वक्तव्यों एवं घटनाओं से सिद्ध हुआ है। ऐसा यह कर्ण जब-जब विचार करता है, तो खुद के बारे में ही सोचता है। ऐसे इस कर्ण को जानते हुए भी मध्यस्थता असफल होने पर श्रीकृष्ण अपने रथ में बैठता है, उसका सही मतलब क्या निकलता है, इसका उक्त संदर्भों के आधार विवेचन करने में कोई दिक्कत नहीं होनी चाहिए।

## कर्ण की प्रशंसा

हस्तिनापुर से विदा होते वक्त श्रीकृष्ण कर्ण से मिलता है, पर इस मुलाकात पर किसी का भी भविष्य निर्भर नहीं होता है। कोई भक्त जब शिवजी के दर्शन के लिए मंदिर में जाता है, तो पहले नंदी के दर्शन करता है। पर जा वह शिवजी के दर्शन के लिए ही रहा है। शिवजी के सामने नंदी है, इसलिए महत्त्व है, अन्यथा नंदी के ही कई मंदिर नहीं बनते। दुर्योधन से मिलना हुआ, मध्यस्थता लटक गई। उन क्षणों में विदुर व कुंती से मिलने के बाद श्रीकृष्ण को कर्ण याद आया। विचार तो आया ही होगा मन में कि कर्ण दुर्योधन का दायाँ हाथ है। दोनों की दोस्ती इतनी गहरी कि साँस एक ले तो दूसरा छोड़े। कर्ण को युद्ध के सर्वनाश से परावृत्त कर सके तो अच्छा, इस विचार से कृष्ण ने तुरंत निर्णय लेकर कर्ण को सम्मान सहित अपने रथ में बैठाया। उद्योग पर्व के अध्याय 140-41 में दोनों के संवाद का विस्तृत विवरण मिलता है।

इस घटना से पहले या बाद में भी श्रीकृष्ण और कर्ण के संबंध आत्मीयता के कभी नहीं रहे। महाभारत इस विषय में मौन है। युद्ध का निश्चय होने पर ही कर्ण से मिलने वाला कृष्ण, यूँ ही गप लगाने नहीं जाता है। इस मुकाबले में श्रीकृष्ण ने कर्ण के लिए जिन विशेषणों का प्रयोग किया है, वैसा कर्ण की ओर से श्रीकृष्ण को

कभी अनुभव नहीं हुआ है, न कभी जनता को कोई अनुभव हुआ। रथ में कर्ण के बैठने पर श्रीकृष्ण कह रहा है—

"हे राधेय कर्ण, तुमने वेद-विद्वान् ब्राह्मणों की सेवा की है और जितेंद्रिय रहते बिना किसी मत्सर या असूया से, वेद का तत्त्वार्थ जानने के लिए तुमने उनसे प्रश्न किए हैं, शंकाएँ पूछी हैं। हे कर्ण, तुम ही सनातन वैदिक मार्ग को जानते हो। इसी प्रकार धर्मशास्त्र के सूक्ष्म ज्ञान में तुम प्रवीण हो।"

इसके अलावा उद्योग पर्व के 140 वे अध्याय के श्लोक सं. 8-21 तक कर्ण को पांडव पक्ष में मिलाने के श्रीकृष्ण के प्रयत्न वर्णित हैं। उनमें "तुम पंडुपुत्र हो, अतः युधिष्ठिर के परिचय होने पर धर्मशास्त्र के अनुसार तुम ही राजा बनोगे" आदि श्रीकृष्ण ने कर्ण को समझाने का प्रयास किया तो उसका बहुत मार्मिक उत्तर कर्ण ने दिया है—

"अधिरथ और राधा ने ही मुझे सँभाला, बड़ा किया। जातकर्मादि संस्कार उन्होंने ही दिए, मेरे विवाह भी कराए। उन पत्नियों को मेरे पुत्र-पौत्र हुए। अतः अधिरथ के परिवार से मेरा मन जुड़ा हुआ है। उन्हें छोड़कर पृथ्वी के राज्य या सुवर्णादि कि लिए हर्ष या भय से, हे गोविंद, उनके साथ बना खून का रिश्ता झूठा सिद्ध करने का साहस मुझमें नहीं है'—

*तासु पुत्राश्च पौत्राश्च मम जाता जनार्दन।*
*तासु मे हृदयं कृष्ण: संजातं कामबन्धनम्॥*
*न पृथिव्या सकलया न सुवर्णस्य राशिभिः।*
*हर्षाद् भयाद् वा गोविंद मिथ्या कर्तुं तदुत्सहे॥*

*(उद्योग अ. 141/11-12)*

अर्थात् महाभारत के युद्ध के समय कर्ण की आयु 50-60 के बीच में होगी।

## कृष्ण में बदलाव

ब्राह्मणों की सेवा करने वाला, जितेंद्रिय, धर्मशास्त्र जानने वाला, निर्मत्सर, ज्ञानपिपासु ऐसे विशेषणों का श्रीकृष्ण ने जिस कर्ण के लिए उपयोग किया है, ऐसा कर्ण कोई महापुरुष ही होना चाहिए था। पर महाभारत के कर्ण का किरदार उसे इन विशेषणों के लिए योग्य सिद्ध नहीं करता है। महाभारत अहंकारी, मत्सरग्रस्त, दुष्ट और दुराचारी कर्ण को जानता है। कर्ण के प्रशंसकों ने उसे जैसा समझा है, वैसा वह महाभारत में दिखाई नहीं देता, इसे पाठक ध्यान में रखें। इन लेखकों

द्वारा की हुई कर्ण की प्रशस्ति को आधुनिक युग में अंधभक्ति की चरम सीमा मानना चाहिए।

ऐसा कर्ण था, इसलिए कौरव-सभा में श्रीकृष्ण ने खुलेआम उसे बंदी बनाने की सलाह दी। चोर, डकैत, खूनी, असत्यवादी को कैद किया जात है और वह भी सुशासन के लिए। दुर्योधन, दु:शासन, शकुनि के साथ कर्ण को कैद किया जाना जरूरी है, यह कहते हुए श्रीकृष्ण को चित्तभ्रम तो नहीं हुआ था, न मध्यस्थता के समय कर्ण ने कृष्ण का कोई अपराध ही किया था। फिर भी दुर्योधन की स्वार्थपूर्ति के लिए काम करने वाला दिमाग कर्ण का था, इसे श्रीकृष्ण समझ ही गया था। इसीलिए कर्ण को कैद करने की उसने सलाह दी।

और दूसरे दिन श्रीकृष्ण कर्ण को अपने रथ में बैठाता है। कर्ण ने जादू या मोहिनीमंत्र को काम में लिया, या एक रात में कर्ण का जीवन आमूलचूल बदल गया और वह शुद्ध मन वाले ऋषि के समान हुआ? या उसकी सज्जनता के लिए किसी ने कृष्ण से वचन दिया? या कुंती ने पांडवों को विदा किया, उस वक्त कर्ण से मिलने के लिए कृष्ण को सलाह दी, इसलिए कृष्ण कर्ण पर प्रसन्न हुआ? या कर्ण के पास ब्रह्मास्त्र होने से कृष्ण ने आशंकित होकर उससे मीठी बातें करना शुरू किया?

इनमें से कुछ भी नहीं हुआ। महाभारत इस तरह की प्रत्यक्ष या अप्रत्यक्ष जानकारी नहीं देता है। इतना ही सूचित होता है कि वे निराशा के गर्त में फँसे कर्ण की शोचनीय अवस्था और 'तोड़ो या जोड़ो' की कूटनीति का अवलंब सत्ताधारियों को सत्ता के लिए करना ही पड़ता है। कर्ण से कृष्ण की मुलाकात इसी का उदाहरण है।

## दुर्योधन की नीति

दुर्योधन ने शल्य के मामले में यही चाल चली है। उद्योग पर्व के 8वें अध्याय में पांडवों के पक्ष में शामिल होने के लिए निकले शल्य की यात्रा में दुर्योधन उसका शाही अंदाज से स्वागत करता है और अंततः उसे अपनी ओर मिलाकर पांडवों से युद्ध करने के लिए प्रवृत्त करता है, जिसका विवरण परवर्ती अध्याय में दिया गया है। शल्य महापराक्रमी, बाहुबली, कुशल धनुर्धर होता है। ऐसा योद्धा अपने पक्ष में हो, ऐसा दुर्योधन को लगना स्वभाविक ही है। अच्छा, शल्य कोई गैर आदमी तो था नहीं। वह माद्री का भाई, नकुल-सहदेव का मामा था। शल्य जैसा मातब्बर योद्धा अपने साथ हो तो अपना सामर्थ्य बढ़ेगा, इस आशा में ही दुर्योधन ने उसके स्वागत के साथ कई नजराने पेश किए। उस समय शल्य पांडवों का सगा मामा है, कैसे फूट पड़ेगी या नहीं, उसे पांडवों से कैसे अलग करें, इसका तनिक भी संशय

दुर्योधन के मन में नहीं था। अपना उद्‌देश्य सिद्ध करने के लिए व्यक्ति को दुर्योधन या श्रीकृष्ण की तरह सतर्क रहकर दूर दृष्टि से काम लेना पड़ता है। पहले शल्य को यूँ ही फँसाना पड़ा है।

महाभारत के युद्ध में कौरवों की शेष सेना का यही शल्य सेनापति हुआ। अकेले शल्य को अपने बस में करने पर दुर्योधन को और एक अक्षौहिणी सेना का साथ मिला है। अलावा, दुर्योधन और अर्जुन दोनों ही मदद के लिए कृष्ण तक दौड़े ही हैं। पांडव-कौरव दोनों ही यह अच्छी तरह से जान गए थे कि आज या कल, निर्णायक युद्ध तो होना ही है। इसलिए दोनों पक्षों की ओर से प्रयत्न किए जा रहे हैं। मान लो, शल्य दुर्योधन के पक्ष में नहीं आता, तो दुर्योधन निर्बल नहीं रहता, न ही युद्ध का निर्णय बदलता। मध्यस्थता के लिए कृष्ण के आने से पहले ही दुर्योधन युद्ध का निर्णय ले चुका है। शल्य के बारे में कोशिश करना क्या गलत है? यश मिला तो शल्य अपनी ओर आएगा। न आया तो युद्ध होना ही है! इसलिए दुर्योधन ने प्रयास कर देखा, इतना ही इस घटना का महत्त्व है। यही महत्त्व कर्ण और कृष्ण की मुलाकात का है।

कौरवों से कर्ण को अलग-थलग करने की क्यों सूझी श्रीकृष्ण को? शल्य के कौरवों से मिल जाने पर एक अक्षोहिणी सेना दुर्योधन को मिली, वैसे कर्ण के पास तो कोई सेना नहीं थी। तब कर्ण से हाथ मिलाने की कृष्ण को क्या जरूरत आन पड़ी?

भले ही कर्ण के पास अपनी सेना न हो, दुर्योधन की दृष्टि में कर्ण का स्थान बहुत ऊँचा था। एक अक्षोहिणी सेना में 21,870 रथ, 21,870 हाथी सवार योद्धा, 65,610 घुड़सवार और 1,09,350 पैदल सैनिक होते हैं, अर्थात् एक अक्षोहिणी में कुल सैनिक 2,18,700 हों, तब वह चतुरंगिणी सेना बनती है। इस तरह एक-दो अक्षोहिणी सेना नहीं, ग्यारह अक्षोहिणी सेना दुर्योधन ने इकट्‌ठी की। इस सेना का अधिपति वह स्वयं और उसको प्रेरित करने वाला कर्ण था। इसलिए इस सारी सेना के मुकाबले कर्ण की सामर्थ्य अत्यधिक होने वाली थी। इसे पहचानने की दूर-दृष्टि निश्चय ही श्रीकृष्ण की थी।

## कूटनीतिक शह

युद्ध का विरोध करने वाले पर समर्थ धृतराष्ट्र, भीष्म, द्रोण, विदुर ये अपने पक्ष के अग्रणी और श्रीकृष्ण, अर्जुन, भीम, सात्यकी, घटोत्कच, धृष्टद्युम्न आदि पराक्रमी योद्धा शत्रुपक्ष में होने पर दुर्योधन ने अपनी नैया मँझधार में छोड़ दी, वह किसके

बूते ? वह और दु:शासन उस नौका में पैर जमाए हुए थे। भीष्म, द्रोण भले ही विरोध कर रहे थे, फिर भी वे अन्नदाता के प्रति एकनिष्ठ थे, अत: नौका डूबने की संभावना नहीं थी, क्योंकि सर्वसंहारक इस नैया की पतवार दुर्योधन ने अपने पास न रखकर कर्ण को सौंप दी थी। इसलिए कौरव-पक्ष में कर्ण का स्थान सर्वोच्च हो गया, इसमें दो राय नहीं है। पर नैया की पतवार कर्ण को सौंपना सामाजिक और शासन की दृष्टि से निसंशय रूप से अनुचित था। फिर भी, निर्णय दुर्योधन का था जो कर्ण पर पूरा भरोसा करता था। इसी भरोसे, कोई भी साहसिक कार्य करने में दुर्योधन को कोई शंका नहीं रहती थी। ऐसे कर्ण को श्रीकृष्ण किसलिए अनेक प्रलोभन दिखाता रहा ?

कर्ण की योग्यता, शास्त्रविद्या कुशलता, कौरव पक्ष में उसका स्थान, महत्त्वाकांक्षी और क्रूर स्वभाव और दुर्योधन का उसके पराक्रम पर अंधविश्वास इस पार्श्वभूमि पर भीष्म-गांधारी-द्रोण का कर्ण के संबंध में मत आदि का विचार करते हुए कृष्ण का कर्ण से मिलना कूटनीति का एक दाँव था। यह मुलाकात कृष्ण की मध्यस्थता की फलश्रुति थी। इस एक ही भेंट में श्रीकृष्ण ने कर्ण के ग्यारह अक्षोहिणी सेना के बल को मिट्टी में मिला दिया। यह मुलाकात दुर्योधन और कर्ण की पराजय का पहला उद्‌घोष था। पांडवों से युद्ध के लिए शस्त्रों को धार लगा तैयार हुए कौरवों की सारी सामर्थ्य में हाथ में शस्त्र लिये बिना खत्म करने के लिए ही यह भेंट की थी। और कभी दिखाई हो ऐसी बुद्धि की कुशलता श्रीकृष्ण ने इस भेंट में दिखाई है। इंद्र के द्वारा छद्‌मवेष में आकर कवच-कुंडल लेने से कर्ण की शक्ति कम तो हो गई थी, पर उसकी धनुर्विद्या का अर्जुन के सिवा कोई सानी नहीं था। कवच-कुंडल देने से कर्ण का इतना नुकसान नहीं हुआ, पर उससे सौ गुना नुकसान इस भेंट से हुआ। कर्ण का बोलना, बरताव, उसकी उम्मीदें, उत्साह, शरीर की शक्ति और अलौकिक पराक्रम इस भेंट के बाद इतने फीके पड़े या मृतप्राय हो गए कि श्रीकृष्ण की कूटनीति और दूरदृष्टि की स्तुति किन शब्दों में करें, यह बात समझ से परे है।

## रहस्य का उद्‌घाटन

कर्ण के लिए जितेंद्रिय, धर्मशास्त्रज्ञ, निर्मत्सर आदि विशेषणों का उपयोग करने के बाद श्रीकृष्ण ने तुरंत जो बात बताई है, वह अत्यंत महत्त्वपूर्ण है। पहली मुलाकात में कृष्ण अपना मुख्य उद्‌देश्य पूरा करना चाहता है। कर्ण कुंती का प्रथम पुत्र है, यह कृष्ण जानता था। मालूम होने पर भी अब तक श्रीकृष्ण ने किसी के सामने यह रहस्य प्रकट करना तो दूर, किसी को पता भी नहीं लगने दिया। इतना ही

नहीं, इस भेंट के बाद उसने फिर कभी किसी को इस बारे में कुछ नहीं कहा। यही घटना श्रीकृष्ण कर्ण से कह रहा है। कुंती कर्ण की माँ है, यह पहले कभी किसी से क्यों नहीं कहा? इस समय कर्ण से यह बात कहने में बड़ी धूर्तता या चालबाजी छिपी हुई है। यदि अपनी वास्तविक माता कौन है, यह कर्ण को मालूम होने पर उसे मानसिक शक्ति मिलेगी, इसलिए यह बात कहनी होती तो पहले ही श्रीकृष्ण कह देते! पर अब तक श्रीकृष्ण ने उसे टाला है। "कुंती तुम्हारी माँ है, यानी खून के रिश्ते से तुम पांडवों के बड़े भाई हो" ऐसा पहली बार ही श्रीकृष्ण ने कर्ण से कहा है। यह सुनते ही उसे सदमा लगा और प्रतिक्रिया में समझिए, वह कुंती को कुछ गिनता ही नहीं है। कर्ण की चारित्रिक विशेषताओं को देखकर इसे भी उसके स्वभाव के अनुकूल ही मानना होगा।

परलोक की अपेक्षा इसलोक में कल्याण के अपने लिए स्वयं के लिए जाग्रत पुरुष कर्ण है। उसका हर कार्य स्वयं का महत्त्व बढ़ाने के लिए है। वह कवच-कुंडल भी इसलिए दान करता है कि मृत्यु के पश्चात् उसकी कीर्ति यश में कोई दाग न लगे। प्रतिज्ञा करता है, वह भी स्वयं का महत्त्व बढ़ाने के लिए। उपासना और दान का उदिष्ट प्रतिष्ठा में चार चाँद लगाने के लिए। इसलिए 'पांडवों का भाई' समझने पर पहले अब तक के स्वत्व और प्रतिष्ठा पहले उसके दिमाग में आती है, जो उसने कृष्ण से कही भी है। अपने स्वत्व की रक्षा की दृष्टि से ही कुंती अपनी माता है, यह मालूम होने पर वह स्पष्ट रूप से पांडवों से हाथ मिलाना अस्वीकार करता है।

पांडवों के प्रति दुर्योधन की द्वेषबुद्धि, युद्ध का निश्चय, अंतिम क्षणों में कर्ण के पांडवों से मिलने की असंभावना, यह सब जानते हुए भी श्रीकृष्ण कर्ण को प्रलोभन दे रहा है। इसका कारण कर्ण का पराक्रम नहीं, अपितु उसकी असली माता का रहस्य बताकर कर्ण के कोमल मर्मस्थान पर आघात करना है।

कौरव-पांडवों की ही नहीं, संपूर्ण राष्ट्र की दृष्टि से यह आपातकाल था। कृष्ण की मध्यस्थता असफल होते ही रणभेरियाँ गरजने लगीं। कौरव और कर्ण का पांडवों के प्रति द्वेष सीमा पार करने लगा। ऐसी तनातनी और संघर्ष के बीच श्रीकृष्ण कर्ण का अपनी माता से परिचय कराता है, इसका राजनीतिक महत्त्व अत्यधिक है।

अकारण ही जिन पांडवों और उनके पक्ष के व्यक्तियों से कर्ण अहोरात्र द्वेष और मत्सर करते उनके सर्वनाश के लिए अपनी बुद्धि और शक्ति काम लेता रहा, उन्हीं शत्रुओं की माता ही अपनी असली माँ है, यह कृष्ण के द्वारा जानते ही कर्ण को कितना आघात लगा होगा, इसकी कल्पना तो की ही जा सकती है। सारी जिंदगी जिनसे द्वेष करने, शत्रुता रखने में बिताई, उनका और अपना एक ही खून है। उनकी

माँ ही अपनी माँ है, इससे अधिक मन पर आघात करने वाली कौन सी सजा कर्ण के हिस्से में आती? इस एक ही भेंट से कर्ण की सारी सामर्थ्य निस्तेज, निष्प्रभ हो गई। इन आखिरी क्षणों में माँ की पहचान बताकर श्रीकृष्ण ने कौरव पक्ष के एक समर्थ योद्धा की मानसिक सामर्थ्य और पराक्रम के टुकड़े-टुकड़े कर दिए। जिसकी प्रतिज्ञा और पराक्रम के बल पर दुर्योधन ने सर्वनाशक युद्ध की घोषणा की, उस कर्ण के मन पर हथौड़ा चलाकर श्रीकृष्ण ने युद्ध से पहले ही दुर्योधन की पराजय निश्चित की। पीढ़ी-दर-पीढ़ी शत्रु भी जितना नुकसान नहीं कर सकते, उतनी अकेले कर्ण के कारण दुर्योधन को हानि हुई। श्रीकृष्ण ने अपनी चतुराई से पांडवों को अनेक आपत्तियों से बचाया, सहयोग किया। परंतु इस बार मध्यस्थता असफल होने पर भी पांडवों की विजय तय कर दी। अब ऐसा समर्थ (?) कर्ण पांडवों की ओर सम्मिलित होने में क्या फायदा? वह पक्ष में रहते हुए भी, उसकी सहायता से दुर्योधन पराजय टाल नहीं सका।

श्रीकृष्ण ने कर्ण को अपने रथ में बैठाकर उससे चर्चा की। इस तथ्य को शुरू से अंत तक देखने पर ध्यान में आएगा कि कर्ण की महत्ता महसूस हुई, इसलिए कृष्ण ने उसे अपने रथ में नहीं बैठाया, अपितु कर्ण के मर्म पर आघात कर उसे निस्तेज करें और दुर्योधन के दाहिने हाथ को हमेशा के लिए निष्क्रिय करें, इसलिए वह कर्ण का सम्मान करता है। यदि वास्तव में कर्ण वैसा कोई महापुरुष होता, तो न तो वह दुर्योधन जैसे दुष्ट का मित्र होता, न ही असत्य के लिए जी-जान से जुटता। इसके अलावा, श्रीकृष्ण जैसा व्यक्ति प्रसन्न हो जाए, ऐसा कर्ण यदि होता, तो वह भीष्म, द्रोण, कृप इत्यादि से प्रशंसा पाता! किंतु महाभारत ऐसा कहता नहीं है।

□

5

# गुरुद्रोह

आचार्य द्रोण के विद्यालय में कौरव-पांडवों के साथ कई राजकुमार शस्त्रविद्या सीख रहे थे, उनमें कर्ण भी था। अर्जुन ने अपने आचरण, निष्ठा और सेवा से गुरु का मन जीत लिया था। वह उनका अंतरंग शिष्य बना। यही कारण था कि द्रोण ने धनुर्विद्या के श्रेष्ठ और सर्वसंहारक ब्रह्मास्त्र की अर्जुन को शिक्षा दी, केवल अर्जुन को। गुरु ने जैसे युधिष्ठिर आदि पांडवों में से किसी को ब्रह्मास्त्र नहीं दिया, वैसे ही कर्ण को भी नहीं दिया। हाँ, पुत्रमोह में फँसे आचार्य ने अपने पुत्र अश्वत्थामा को ब्रह्मास्त्र दिया, पर आधा-अधूरा। उसे कैसे वापस लौटा लाना है, यह नहीं सिखाया।

कर्ण अर्जुन से बड़ा था, पर गुरु के प्रति सद्‌भाव उसके मन में नहीं था। दुर्योधन की मित्रता के कारण पांडवों के विरोध में जो भी किया जा रहा था, कर्ण उसका सहभागी बना। ब्रह्मास्त्र और वह भी अर्जुन को मिला, इसलिए उसे मिलना भी चाहिए, यह उसका दुराग्रह ही था। अर्जुन को अपना शत्रु ही मानता रहा वह। जो अर्जुन को दिया, वह मुझे भी मिलना चाहिए, यह उसका हठ या दुराग्रह था। अर्जुन की गुरुनिष्ठा, सेवाभाव, सद्‌भाव कर्ण की नजरों में कोई मायने नहीं रखता था। उसे बस ब्रह्मास्त्र चाहिए। उसकी माँग कैसे नाटकीय थी, देखिए—

## विनय या अभिनय

*ब्रह्मास्त्रं वेत्तुमिच्छामि सरहस्यनिवर्तनम्।*
*अर्जुनेन समो युद्धे भवेयमिति मे मतिः॥ (शांति अ. 2/10)*

"युद्ध में अर्जुन के समक्ष होने की मेरी इच्छा है। कृपया आप मुझे ब्रह्मास्त्र का उपयोग और निवर्तन कैसे किया जाता है, यह रहस्य मुझे सिखाइए।" वैसे माँगने

से ब्रह्मास्त्र मिलने वाला नहीं, यह कर्ण अच्छी तरह से जानता था। चूँकि आचार्य ने अपनी ओर से कभी ब्रह्मास्त्र देने की बात नहीं की, इससे कर्ण समझ ही गया होगा कि निष्ठा से सेवा कर उसने गुरु को प्रसन्न नहीं किया है। ऐसा दुर्लभ अस्त्र माँगने में कोई बुराई तो नहीं है, पर वह देने वाले की मानसिक प्रसन्नता पर निर्भर करता है। द्रोण के प्रति किंचित् आदरभाव न होते हुए कर्ण को ब्रह्मास्त्र माँगने में कोई संकोच नहीं था। नम्रता या विनय स्वाभाविक गुण है। वह न होने पर भी हीन स्वार्थ वाले व्यक्ति बलात् विनय का अभिनय कर सकते हैं। आश्चर्य!

ब्रह्मास्त्र की माँग करने के बाद कर्ण कहने लगा, 'पुत्र और शिष्य को आप समान दृष्टि से देखते हैं। मैं भी आपका ही शिष्य हूँ। जानकर लोग यह न कहें कि मेरे ज्ञान में कोई कमी रह गई।' 'शांति पर्व' के अ. 2 श्लोक 11 में कर्ण ने आचार्य के पास यह अभिलाषा व्यक्त की है कि उसे 'अकृतास्त्र' (बिना अस्त्र विद्या) न रहना पड़े। उससे शायद कोई कर्ण की विद्याप्राप्ति की लगन हो, ऐसा सोच सकता है। ऐसी सोच का अगले ही श्लोक में निराकरण किया गया है—

*द्रोणस्तथोक्त: कर्णेन सापेक्ष: फाल्गुनं प्रति।*
*रौरात्म्यं चैव कर्णस्य विदित्वा तमुवाच ह॥ (शांति अ. 2/12)*

अपना अर्जुन के प्रति विरोध स्नेह और कर्ण की हीन वृत्ति पहचानते हुए द्रोण ने कर्ण से कहा—

*ब्रह्मास्त्रं ब्राह्मणो विद्याद्यथावच्चरितव्रत:।*
*क्षत्रियो वा तपस्वी यो नान्यो विद्यात्कथंचन॥ (शांति अ. 2/13)*

"जो ब्राह्मण व्रत-उपवास का विधान के अनुसार आचरण करता रहा हो, क्षत्रिय तपस्या करता रहा हो, ऐसे ब्राह्मण या क्षत्रिय को ही अस्त्र मिलेगा, अन्य किसी को भी नहीं।"

आचार्य का अर्जुन-स्नेह प्रसिद्ध ही है। उसके शत्रु को प्रलयंकारी ब्रह्मास्त्र देकर अधिक शक्तिशाली बनाना आचार्य को कभी नहीं सुहाता। कर्ण को जाति वगैरह पूछने की बजाए आचार्य ने शास्त्र नियमों के अनुसार ब्रह्मास्त्र देने से साफ इनकार कर दिया।

इस घटना से कोई यह सोच सकता है कि कर्ण सूतकुल से था, इसलिए मना कर आचार्य ने बड़ा ही पक्षपात या अन्याय किया है। पर ऐसा लग नहीं रहा है, क्योंकि मनाही सिर्फ ब्रह्मास्त्र के लिए की थी, धनुर्विद्या देने में नहीं। आचार्य के गुरुकुल में वृष्णी, अंधक वंश के युवाओं, अनेक राजकुमारों के साथ ही कर्ण भी था, भले ही वह सूतपुत्र हो—

*वृष्णयश्चान्धकाश्चैव नानादेशाश्च पार्थिवाः ।*
*सूतपुत्रश्च राधेयं गुरुं द्रोणमियात्तदा ॥ (आदि 132/11)*

इससे स्पष्ट है कि द्रोण ने कर्ण को धनुर्विद्या दी। आगे वनपर्व 302/9 में कर्ण के सूर्य के साथ हुए वार्तालाप में भी उसने द्रोण से धनुर्वेद सीखा, यह बात कही है। मान लो द्रोण यदि जाति के आधार पर विचार करते तो प्रारंभ में ही उसे मना कर सकते थे। यहाँ द्रोण के द्वारा एकलव्य के साथ किए पक्षपात के समर्थन नहीं करना चाहते, फिर भी ब्रह्मास्त्र के लिए द्रोण के मना करने का क्या कारण रहा होगा, इसको जाँचना ठीक होगा। अर्जुन को ब्रह्मास्त्र दिया, फिर कर्ण के संबंध में उन्होंने पक्षपात क्यों किया? क्या ब्रह्मास्त्र धारण करने में वह असमर्थ था? युधिष्ठिर, दुर्योधन आदि ने भी आचार्य से ब्रह्मास्त्र के लिए कभी प्रार्थना नहीं की। ये सारे ही क्षत्रिय थे, फिर भी उन्हें छोड़ आचार्य ने अकेले अर्जुन को ही ब्रह्मास्त्र क्यों दिया? फिर भी कर्ण उस अस्त्र को माँगने का साहस करता है! इसका मतलब उसे धारण करने में वह सक्षम था। कम-से-कम उसे स्वयं को तो यही विश्वास था, वरना वह याचना न करता! मानिए किसी कारण वह असमर्थ होता, तो क्या आचार्य के मना करने के बावजूद उसे छोड़ते? शस्त्रास्त्र प्रयोग में कर्ण ने अर्जुन के जैसी ही कुशलता इससे पहले भी दिखाई है। कर्ण की सामर्थ्य पर आचार्य कदापि संशय नहीं कर सकते थे। इसलिए उन्होंने शास्त्र के नियम के आधार पर ब्रह्मास्त्र देना अस्वीकार कर दिया।

## परशुराम से छलावा

अर्जुन के सदाचार और निष्ठा से प्रसन्न होकर द्रोण ने उसे ब्रह्मास्त्र दे दिया पर उसे बार-बार कहते रहे कि इस भयानक शस्त्र को किस पर छोड़ें और किस पर नहीं? थोड़ी सी लापरवाही से किंचित् भी प्रमाद हुआ तो उसके दुष्परिणाम सारे संसार को भोगने पड़ेंगे—

*न च ते मानुषेष्वेतत् प्रयोक्तव्यं कथंचन।*
*जगत् विनिर्दहेदेतत् अल्पतेजसि पातितम् ॥ 19 ॥*

ऐसा यह अस्त्र द्रोणाचार्य कैसे देते कर्ण को? आचार्य ने जब उसे मना किया तो अपेक्षा का भंग हुआ, पर वह शांति से बैठने वाला नहीं था। अर्जुन से द्वेष उसे वैसे भी कहाँ बैठने देता? उसने महेंद्रपर्वत पर परशुराम के पास जाना तय किया। वे ब्रह्मास्त्र देंगे नहीं, फिर भी एक प्रयत्न के तौर पर वह परशुराम के पास पहुँच ही गया। पहले गुरु से मिलने पर शिष्य को अपना कुल, गोत्र बताने का उन दिनों

रिवाज था। आश्रम में प्रवेश करते ही परशुराम ने गोत्रादि पूछ लिया। नितांत असत्य बोलते हुए कर्ण ने कहा—

*ब्राह्मणो भार्गवोऽस्मीति गौरवेणाभ्यगच्छत॥ (शांति अ. 2/95)*

"मैं भार्गव गोत्र का ब्राह्मण हूँ।" सूतपुत्र होते हुए भी सरासर झूठ बोला कर्ण ने। वह कौन है, किसका पुत्र है, उसका स्वभाव, कुल, आने का उद्‌देश्य आदि परशुराम जानता ही नहीं था। फिर भी 'भार्गव' समझकर उसे आश्रम में रख लिया।

परशुराम ब्रह्मास्त्र नहीं देंगे, भले ही वे अपनी धनुर्विद्या पर प्रसन्न क्यों न हो, यह कर्ण जानता था। अत: अत्यंत विनम्रभाव से सेवा कर अपने गुरु को प्रसन्न करने का उसने सोच लिया। ब्रह्मास्त्र के लिए आवश्यक सामर्थ्य कर्ण के पास थी ही। उसने परशुराम की जो सेवा की, उसका तो कोई मुकाबला ही नहीं था। गुरु ने प्रसन्न हो कर्ण को ब्रह्मास्त्र दे दिया, वह भी उसके रहस्यों के साथ।

पर ब्रह्मास्त्र प्राप्त कर उसका उद्‌देश्य विकृति से आविर्भूत था। सत्कृत्य का परिणाम महान् कार्य में जैसे होता है, वैसे विकार से सर्वनाश, संहार ही होता देखा गया है। दुष्ट विद्या से प्राप्त विद्या कभी सफल नहीं होती यह प्रकृति का नियम है। जैसी वासना वैसा फल! पर यह सब तब निरर्थक होने वाला था, जब कर्ण की असलियत परशुराम के सामने खुलने वाली थी। पर दुर्भाग्य कर्ण का पीछा करता रहा।

## ब्राह्मण का शाप

शांतिपर्व (अ. 2/19-29) में इस अप्रिय घटना का वर्णन मिलता है। परशुराम आश्रम के बाहर हाथ में धनुष-बाण लिये कर्ण अकेला ही टहल रहा था। तब उसके हाथ से एक तपस्वी अग्निहोत्री ब्राह्मण की यज्ञ की गोमाता बाण से मर गई। अज्ञानवश अपने हाथ से गोहत्या हुई, इसलिए कर्ण बार-बार ब्राह्मण से क्षमायाचना करता रहा। ब्राह्मण पर कोई असर नहीं हुआ। तब बहुत सी गायें, अनेक रत्न और प्रचुर धन लेकर क्षमा की, फिर याचना की। उसका उलटा परिणाम हुआ। संतप्त हुए ब्राह्मण ने कर्ण को शाप दे दिया—

*तं स विप्रोऽब्रवीत्क्रुद्धो वाचा निर्भर्त्सयन्निव।*
*दुराचार वधार्हस्त्वं फलं प्राप्नुहि दुर्मते॥*
*येन विस्पर्धसे नित्यं यदर्थं घटसेऽनिशम्।*
*युध्यतस्तेन ते पाप भूमिश्चक्रं ग्रसिष्यति॥*
*पातयिष्यति विक्रम्य शत्रुर्गच्छ नराधम॥ (शांति अ. 2/23-25)*

पहले कर्ण को बहुत भला-बुरा कहकर, फिर ब्राह्मण ने शाप दिया—'दुराचारी, पापी! तुम वध के योग्य हो। तुम जिससे हमेशा होड़ करते हो, जिसे पराजित करने के लिए तुम रात-दिन प्रयास कर रहे हो, उससे निर्णायक युद्ध करते समय भूमि तुम्हारे रथ के चक्र को ग्रस लेगी। तुम किंकर्तव्यविमूढ़ बनोगे। उस हालत में तुम्हें देखकर शत्रु तुम्हारा शिरच्छेद करेगा।' कर्ण के धन, गायों की पेशकश से और ही गुस्से में आया ब्राह्मण बोल पड़ा—

*न हि मेऽव्याहृतं कुर्यात् सर्वलोकोऽपि केवलम्।*

"मेरे मुँह से निकली शाप वाणी कोई असत्य नहीं कर सकता। तुम जाओ, यहाँ खड़े रहो या कुछ भी करो, वाणी सत्य होकर ही रहेगी, इसे ध्यान में रखो।" बिना कभी सोचे, अकस्मात् हुई गोहत्या से क्या पता मृत्यु के दरवाजे की आवाज होने लगी, ऐसा लगने पर कर्ण उद्विग्न, दुःखी हालत में परशुराम के आश्रम में लौट आया।

किंतु इस घटना की उसने किसी को खबर नहीं होने दी। गुरु से बिना आज्ञा लिये वह आश्रम को छोड़ नहीं सकता था। उस हालत में ब्राह्मण के शाप के बाद परशुराम की शापवाणी सुनना कर्ण के भाग्य में बदा था। परिणाम उसका यह हुआ कि ब्रह्मास्त्र जानते हुए भी उसके प्रयोग से कर्ण वंचित हो गया।

एक छोटा सा पानी का झरना भी पहाड़ों और शिलाखंडों को काटकर अपना रास्ता बना लेता है। आश्रम के बाहर घूमते हुए, थके से परशुराम ने कर्ण की गोद में अपना सिर रख दिया।

अत्यंत सावधान रहने वाले कर्ण की गोद पर एक जहरीला कीड़ा चढ़ा। थोड़ा हिलना-डुलना हुआ तो परशुराम नींद खुलने से गुस्सा करेंगे, शाप देंगे और न हिलें तो कीड़ा और परेशान करेगा, काटता ही रहेगा, इस दुविधा में कर्ण फँस गया। कीड़े ने काट ही लिया। आखिर, तकलीफ बढ़ती गई, पर कर्ण ने गुरु की नींद में खलल नहीं पड़ने दी। कीड़े की काटी हुई जगह से खून बहना शुरू हुआ, फिर भी कर्ण अविचल रहकर पीड़ा को सहता रहा। क्या ही आश्चर्य भरा था वह पौरुष का उद्दीप्त आविष्कार!

## साँच को आँच नहीं

गुरु के लिए अपार वेदना सहन करने का प्रयास सच्चा था, पर वह सच्चाई विद्या प्राप्ति के प्रयासों में नहीं थी। सत्य का प्रतिशत नहीं निकलता, निकालें तो वह हजम नहीं होता। झुठ छिपाने के लिए उसे कितने ही वर्कों से ढक दो, उसे सच्चा सिद्ध करने के लिए कितने ही प्रयास करो, तो भी सत्य ऐसे प्रयासों पर पानी

फेर देता है। कर्ण के बारे में यही हुआ। जहरीले कीड़ों का सिर्फ काटना उद्देश्य नहीं था, शायद खून से परशुराम को वह नींद से जगाना चाहता हो। उसने कर्ण की सहनशीलता और धैर्य को पराजित कर दिया, परशुराम के शरीर को खून का स्पर्श हो ही गया।

"मैं भार्गव गोत्र से हूँ" यह बेझिझक जिस कर्ण ने परशुराम से बोला था, उसी को सत्य दिखाने के लिए मानो कर्ण के रक्त की धारा बहने लगी। वह पुण्यात्मा को 'अशुद्ध रक्त' के स्पर्श से काँपने तो नहीं लगा ? परशुराम की नींद तत्काल खुल गई और चारों ओर फैले खून में निश्चल बैठा कर्ण ब्राह्मण का पुत्र नहीं होना चाहिए, यह परशुराम के ध्यान में आ गया। इतने दिनों तक का परशुराम का शांत स्वरूप बदल गया, अब उसका रुद्र जैसा भयंकर रूप सामने आ गया। कड़े लहजे में उसने कर्ण से पूछा—

*अतिदुःखमिदं मूढ न जातु ब्राह्मणः सहेत्।*
*क्षत्रियस्यैव ते धैर्यं कामया सत्यमुच्यताम्॥ (शांति अ. 3/25)*

'अरे मूर्ख, जंघा से बहते खून को सहन करने का दर्दनाक दुःख ब्राह्मण कभी सहन नहीं कर सकेगा। जो सहनशीलता तुमने दिखाई, वह क्षत्रिय के बस का ही है। सच बताओ, तुम कौन हो ?'

क्या कहता कर्ण ? गुरु के भयंकर रूप को देखना न पड़े, इसलिए जो कर्ण अब तक ध्यान रखे हुए था। वह रूप प्रकट होने पर शाप के भय से कर्ण डर गया। साष्टांग दंडवत् कर कर्ण ने पहले क्षमा माँगकर फिर कहा—

*राधेयः कर्ण इति मां प्रवदन्ति जना भुवि।*

"मैं राधेय कर्ण हूँ" कर्ण की इस स्वीकारोक्ति के बाद गुरु ने पूछा, "क्यों झूठ बोले तुम ?" और ही दयनीय हालत में कर्ण ने जो उत्तर दिया, वह उसकी तीव्र बुद्धि का परिचय कराता है—

*पिता गुरुर्न संदेहो वेदविद्याप्रदः प्रभुः।*
*अतो भार्गव इत्युक्तं मया गोत्रं तवान्तिके॥ (शांति अ. 3/28)*

'गुरुदेव, गुरु शिष्य का पिता ही होता है। आप मेरे गुरु होने के नाते मेरे पिता ही हुए। पिता का ही गोत्र पुत्र का होता है, इसलिए मैंने भार्गव गोत्र कहा। ब्रह्मास्त्र पाने के लिए क्षमा करिएगा।'

## गुरुगृह से निष्कासन

संतप्त परशुराम को इस प्रकार से उत्तर की चालबाजी, कर कर्ण ही उत्तर दे

सकता था। परशुराम अपनी हँसी रोक नहीं पाए, धीरे-धीरे शांत होते गए। गुस्सा ठंडा पड़ा। कर्ण की दीन-हीन हालत देख उन्होंने आशीर्वाद दे डाला—"तुम जैसा योद्धा इस पृथ्वी पर नहीं होगा। पर तुम अपने गुरु से साफ झूठ बोले, उन्हें धोखा दिया, इसलिए मेरी दी हुई अस्त्रविद्या तुम्हारे आखिरी समय में तुम भूल जाओगे। तुम्हारे जैसे कपट करने वाले के पास ब्रह्मास्त्र अंतिम समय तक रहेगा नहीं। कपट करने में होशियार और असत्य आचरण करने वाले को इस आश्रम में कोई जगह नहीं है। इसी समय तुम निकल जाओ।"

आचार्य द्रोण ने कर्ण को ब्रह्मास्त्र देने से मना किया, ऐसा उद्घोष करते हुए कर्ण के प्रशंसक उसके दुर्गुणों को ढककर उसे महात्मा सिद्ध करने का कितना ही प्रयास करें, किंतु सत्य पाठकों तक पहुँचे, इसीलिए ब्रह्मास्त्र की कहानी यहाँ विस्तार से दी है। पाठकों को कुछ समय तक भ्रमित कर सकते हैं, पर इतिहास को भुलाया नहीं जा सकता। द्रोण ने मना करने का कारण तत्कालीन समाज-व्यवस्था नहीं, उसके अवगुण हैं। मिले हुए ब्रह्मास्त्र का आखिरी वक्त प्रयोग न कर पाने का सारा दोष कर्ण का ही है। ब्रह्मास्त्र के नियम द्रोण ने नहीं बनाए थे, अस्त्र के पीछे कई शताब्दियों की परंपरा है। उसको निभाया, इसलिए उसका लोप नहीं हुआ।

रामायण में भी ब्रह्मास्त्र का एक उल्लेख है। जब इंद्रजीत मायावी रूप लेकर आकाश में बाणों की वृष्टि करने लगा, तब लक्ष्मण ने ब्रह्मास्त्र छोड़ने की राम से स्वीकृति माँगी। राम के दिए हुए मार्मिक उत्तर को संत एकनाथ ने भावार्य रामायण में यों सँजोया है—

*इंद्रजीत के अपराध पर मत मारो पूरे संसार को।*
*करोड़ों गरीब हैं बच्चे-बूढ़े सब मरेंगे।*

*(अनूदित युद्ध काण्ड अ. 11)*

स्वीकृति माँगने वाला लक्ष्मण और संसार के लिए करुणासागर राम इसी वजह से हमारे प्रात:स्मरणीय बने। अपनी धारदार तलवार का उपयोग कब और कैसे करें, इसका विवेक न हो तो वह समर्थ व्यक्ति का सर्वनाश करती है। इसी दृष्टि से कर्ण और ब्रह्मास्त्र की समीक्षा करनी चाहिए।

□

# 6
# कृतघ्नता

गुरुसेवा के बल पर परशुराम को प्रसन्न कर कर्ण के विद्या प्राप्त करने का इतिहास आपने देखा है। उसने द्रोणाचार्य के अलावा कृपाचार्य से भी शस्त्रविद्या सीखी थी। वेशंवेशायन ने अपने मुँह से इस बात को 'वनपर्व' में स्वीकार किया है। 309 का यह श्लोक देखिए—

*द्रोणात् कृपाच्च रामाच्च सोऽस्त्रग्रामं चतुर्विधम्।*
*लब्ध्वा लोकेऽभवत् ख्यातः परमेष्वासतां गतः ॥18॥ (वनपर्व अ. 309)*

यह कर्ण की स्वीकारोक्ति है, पर इस भ्रम में मत रहिए कि यह कर्ण की कृतज्ञता है।

इससे स्पष्ट है कि उस पर सूतपुत्र होने के कारण किसी भी गुरु ने अन्याय व पक्षपात नहीं किया। उलटे, कर्ण ने ही अपने गुरुओं पर अन्याय किया, उनका विरोध किया।

## गुरुजनों का तिरस्कार

कर्ण का सारा जीवन-पट यदि देखें तो सहजता से स्पष्ट होता है कि गुरु द्रोण, कृप जिनसे उसने विद्या संपादन की, वह अवसर भी पर्याय से भीष्म की कृपा से ही प्राप्त हुआ था। उन्हीं भीष्म पितामह का कर्ण ने कई बार अपमान किया, तिरस्कार किया, निंदा करने में कोई कसर नहीं रखी। कौरव-पांडवों और अन्य राजकुमारों को धनुर्विद्या सिखाने का दायित्व भीष्म ने ही द्रोण को दिया था, यानी वास्तव में प्रत्यक्ष गुरुओं से भी अधिक, भीष्म ने कर्ण पर उपकार ही किया है। अच्छा, ऐसा भी नहीं कि द्रोण की नियुक्ति के अलावा भीष्म का कोई महत्त्व ही नहीं रह जाता! ज्ञान और धनुर्विद्या में श्रेष्ठ तो वे हैं ही, कुरुकुल के वास्तविक

शासक तो वे ही थे। दुर्योधन की कृपा से सूत होते हुए भी कर्ण अंग देश के राज्य का उपभोग करता है, उसी कुरुकुल के संवर्धन के लिए अपने सर्वस्व की हवि देनेवाले भीष्म कुल दीपक हैं—

*"राज्यं येन पटान्तलग्नतृणवत् त्यक्तं गुरोराज्ञया।"*

जैसे कपड़े में अटका घास का तिनका आदमी असानी से झटक देता है, उतनी ही सहजता से पिता की प्रसन्नता के लिए कुरुकुल के सिंहासन का हमेशा के लिए भीष्म त्याग कर देता है, जिसका वह वारिस है। युग-युग में कीर्तिमान रहे शंतनुपुत्र देवव्रत की 'ब्रह्मचर्य के आजीवन पालन' की वाणी भीष्मवाणी, भीष्म प्रतिज्ञा के रूप में जानी जाती है। जिन के सामने प्रत्यक्ष काल भी विनम्र हो अभिवादन करता है, वे भीष्म मनुष्य जाति के श्रेष्ठ गुरु हैं, सामर्थ्य और पराक्रम का जिनका डंका तीनों लोकों में गरजता रहा, विवश होकर अपने गुरु परशुराम को जिन्होंने पराजित किया और स्वयं मृत्यु को भी 58 दिन जिनके सामने खड़े रहना पड़ा, ऐसे प्रात:स्मरणीय भीष्म के सामने कर्ण की औकात ही क्या थी? कुछ भी नहीं। फिर भी उसने भीष्म से कैसे बर्ताव किया इसे जानने के लिए, कर्ण के द्वारा भीष्म को वारंवार कैसे अपमानित किया, इसे जानने के लिए इतिहास के पन्ने पलटने ही होंगे।

अर्जुन का द्रौपदी से विवाह हुआ, यही नहीं, द्रुपद जैसा शक्तिशाली शासक पांडवों का सहयोगी बना। इसी से कर्ण और दुर्योधन की चिंता बढ़ने लगी। जब पांडव निराधार थे, तब उन्हें मारने का षड्यंत्र कारगर नहीं हुआ। द्रुपद के समर्थन से उनकी शक्ति बढ़ गई। अब वे अकेले नहीं रहे। हालाँकि पांडवों के द्रुपद से जुड़ जाने पर धृतराष्ट्र ने ऊपरी तौर पर विदुर के पास आनंद अभिव्यक्त किया, पर उसने दुर्योधन को नाराज कर दिया। अपने पिता का उसने निषेध किया। तब धृतराष्ट्र ने 'विदुर से ऊपरी तौर पर आनंद प्रदर्शित किया।' अपनी स्वीकारोक्ति दी है और फिर दुर्योधन और कर्ण से उनकी नेक सलाह माँगी है (आदि. अध्याय 193)।

पांडव और द्रौपदी के बीच फूट डाली जाए, उनमें शत्रुता पनपाई जाए, हत्यारों को भेजकर भीम का काम तमाम किया जाए, ऐसे उपाय दुर्योधन ने सुझाए है। यह सब सुन कर्ण दुर्योधन का उपहास करते हुए बोल पड़ा, "ऐसे उपाय करने पर पहले हम असफल हुए हैं। बच्चों के जैसे ये उपाय करना मूर्खता के अलावा और कुछ भी नहीं है। अब तो पांडवों ने द्रौपदी को प्राप्त कर लिया है, अत: ऐसे मामूली उपायों से पांडवों का विनाश नहीं होगा। उनमें कभी भी फूट नहीं पड़ेगी" यह कहकर वह अपनी योजना बताने लगा, 'जब तक पांडवों का पक्ष अपने जितना प्रबल नहीं हुआ, जब तक द्रुपद अपने पुत्रों के साथ युद्ध में पांडवों की सहायता के लिए नहीं

पहुँचता है और श्रीकृष्ण की सेना भी पांडवों की मदद के लिए नहीं आ धमकती, चतुरंगिणी सेना के साथ आक्रमण कर पांडवों को विनष्ट करना चाहिए।' (आदि. अध्याय 194/1-29)

धृतराष्ट्र को यह उपाय तुरंत ही रास आ गया। उसने कर्ण की पीठ थपथपाई, पर यह उपाय तुरंत लागू करने के हालात नहीं थे। उसे लगा, भीष्म, द्रोण और विदुर की भी सलाह लेनी चाहिए, अत: इन तीनों को मंत्रणा के लिए उसने बुलाया। कर्ण का प्रतिशोध से निकला उपाय इन तीनों को कैसे मंजूर होता? भीष्म ने अत्यंत स्पष्ट रूप से धृतराष्ट्र को कहा, 'कुरु राज्य पर कौरव और पांडवों का समान अधिकार है। इसलिए विचार-विमर्श कर राज्य का आधा हिस्सा पांडवों को देना सभी के लिए हितकारी है' (आदिपर्व अ. 195)

परवर्ती अ. 196 में द्रोण ने भी भीष्म का समर्थन किया है। ज्येष्ठ और श्रेष्ठ व्यक्तियों ने राज्य का आधा हिस्सा पांडवों का देने पर ही जोर दिया है। कर्ण को यह सलाह कैसे रास आती? उसकी राय जड़ से उखाड़ ही दी गई। पांडवों को न्याय देने की भीष्म और द्रोण बात कर रहे हैं, यह कर्ण की दृष्टि में दुर्योधन की सात पीढ़ियों के किए घोर अपराध के समान था। कर्ण का दिमाग और मन मानो धधकने लगे।

कुरु राज्य का आधा हिस्सा पांडवों को देना चाहिए, इस सलाह से दुर्याधन का गुस्सा होना स्वाभाविक है। यह बात समझ में आती है कि उसके राज्य का आधा हिस्सा देना होगा। पर भीष्म-द्रोण की इस सलाह से मानो अपने ही कलेजे का आधा भाग जा रहा है, यह मानकर कर्ण के क्रोध और संताप की सीमा नहीं रही। इस उल्लेखित हालत में वह भीष्म-द्रोण से जो मर्जी में आए, बकने लगा। सज्जनता का स्पर्श भी उसे नहीं हुआ था। ढीठ तो स्वभाव से ही था। भीष्म-द्रोण उम्र में बड़े हैं या उन्हीं की वजह से विद्या प्राप्त हुई, तो क्या हो गया? पांडवों को राज्य दो, 'क्या मतलब हुआ, ऐसा उस उन्मत्त कर्ण को लगा।' पांडवों के द्वेष में कर्ण के सामान्य शिष्टाचार से वंचित होते रहने का यह बेमिसाल वाकया है। कोई अंतिम निर्णय लेने से पहले राजकीय चर्चा में सलाह देने भीष्म-द्रोण को बुलाया था। उसी बैठक में धृतराष्ट्र का साम्राज्य विशिष्ट पद पर आसीन, साम्राज्य का आधारस्तंभ कर्ण, भीष्म-द्रोण का धृतराष्ट्र और अन्य मंत्रियों के सामने अपमान कर रहा है, उनका तिरस्कार कर रहा है।

इस घटना से पहले खुले रूप से सब के बीच कर्ण ने भीष्म या द्रोण का अपमान नहीं किया था, पर इसका तात्पर्य यह नहीं है कि भीष्मादि के लिए उसके मन में कोई आदरभाव रहा हो! वह जानता ही था कि भीष्म, द्रोण और विदुर का

झुकाव पांडवों की ओर अधिक है। दुर्योधन की दुष्प्रवृत्तियों का समर्थन सतत करते हुए कर्ण ने दुर्योधन के मन और बुद्धि को अधिकाधिक प्रभावित करने का कार्य शुरू किया ही है। वह यह समझ गया कि जितना पांडवों का द्वेष करें, उतना ही दुर्योधन को मानसिक आनंद मिलता रहेगा। इसलिए दुर्योधन की सभा में अपना उच्च स्थान स्थयी रखने के लिए वह प्रयत्न कर रहा है। भले ही कर्ण जैसा चाहे, वैसा दुर्योधन करता रहे, पर कर्ण की द्वेष भावना को उससे संतोष नहीं मिलता। इसलिए भीष्म, द्रोण और विदुर जैसे पुराने सम्माननीय मंत्रियों के प्रति दुर्योधन के मन में तिरस्कार, अनादर पनपाने से ही अपना स्थान दृढ़तर होगा, इस दृष्टि से ही राजसभा में अवसर पाकर उसने भीष्म और द्रोण का अपमान किया। ऐसे में उसका अशोभनीय आचरण चौड़े में आना ही था।

कर्ण ने भीष्म-द्रोण की निंदा 'जैसे मन में आया' वैसे नहीं की होगी, क्योंकि भले ही वह मुँहफट और विवेकी हो, दुर्योधन की तरह मूर्ख नहीं था। वह सावधान और दुर्योधन से अधिक धूर्त है। इसी वजह से धृतराष्ट्र और दुर्योधन के मन में बसे हुए पांडवों के द्वेष को अपनी कल्पनाशीलता और चातुर्य से कर्ण दृढ़मूल कर सका। इसी दृष्टि से दुर्योधन के द्वारा किए गए सभी षड्यंत्रों में कर्ण ने बड़ी आत्मीयता से मदद की। जब दुर्योधन समझ गया कि कर्ण अपने जैसा पांडवों का द्वेष करता है। ऐसे में कर्ण यदि दुर्योधन के गले का हार बनता है तो क्या आश्चर्य? पर केवल इतने से ही काम चलनेवाला नहीं था। क्योंकि भीष्म, द्रोण और विदुर का उनके कर्तृत्व और योगदान का धृतराष्ट्र पर अत्यधिक प्रभाव था। पुत्र-प्रेम कितना ही हो, इन वरिष्ठों के प्रति 'ये क्या कहेंगे', यह शंका तो धृतराष्ट्र के मन में थी ही। मन में कितना भी चाहे, धृतराष्ट्र इन वरिष्ठों को दरकिनार नहीं कर सकता था। पांडव अभी तो उसी के आश्रय में थे, इसलिए सामाजिक दृष्टि से खुले तौर पर पांडवों का विरोध करना भी उसके लिए संभव नहीं था। इच्छा न होते हुए भी पांडवों से प्रेम प्रकट करना उसकी मजबूरी थी। विदुर के सामने हमेशा ही पांडवों के लिए उसे अच्छा कहना पड़ता। हालाँकि, पुत्र-प्रेम के कारण ऐसा करना उसे बहुत बुरा लगता। यूँ सत्य-असत्य में झूलता रहा। पांडवों के संबंध में धृतराष्ट्र की ऐसी हालत दुर्योधन और कर्ण की दृष्टि से घातक, उतनी ही गंभीर थी।

कोई भी षड्यंत्र करने के लिए सत्ता, सामर्थ्य और संपत्ति होना ही काफी नहीं होता, विलक्षण मानसिक तैयारी की इनसे भी सख्त जरूरत होती है। दुष्कृत्यों में मन का धैर्य निश्चल पहाड़ी की तरह होना चाहिए। अपने स्वार्थ के आड़े आने वाला कोई भी हो, उसे किसी भी शस्त्र, तंत्र, मंत्र से, छिपे या खुले, नष्ट करना

पड़ता है, अपने स्थान से उखाड़ फेंकना पड़ता है। जब सीमाएँ पार कर स्वार्थ का घोड़ा हवा की गति से तूफान बन दौड़ने लगता है तो न्याय, नीति, सत्य, सज्जनता, संयत सद्भाव, प्रेम, रिश्ता-नाता सबको पैरों तले रौंदना पड़ता है। कुटिल नीति के लिए मन मरा हुआ, संवेदना-शून्य होना चाहिए, तभी स्वार्थ सिद्ध होता है, गर्दनें मरोड़ी जाती हैं। ऐसे 'तंत्र-महाविद्यालयों' से ही रावण, जरासंध, कर्ण, शिशुपाल जैसे 'सिद्धपुरुष' उपाधियाँ लेकर बाहर निकलते हैं। यह तंत्रसाधना जितनी दुर्योधन और कर्ण न की, उसके मुकाबले धृतराष्ट्र कमजोर पड़ता है, अभी उसका मन पूरा बरबाद नहीं हुआ है, मरा नहीं है। कर्ण बस, इसी से आशंकित था कि कोई धोखा न हो जाए। इसीलिए उसने धृतराष्ट्र के मन में दबे हुए पांडव द्वेष को मजबूत करने का प्रयास किया।

## युद्ध की उत्कटता

दुर्योधन की दुष्ट बुद्धि को कर्ण का समर्थन था, इसलिए दुर्योधन उसे साथ लेकर ही धृतराष्ट्र के पास गया और उसी के सामने पांडवों के विषय में समझदारी के दृष्टिकोण का उसने विरोध किया। उसी समय धृतराष्ट्र ने कर्ण से सलाह माँगी। शायद उसे लगा कि कर्ण के जैसा शक्तिशाली योद्धा दुर्योधन के पक्ष का समर्थन कर रहा है। कर्ण ने भी उसी वक्त पांडवों के खिलाफ जहर उगलकर धृतराष्ट्र के विचारों को जाँचने का प्रयास किया। कर्ण की बुद्धि-कुशलता की धृतराष्ट्र ने तारीफ करते ही उसी मजबूत आधार पर कर्ण ने भीष्म और द्रोण की निंदा और अपमान करने का साहस किया। यदि तख्त का मालिक ही अंदरूनी तौर पर वश हुआ है, तो द्रोण, विदुर या भीष्म की परवाह करने की जरूरत नहीं, ऐसा यदि कर्ण जैसे विकृत और अभिमानी को लगा हो तो स्वाभाविक ही था। कर्ण की उम्र और दुष्प्रवृत्तियों से ऐसा ही लगा हो कि राजसभा भीष्म-द्रोण जैसे पुराने व्यक्तियों का महत्त्व कम करना जरूरी है। अपनी गरिमा बढ़ाने के लिए साहस करने की उसने ठान ही ली। उक्त घटना इस मार्गक्रमणा का पहला उपन्यास है।

कर्ण स्वभावत: युद्ध के लिए तीव्र अपेक्षा रखता आया है, उसमें क्रूरता ही अधिक है। वह हमेशा ही युद्ध के लिए ललकारता है। इस बार भी पांडवों की शक्ति बढ़ने से पहले ही आक्रमण कर उनका विनाश करने की दृष्टि है। भीष्म-द्रोण की दृष्टि इसके पूर्णत: विपरीत है। इसलिए कर्ण ने अपने मन में उठती दुर्भावना प्रकट करने का अवसर हाथ से जाने नहीं दिया, जैसे मानो उसी ने भीष्म-द्रोण को प्रतिष्ठा दिलाई हो और उसी के कृपाछत्र में ये दोनों जैसे-तैसे जी रहे हैं—

*योजितावर्धमानाभ्यां सर्वकार्येष्वनन्तरौ।*
*न मन्त्रयेतां त्वत् श्रेयः किमद्भुततरं ततः॥ (आदि अ. 200/13)*

ये दोनों (भीष्म-द्रोण) सम्मान, वेतन, अधिकार-पद और मोटी तनख्वाह लेकर भी तुम्हारे हित की सलाह नहीं दे रहे हैं और हर कार्य में तुम इनसे सलाह लेते हो, इससे अधिक आश्चर्य, अद्भुत क्या है? मन में पाप छिपाकर ये कौन सा तुम्हारा भला करेंगे? आखिर मनुष्य को जो कुछ भी पाना है, वह दैवायत्त ही होता है। इस प्रकार बोलकर कर्ण सुझा रहा है कि उन्होंने पांडवों के विरुद्ध ही सलाह देनी चाहिए। वे किस बात का वेतन ले रहे हैं?

यह संदर्भ विगत प्रकरण में भी आया है। न चाहते हुए भी पुनरुक्ति करनी पड़ी है। कर्ण के द्वारा ऐसी बद-सलाह देने के बाद द्रोणाचार्य ने स्पष्ट शब्दों में अपनी अस्वीकृति दी। उससे कर्ण के स्वभाव के दोष प्रकट हुए हैं—

*विद्म ते भावदोषेण यदर्थमिदमुच्यते।*
*दुष्टः पांडवहेतोसवं दोषमाख्यापयस्युत॥ (आदि अ. 205/26)*

## विदुर की चपत

द्रोणाचार्य ने यहाँ कर्ण के लिए 'भावदोष' शब्द का प्रयोग किया है। 'अंतरीचे धावे स्वभावे बाहेरी' (बाहर आए, अंतस की बात) उक्ति के अनुसार इस बहाने कर्ण के स्वभाव के दोष प्रकट हुए हैं। कर्ण की फालतू बकवास सुन विदुर भी चुप न रह सके। भीष्म और द्रोण की निंदा कैसे उनके गले उतरती? उसने भी स्पष्ट रूप में अपने विचार धृतराष्ट्र के सामने ही कर दिए—"यदि तुम्हें कोई गलत बता रहा है तो उसमें तुम्हारा अमंगल, अकल्याण करने की ही इच्छा है।" परोक्ष रूप से विदुर ने इस प्रकार कर्ण की हीन और अन्यायी वृत्ति को ही कोसा है। भीष्म-द्रोण की भली सलाह तुम्हें ठीक नहीं लगी, इतना कहकर विदुर रुका नहीं। अपने भाषण के आखिर में विदुर ने कर्ण के सारे जीवन को तौल दिया है—

*दुर्योधनश्च कर्णश्च शकुनिश्चापि सौबलः।*
*अधर्मयुक्ता दुष्प्रज्ञा बालामैषां वचः कृथाः॥*

"दुर्योधन-कर्ण-शकुनि से सलाहकार अधर्म युक्त अर्थात् न्याय-अन्याय की किंचित् भी ध्यान न रखने वाले, दुष्ट, बालबुद्धि हैं। अतः उनकी सलाह से नहीं चलना चाहिए।"

चाहे-अनचाहे, धृतराष्ट्र को भीष्म, द्रोण, विदुर की सलाह माननी पड़ी और पांचाल नगरी से पांडवों को लाने की जिम्मेदारी उसने विदुर को सौंप दी। फिर

पांडवों का आना, खांडव वन का स्वीकार और स्वतंत्र राजस्थापना आदि वृत्तांत आगे आएगा।

कर्ण का उसके सामने ही निषेध करना विदुर को जरूरी लगा। महाभारत में कई बार श्रीकृष्ण, विदुर, अश्वत्थामा, कृप, द्रोण, भीष्म आदि ने कर्ण-निषेध किया है। उसके सूतपुत्र होने से नहीं, दुष्ट, विकृत बुद्धि और षड्यंत्रकारी स्वभाव होने से!

□

# 7

# एक और वस्त्रहरण

*यौवनं धनसंपत्तिः प्रभुत्वमविवेकता।*
*एकैकमप्यनर्थाय किमु यत्र चतुष्टयम्॥*

युवावस्था, संपत्ति, सत्ता और अविवेक इनमें एक हो, तब भी अनर्थ होगा। जहाँ चारों एक जगह हों, उसका परिणाम क्या होगा? दुर्योधन और कर्ण दोनों ही इन चारों में समृद्ध हैं। फिर इनका सैकड़ों तरीकों से विनाश हो तो उसे रोकेगा कौन? भीष्म, द्रोण, कृप, विदुर चारों ने ही विनाश रोकने के प्रयास किए, पर वह रुका नहीं, रुकना भी नहीं था। फिर भी ये अपना निषेध प्रकट करते रहे, सुभाषितों की तर्ज पर।

राज्य और धन से हीन पांडवों को और कभी महारानी रही द्रौपदी को दुर्योधन अपनी सामर्थ्य से नीचा दिखाए, शर्मसार करे, यह अत्यंत तुच्छ कल्पना अमल में लाने के लिए कर्ण ने ही दुर्योधन को दुष्प्रेरित किया, लगभग बाध्य ही किया। परने करने कुछ गए और हुआ कुछ और। पांडवों को चिढ़ाने की फिराक में दुर्योधन को गंधर्व उठाकर ले जाने लगे, गंधर्वों के सामने कर्ण की सामर्थ्य को लकवा मार गया। सबसे पहले वे रणभूमि से भाग खड़ा हुआ, प्राणों पर आन पड़ी थी। आखिर पांडवों की मदद से ही गंधर्वों की पकड़ से छूटने की लज्जाजनक घड़ी का दुर्योधन को सामना करना पड़ा, तो उसने मात्र वायु का सेवन करते हुए देहत्याग करने का निर्णय लिया। ठीक भी था, वह कुरुकुल की सत्ता का प्राण जो था! अपने ही शत्रु से अपनी जान बचाने से मृत्यु को श्रेयस्कर मानना स्वभाविक भी है। पर कर्ण को इससे क्या लेना-देना? उसे अपनी जान बचानी थी, तो वह भाग छूटा। कर्ण के लिए वह अपमान दुर्योधन का था, उसका नहीं। अपमान पी जाना पड़ता है या छोटी-मोटी बातों को इतनी गंभीरता से नहीं लेना चाहिए, जैसा दर्शन कर्ण ने आत्मसात् किया था, दुर्योधन ने नहीं। इसलिए दुर्योधन क्रोधित हुआ, पर कर्ण एकदम शांत।

यूँ देखें तो इस घटना से दुर्योधन को सबक लेना चाहिए था। कर्ण की दुष्प्रेरणा से 'घोषयात्रा' की योजना बनी। कर्ण की वजह से ही कुरु साम्राज्य के युवराज को ऐसा अपमान सहन करना पड़ा, इसलिए भीष्म ने स्पष्ट रूप से कर्ण को खरी-खरी सुनाई ही है। इतना ही नहीं, उसका अवमूल्यन भी किया है। पहले तो उन्होंने घोषयात्रा को लेकर अपनी नापसंदगी खुले में बताई, फिर भी कर्ण के सामर्थ्य पर भरोसा कर दुर्योधन ने उस योजना को कारगर बनाया और पहले शत्रुओं से और फिर अपनों से ही कर्ण को अपमान का कड़वा घूँट पीना पड़ा—

*ततः प्राप्तं त्वया वीर, ग्रहणं शत्रुभिर्बलात्।*
*मोक्षितश्चासि धर्मज्ञैः पांडवैर्न च लज्जसे॥*

'शत्रुओं द्वारा पकड़ लिये जाने पर धर्मज्ञ पांडवों ने तुम्हें छुड़ाया, इसकी जरा सी भी शर्म-हया नहीं है?'

*सूतपुत्रो भयाद् भीतों गंधर्वाणां तदा रणात्।*
*क्रोशतस्तव राजेंद्र ससैन्यस्य नृपात्मज॥*
*दृष्टस्ते विक्रमश्चैव पांडवानां महात्मनाम्।*
*कर्णस्य च महाबाहो सूतपुत्रस्य दुर्मतेः॥*

"तुम्हें और सारी सेना को देखते हुए गंधर्वों से डरकर कर्ण रणभूमि से एक कोस तक दूर भागता रहा। तुम सब ने चिल्ला-चिल्लाकर उसे बुलाया, पर वह भागता ही रहा। यहाँ उदार मन के पांडवों का पराक्रम दिखाई दिया है और तुम्हारा और रहा तुम्हारे मित्र का 'पराक्रम' भी सामने आ ही गया!"

*न चापि पादभाक्कर्णः पांडवानां नरोत्तम।*
*धनुर्वेदे च शौर्ये च धर्मे वा धर्मवत्सल॥*

'धनुर्विद्या, पराक्रम और धर्म के संबंध में पांडवों के चरणों के पास बैठने लायक भी कर्ण नहीं है।' (वनपर्व अ. 241/5-8)

## विमनस्क भीष्म

आदिपर्व में कर्ण ने धृतराष्ट्र और दुर्योधन के सामने भीष्म को 'आस्तीन के अंगारे' कहा था। पर सिर्फ इसी कारण भीष्म ने कर्ण की चौड़े में निंदा नहीं की है। उनकी दृष्टि में जो कर्ण पांडवों के पैरों के पास बैठने योग्य नहीं है, तो उसका पराक्रम पांडवों के तो क्या, बल्कि अपने गुरु परशुराम को इक्कीस दिन तक घोर युद्ध कर पराजित करने वाले भीष्म के सामने क्या मायने रखता है? इसलिए उसका पराक्रम भीष्म के लिए बेअसर था। वे स्वयं उदारमना, त्रिभुवन-कीर्ति के समर में

धुरंधर योद्धा थे, अत: कर्ण उनकी किसी गिनती में ही नहीं था। शत्रु के पराक्रम की खुले हृदय से प्रशंसा करना भीष्म का स्वभाव था। फिर भी इतने साफ तौर पर कर्ण की निंदा करने का क्या कारण था? और वह भी उसी के सामने! 'मंदबुद्धि दुर्योधन कर्ण के बहकावे में आकर स्वयं का और कुरुकुल का सर्वनाश कराएगा,' भीष्म इस बात को बखूबी जानते थे, इसीलिए कर्ण का कच्चा-छिट्ठा उन्होंने खोल दिया। कुरुकुल का युवराज कर्ण कहने से कितना बहकता रहेगा, उसकी कोई सीमा भी है या नहीं? ऐसे सवाल भीष्म को विचलित कर रहे हैं। दुर्योधन का इसीलिए उपदेश दे रहे हैं कि पांडवों की जीत से जो फजीहत हुई, वह काफी है। विवेकी बनो, सयाने बनो। आमने-सामने लड़ो, कायरों की तरह शत्रुओं की फजीहत करने में मत लगे रहो। पीछे से वार करने में क्या पौरुष है?

लेकिन इस निंदा का कोई परिणाम होने की आप मत सोचो। भीष्म या कोई और कितना भी कहे, कर्ण अपने मत में बदलाव के लिए कतई तैयार नहीं हुआ। 'पांडवों का विनाश' यही उसके जीवन का उद्‌देश्य था। इसलिए भीष्म द्वारा की गई निंदा से मानो वह भभक उठा। इसी वजह से इन दोनों में आखिर तक मन-मुटाव बना रहा। इसके बाद भीष्म के अपमान या निंदा करने का कोई अवसर उसने हाथ से जाने नहीं दिया। कर्ण के अड़ियल रुख के कारण बाद में कई बार भीष्म ने कर्ण के 'सही स्थान' से उसको वाक़िफ़ कराया है, इसे भूल जाना ठीक नहीं है।

दुर्योधन की हालत मदिरा प्राशित बंदर की तरह हो गई है। कर्ण की गलत राय अपने अपमान का कैसे कारण बनी है, इसका हाल ही में दुर्योधन को ध्यान हुआ है, पर कर्ण के उपदेश की शराब का नशा दुर्योधन के दिमाग से उतरता ही नहीं है। भीष्म की स्पष्टोक्ति का दुर्योधन पर कुछ परिणाम नहीं हुआ। भीष्म की बात पूरी होते ही वह जोर से हँसा और कर्ण और शकुनि के साथ बाहर चलता बना।

जिस भीष्म ने कुरुकुल के विस्तार, सुरक्षा, समृद्धि के लिए अपना सब कुछ न्योछावर कर दिया, उन्हीं का और अपमान कर कर्ण और दुर्योधन खुद को धन्य-धन्य समझ रहे थे! अपने पोतों की इस निराशजनक लीला को देख हताश, विमनस्क, उद्विग्न हुए भीष्म लज्जित हो अपने निवास की ओर चल दिए। आज से कर्ण और दुर्योधन के साथ उनकी जोड़-बाकी शुरू हो गई।

## विराट पर्व की घटना

विराट पर्व में भी इसी तरह का वाकया हुआ है। बारह वर्ष का अरण्यवास पूरा कर पांडव द्रौपदी के साथ अलग-अलग नाम से रहते हुए एक वर्ष का अज्ञातवास

बिता रहे थे। विराट की रानी सुदेष्णा के पास द्रौपदी 'सैरंधी' नाम की दासी बन सेवा में लगी थी। रानी के भाई कीचक की द्रौपदी पर नजर पड़ते ही उसके मन में पाप आ गया और वह उसे सताने लगा। द्रौपदी की शिकायत पर भीम ने कीचक का वध किया, जिस पर विराट का सारा दारोमदार था। उसी के मरने पर विराट के राज्य पर आक्रमण कर उसकी गायों-बछड़ों को अपहरण किया जाए, ऐसा सुशर्म ने दुर्योधन को सुझाव दिया। सुशर्म 'त्रिगर्त' का शासक था, जो विराट से कभी पराजित हुआ था। कर्ण को यह राय तुरंत पसंद आई और उसने विराट पर आक्रमण करने की ठान ली।

कौरवों की उस सेना पर अर्जुन ने बृहन्नला के भेस में, विराट के पुत्र, उत्तर को सारथी बनाकर आक्रमण कर दिया। अकेले यूँ आक्रमण करने वाला अर्जुन ही होगा, यह जानकर द्रोण ने अर्जुन की प्रशंसा करते हुआ कहा—"अर्जुन से युद्ध करेगा ऐसा कोई वीर दिखाई नहीं देता।"

अपने शत्रु अर्जुन की यह प्रशंसा कर्ण को कैसे भाती? उसने कृपाचार्य को सुना ही दिया—"आप लोग हमेशा ही अर्जुन की प्रशंसा कर उसे श्रेष्ठ कहते हैं, हमें कुछ भी नहीं गिनते! वस्तुतः मेरे या दुर्योधन का वह सोलहवाँ हिस्सा भी नहीं है।" इतनी आत्मप्रशंसा से उसे संतोष नहीं हुआ। बाद में अपने गांडीव धनुष की टंकार करते अर्जुन ने शंख फूँका। जैसे-जैसे वह समीप आने लगा, द्रोणाचार्य ने सेना को सावधान रहने की सूचना दी। तब फिर कर्ण ने द्रोण की निंदा की। पर खाली निंदा करने से काम थोड़े ही चलता! फिर अपनी तारीफ के पुल बाँधना उसने शुरू किया—

*अहमावारयिष्यामि वेलेव मकरालयम्।*

"जैसे किनारा समुद्र को रोकता है, वैसे अभी अर्जुन को रोक देता हूँ।" और फिर अर्जुन के वध की वह घोषणा भी कर बैठा।

"दुर्योधन के मन के शल्य अर्जुन का वध कर उखाड़ देता हूँ।" कर्ण की यह अतिशयोक्ति सुन कृपाचार्य ने कर्ण को उसकी सामर्थ्य की सीमा बता दी और अर्जुन के पराक्रमों की याद दिलाई।'

*सदैव तव राधेय युद्धे क्रूरतरा मतिः।*
*एकेन ही त्वया कर्ण किं नामेह कृतं पुरा॥*

"तुम युद्ध में क्रूर बुद्धि हो। एक भी अवसर बताओ, जो तुमने अकेले पराक्रम किया हो?"

अर्जुन के विरुद्ध इतनी बड़ी-बड़ी बातें करने के बाद वह उसे युद्ध में पराजित तो करता। किंतु पता नहीं, वह बात कहाँ गई? अर्जुन ने कर्ण को दो बार परजित किया, उसके भाई का वध किया। उनकी रक्षा वह नहीं कर सका। यही नहीं, अपना

वस्त्र भी इसी युद्ध में खो बैठा। अर्जुन के द्वारा प्रयुक्त सम्मोहन अस्त्र से बेहोश हुए कर्ण के शरीर का उत्तरीय अर्जुन का सारथी उत्तर उठा ले गया। कर्ण के पराक्रम की यह त्रासदी हुई। कथनी और करनी में अंतर न छोड़ते हुए अर्जुन को पराजित तो करता कर्ण! उसकी शुरू हुई जोड़-बाकी रुकने का नाम नहीं ले रही थी। एक दाँव उसने खो दिया। कभी अपयश भी दिगंत को व्याप्त करता है। दाहक, सर्वभक्षक!

## अश्वत्थामा का उपहार

घोषयात्रा के समय गंधर्वों से पराजित हो कर्ण भाग छूटा था। उस समय भी उसके साथी बहुत होंगे ही। पर गंधर्वों को पराजित कर दुर्योधन को वापिस लाने के लिए भीम और अर्जुन के सिवा कौन आया था मदद के लिए? तब भी विजय अर्जुन की हुई। द्रौपदी स्वयंवर में भी अर्जुन से हारकर कर्ण को भागना पड़ा। अतः इस बार भी उसके थोथे या खोखले बल-सामर्थ्य को स्वीकार करना हास्यास्पद नहीं तो क्या? कर्ण का अति आत्मविश्वास, मूर्खता और हीन मनोवृत्ति, वरिष्ठों का अपमान आदि की वजह से कृप ने कर्ण को सुना दिया था, जरूरी भी था।

कृपाचार्य की बात का कर्ण क्या जवाब दे, इसकी प्रतीक्षा किए बिना अश्वत्थामा ने कर्ण का नशा ही उतार दिया—

*कतमं द्वैरथं युद्धं यत्राजैषीर्धनञ्जयम्।*
*नकुलु सहदेवं वा धनं येषां त्वया हृतम्॥*

'जिनका ऐश्वर्य, धन तुमने छीन लिया, उन अर्जुन, नकुल व सहदेव को तुमने कौन से द्विरथ-युद्ध में हरा दिया? धर्मराज और भीम को कौन से युद्ध में पराजित किया?' ऐसे कई सवाल पूछकर अश्वत्थामा ने कर्ण को कहा—

*त्वं पुनः पण्डितो भूत्वा वाचं वक्तुमिहेच्छसि।*

"सामने धृतराष्ट्र के पुत्र का विनाश करने अर्जुन दौड़ता हुआ आ रहा है, तुम पंडितों की तरह बकते जा रहे रहो।"

विराट पर्व के अध्याय 43-55 कर्ण के स्वभाव पर विस्तार से प्रकाश डालते हैं। कृप, द्रोण, भीष्म सारे उसी के पक्ष में थे, इसलिए ठीक, वरना? और लोगों को मालूम न हो, इतने कर्ण के दुगुर्णों को उसके पक्ष के ये लोग जानते हैं। अश्वत्थामा ने इसी समय कर्ण के द्वारा किए गए गुरुद्रोह का उल्लेख उसी के सामने किया है। उसने यहाँ तक घोषणा कर डाली,'अर्जुन से युद्ध करना हो तो शकुनि से मदद ले लेना, मैं तुम्हारे साथ नहीं रहूँगा।' अंत में भीष्म ने मध्यस्थता की, अश्वत्थामा को समझाया, तब कहीं जाकर मामला ठंडा पड़ा।

## कल्पना नहीं, सत्य

कर्ण के जीवन की यह अपमानजनक घटना उसके भक्तों, प्रशंसकों के लिए लांछनास्पद होने से कई लेखकों ने 'विराट पर्व' के इस कथा–भाग को प्रक्षिप्त मानकर पाठकों को भरमाया है। ऐसी चर्चा कर्ण पर लिखी पुस्तकों में मिलती है। भांडारकर संस्करण में दिया हुआ, सर्वत्र मान्य कथा भाग ही हमने स्वीकार किया। इसके अतिरिक्त, कर्ण की पराजय और अर्जुन की विजय के परवर्ती पर्वों में जो संदर्भ आए हैं, उनकी ओर आँखें मूँद लेना ठीक नहीं होगा। सद्गुणों के साथ दुर्गुण होंगे ही। विलायती गुलाब से श्रृंगार करना और ऊपर से 'उसमें काँटे नहीं' हैं, यह तारीफ कोई करें, इसी तरह 'कर्ण' को बलात् महात्मा बनाने का प्रयास है। सत्य को स्वीकारना आसान नहीं, उसके लिए साहस चाहिए। वह न हो तो कम–से–कम सत्य को असत्य में तो न बदलिए। अन्यथा रेशमी वस्त्र पहन (विवस्त्र) चीन के शासक की सवारी का दृश्य अवतरित होता रहेगा।

□

# 8
# शस्त्र-संन्यास

विराट की गायों को भगाकर ले जाने के लिए कौरवों की सेना ने विराट पर आक्रमण कर दिया, जिसे अकेले अर्जुन ने पराजित किया। गायों को वह वापस ले आया। इस पराजय के पहले कर्ण की अर्जुन का वध करने की घोषणाएँ खोखली सिद्ध हुईं, अकेले अर्जुन का पराक्रम दिखाई दिया। इसी बहाने कृपाचार्य और अश्वत्थामा ने कर्ण को खरी-खरी सुना ही दी थी। पर इस शर्मनाक हार का कर्ण पर काई परिणाम नहीं हुआ। वरिष्ठ व्यक्तियों ने यह अनुभव कर लिया कि कर्ण का हृदय-परिवर्तन करना सर्वथा असंभव है। उलटे परिणाम यह हुआ कि उसका घमंड और अर्जुन से द्वेष बढ़ गया। कम-से-कम इस लज्जास्पद घटना के बाद घमंड या अतिरेकी अभिमान में लिप्त कर्ण फालतू की वल्गनाएँ न करता तो ठीक था। पर उसके मर्ज की दवा नहीं थी।

'विराट पर्व' के बाद 'उद्योग पर्व' में भी कर्ण का बरताव ऐसा ही दिखाई देता है। मध्यस्थता के लिए श्रीकृष्ण के आने से पहले कौरवों की सभा में गोपनीय चर्चा चल रही थी। पांडवों को कैसे घेर लिया जाए, यही विषय था। इस समय भी भीष्म, द्रोण आदि को 'किस पेड़ की पत्ती' समझकर अपनी सामर्थ्य और पराक्रम को बढ़ा-चढ़ाकर कहते हुए पांडवों के पराजय की जिम्मा कर्ण ने ही उठाया था। बात ऐसी कर रहा था, जैसे पांडव हैं ही क्या ? देखते-देखते पराजित कर दूँगा, वह कोई चिंता का विषय थोड़े ही है ? आदि-आदि—

*अद्य दुर्योधनस्याहं शल्यं हृदि चिरस्थितम्।*
*समूलमुद्धरिष्यामि बीभत्सुं पातयन् रथात्॥ 19॥*

'अर्जुन का वध कर दुर्योधन के मन में चुभते रहने वाले शल्य को मैं समूल उखाड़ फेंक दूँगा।' ऐसी घोषणा कर्ण कर रहा है, वह भी अर्जुन से दो बार पराजित

होने के बाद! फिर भी उसका रंग बदला नहीं—

*पितामहस्तिष्ठतु ते समीपे द्रोणस्य सर्वे च नरेन्द्रमुख्याः।*
*यथा प्रधानेन बलेन गत्वा पार्थान् हनिष्यामि ममैष भारः ॥ 6 ॥*

"भीष्म, द्रोण और प्रमुख राजा तुम्हारे पास रहें, गिनती की सेना लेकर पांडवों का विनाश स्वयं मैं करूँगा। यह जिम्मेदारी मेरी।"

## गरजते हैं सो

'गरजते हैं, सो बरसते नहीं' यह कहावत महाभारत में यदि किसी ने चरितार्थ की है तो वह कर्ण ही है।

कर्ण का संतुलन दिनों-दिन बिगड़ता जा रहा है। द्रौपदी स्वयंवर में अर्जुन से घोषयात्रा में गंधर्वों से फिर विराट की गायों के हरण में अर्जुन से पराजित होने पर भी कर्ण बकवास कर सकता है। इसका मतलब है कि उस पर सुसंगत विचारों की पकड़ कम हो रही है। अत्यंत महत्त्वाकांक्षी व्यक्ति जैसे संसार का कल्याण कर सकता है, पर अगर उसे विकृतियाँ जकड़ लें, वह अपने साथ संसार का सर्वनाश करता है। इतिहास ऐसा ही है।

भीष्म, द्रोण के सामने उनका तिरस्कार करते अपनी आत्मआयु वाले कर्ण से भीष्म-द्रोण अपना अपमान क्यों सहन करें? अपनी प्रशस्ति करते औरों का अपमान करें, यह कोई नियम तो है नहीं। देखिए, भीष्म ने उसे तुरंत फटकार दिया है—

*एवं ब्रुवाणं तमुवाच भीष्मः किं कत्थसे कालपरीतबुद्धे।*
*न कर्ण जानासि यथा प्रधाने हते हताः स्युर्धृतराष्ट्रपुत्राः ॥*

"कर्ण काल के प्रभाव से तुम्हारी बुद्धि भ्रष्ट हुई हो, ऐसा मुझे लग रहा है। क्या कहते हो? किसलिए खोखली उद्घोषणाएँ कर रहे हो? तुम्हारे जैसा महत्त्वपूर्ण योद्धा रणभूमि में काम आ जाए तो सारे कौरवों का नाश होगा, यह बात तुम्हारे ध्यान में नहीं आ रही है?"

भीष्म की बात में एक चुभन भरा उपहास है। पहले कर्ण ने कहा था कि भीष्म-द्रोण और अन्य प्रमुख सेनानियों के बिना वह पांडवों का नाश करेगा। उसके जवाब में भीष्म की उपहास भरी उक्ति देखिए, 'अरे हम लोगों में असली वीर तो तुम ही हो! कौरवों की सारा दारोमदार तुम्हीं पर है। हम क्या नाम के रह गए हुए हैं, डाली के टूटे हुए पत्ते हैं। हम दुर्योधन के पक्ष में हैं क्या और नहीं क्या, क्या फर्क पड़ता है? इसलिए हमसे ज्यादा कौरवों का जिम्मा तुम्हीं पर तो है न? मान लो यदि

युद्ध में तुम धराशायी हुए या तुम्हारा वध हो गया, तो कौरवों को बचाने वाला कौन है ? अतः तुम अपने आप सँभले रहो।"

ऊपरी सतह पर तो यही लगेगा कि भीष्म कर्ण का सम्मान बढ़ा रहे हैं। पर 'फालतू बकवास' किसलिए करते हो ? इस प्रश्न को ध्यान में रखना चाहिए, क्योंकि भीष्म कर्ण के पहले किए 'अद्‌भुत पराक्रम' को जानते ही थे। कर्ण भले ही पूर्व की पराजय और अप्रतिष्ठा को भूला हो, भीष्म नहीं भूल सकते। इसलिए शालोन भाषा में उनकी याद दिलाना जरूरी था।

## भीष्म की व्यग्रता

इतना कहकर भीष्म रुके नहीं। फिर से एक बार अर्जुन के पराक्रम की प्रशंसा करते हुए अग्रिम दो श्लोकों में कर्ण को उन्होंने इशारा दिया है, "स्वयं श्रीकृष्ण अर्जुन का सहायक है। एक बार यदि अर्जुन तुम पर बाणों की वर्षा करे, तो तुम्हारा सर्पमुख बाण तुम्हारे साथ ही नष्ट होगा। तुम्हारी शस्त्र विद्या निष्प्रभ होगी।"

कर्ण की सामर्थ्य का सही मूल्यांकन उसके सामने भीष्म ने किया है। इसमें उनकी नाराजगी या एकांगिता को ढूँढ़ना निरर्थक है, न ही अर्जुन के प्रति स्नेह के कारण उन्होंने कर्ण का अपमान किया, क्योंकि कर्ण दो-तीन बार अर्जुन से पराजित हो चुका है। उस पर भी वह द्रोण-भीष्म को अपने सामने कुछ नहीं गिनता है। इस उद्‌दाम अभिमान ने भीष्म को कठोर बोलने के लिए विवश किया है। इसमें भी अंतः पीड़ा है कि कर्ण अब तो स्वयं को सुधार ले! इसके बाद भी जब-जब कर्ण ने वरिष्ठ सदस्यों का अपमान किया है, उस वक्त भी भीष्म ने अपना संयम नहीं छोड़ा। वस्तुतः भीष्म की आयु, युद्ध कुशलता और ज्ञान का तो कर्ण थोड़ा विचार करता! उसने सामान्य शिष्टाचार भी नहीं रखा, अभद्रता पर उतर आया है।

कर्ण-भीष्म में पहले एक बार जो चिनगारी पड़ी, वह इस समय प्रज्वलित हो उठी। उसमे नुकसान दुर्योधन और उसके मित्र कर्ण का ही हुआ है। जब अति महत्त्वाकांक्षा से राष्ट्र के नेता तमाशा करने लगें तो राष्ट्र की जिम्मेदारी तो वह कतई उठा नहीं सकते, अपने साथ राष्ट्र का सर्वनाश करते हैं। बचते हैं इतिहास के पन्नों में बिखरे उसकी क्षुद्र हरकतों के अवशेष!

कौरवों की सभा में हमेशा की आदत से कर्ण ने बढ़-चढ़कर अपनी प्रशंसा की हो, सबके सामने भीष्म से अपमानित होना पड़ेगा, इसकी कभी कल्पना ही

नहीं की थी उसने। भीष्म एकांत में उसे कुछ भी सुनाते तो उसे कुछ अन्यथा नहीं लगता। पर दुर्योधन के सामने उसके पराक्रम का अवमूल्यन सहना उसे संभव नहीं हुआ। अश्वत्थामा या कृपाचार्य के कहने पर उसे जितना गुस्सा आया होगा, उससे कई गुना संताप भीष्म द्वारा किए गए उपहास से हुआ। उसके संताप का ज्वर सीमा पार हो गया।

## शब्द-तांडव

श्रीकृष्ण और अर्जुन की प्रशंसा करते हुए भीष्म ने कर्ण को डाँटा, जिससे उसका गुस्सा उफन गया—

*असंशयं वृष्णिपतिर्यथोक्तः तथा च भूयांश्च ततो महात्मा।*
*अहं यदुक्तं परुषं तु किंचित् पितामहस्तस्य फलं श्रृणोतु॥ 12॥*

"श्रीकृष्ण का महात्म्य कुछ भी हो, पर पितामह ने मुझसे जो कठोर भाषण किया है, जो शब्द काम में लिये हैं, उसके क्या परिणाम होंगे, भीष्म सुन लें।" ऐसी सबके सामने भीष्म को चेतावनी देते हुए कर्ण ने फिर कहा—

*न्यस्यामि शस्त्रं न जातु संख्ये पितामहो द्रक्ष्यति मां सभायाम्।*
*त्वयि प्रशान्ते तु मम प्रभावं द्रक्ष्यन्ति सर्वे भुविभूमिपालाः॥ 13॥*

"मैं अपने शस्त्र नीचे रख रहा हूँ। इसके बाद भीष्म सभा में या युद्ध में मुझे देख नहीं सकेंगे। किंतु पितामह, आपके निधन के बाद ही पृथ्वी के सभी राजा-महराजाओं को मेरा क्या पराक्रम है, यह दिखाई देगा।" यह कहकर कर्ण सभा से निकल गया। उसके इस बरताव से भीष्म हँस दिए तो क्या अचरज? उन्होंने हँसते हुए कहा, "कर्ण ने शब्दों का तांडव ही कर दिया। कुछ क्षण पहले 'ममैषभारः' कहकर पांडवों का निःपात करने का दायित्व अपने कंधों पर लिया था। अब खुद ही शस्त्र त्यागकर चला गया।"

कौरवों के दुष्ट प्रयोगों के शिकार होकर आखिर में पांडव जीवित रह ही गए। यही दुर्योधन की सबसे बड़ी समस्या थी। समय आपातकाल बन गया जैसे। ऐसे समय संयम और शांति से विवेक पूर्ण सलाह देकर कर्ण दुर्योधन को संकटों से उबार लेता। पर नहीं, कर्ण अपने व्यक्तिगत मान-अपमान को राष्ट्रीय प्रश्न बनाना चाह रहा है। व्यक्तिगत मान-अपमान के तार कितने खींचने हैं, इसका विवेक समाप्त होने पर सारे ही तार बेसुरे हो जाते हैं, असहाय होकर वह रोने लगते हैं अलग-अलग स्वरों में। तारों को खींचने वाला हाथ पर हाथ धरे बैठ जाता है। कर्ण की यही हालात हुई है।

## क्या मिला?

कर्ण ने शस्त्र-संन्यास की प्रतिज्ञा कर क्या सिद्ध किया? वैसे देखें तो आज तक कर्ण की हर बार हुई पराजय के कलंक को साफ़ करने के लिए उसे और जिम्मेदारी से अपना बरताव करना चाहिए था। अब सभा में उपस्थित न होने की भी प्रतिज्ञा उसने कर डाली। वैसे यह निर्णय बहुत देरी से लिया गया। वस्तुतः द्रौपदी जैसी कुल स्त्री को विवस्त्र करने की दु:शासन को कर्ण ने जब नीच आज्ञा दी, तब सारे समाज और सभासदों को चाहिए था कि मानवता को कालिख पोतने वाले कर्ण को राज्य की सीमा से ही हमेशा के लिए निष्कासित करते या इस अपराध से लज्जित हो कर्ण स्वयं 'राजसंन्यास' लेता! पर इस भयानक अपराध पर भी सभासदों ने केवल उसका धिक्कार किया है, उसे कोई सजा नहीं दी। उसे यादकर कम-से-कम भीष्म-द्रोण के सामने वह मौन रखता! परंतु वह यह समझ रहा है कि उससे कोई अपराध हुआ ही नहीं। इसलिए उससे ऐसी अपेक्षाएँ रखना व्यर्थ है।

राजसभा में कुटिल-नीति के दाँव-पेचों का समय अब बीत गया है। शकुनि की अंधविद्या अब काम आने वाली नहीं रही। सभास्थल के रणभूमि में बदलने की घड़ी आने पर 'मैं अब सभा में दिखाई नहीं दूँगा' इस प्रतिज्ञा का रत्तीभर मोल नहीं था। कपट बुद्धि से जुए में फेंके गए पाँसों को जवाब मिलना था युद्धभूमि में। युधिष्ठिर से नहीं, श्रीकृष्ण की बुद्धि और अर्जुन के तीखे बाणों और अस्त्रों से।

कृष्ण की मध्यस्थता असफल हो गई। युद्ध की रणभेरियाँ बजने लगीं। दोनों ही पक्ष अपनी ओर सैन्य संख्या बढ़ाने लगे। कौरवों के अधीन ग्यारह तो पांडवों के अधीन सात अक्षौहिणी सेना जमा हो गई। दोनों पक्षों के वीरों की जानकारी देने के लिए दुर्योधन ने भीष्म पितामह से निवेदन किया। कौरवों का सेनापति पद भीष्म को सौंपा गया था। दुर्योधन के निवेदन पर द्रोण, कृप, अश्वत्थामा, कृतवर्मा, शल्य, भूरिश्रवा, सोमदत्ती, जयद्रथ, शकुनि इत्यादि वीरों की विशेषताएँ भीष्म ने बता दीं। कुछ अतिरथी, कुछ महारथी, कुछ द्वैरथी तो कुछ रथी। इस संवाद में भीष्म ने कर्ण के संबंध में जो बताया, वह उद्योग पर्व, अध्याय 168, श्लोक स. 3-7 में पढ़ सकते हैं। उसका तात्पर्य इस प्रकार होगा—

"तुम्हारा मित्र, रणभूमि में कठोर पांडवों से कलह और शत्रुता की सलाह देने वाला मंत्री कर्ण, तुम्हारा मार्गदर्शक, बंधु, अपनी वीरता के पवाड़े गाने वाला, नीच, घमंडी और अभिमानी है। लेकिन कर्ण तो रथी भी नहीं और अतिरथी भी नहीं है। दूसरों की निंदा करते रहने वाला कर्ण जन्म से ही मिले कवच और कुंडल से हाथ धो बैठता है। परशुराम और एक अन्य ब्राह्मण के शाप से तथा कवच-कुंडल न

होने से मैं कर्ण को अर्ध-रथी मानता हूँ। एक बार जब भी इसका अर्जुन से सामना हो जाए, यह जीवित नहीं बचेगा।"

भीष्म के बाद द्रोणाचार्य ने इसी प्रकार अपनी राय प्रकट की है—

"पितामह की कर्ण के संबंध में राय अत्यंत योग्य है। मैं भी उन्हीं से सहमत हूँ। हर युद्ध में घमंड में चूर कर्ण ने अपनी पीठ ही दिखाई। यह दूसरों की निंदा करने वाला और स्वयं प्रभारी है। मेरी राय में वह 'अर्धरथी' है।"

इतना कुछ सुन कर्ण कैसे चुप रहे ? उसका वह स्वभाव ही नहीं था।

□

# 9

# सेनापति कौन

भीष्म, द्रोण और अन्य राजाओं के बिना मैं अकेले ही पांडवों का नि:पात करूँगा, ऐसी वल्गना करने वाला कर्ण तथा भीष्म, द्रोण और अश्वत्थामा के बूते युद्ध की शुरुआत नहीं होगी, बल्कि कर्ण पर निर्भर होकर ही युद्ध करूँगा, ऐसी घोषणा करने वाला दुर्योधन! इन दोनों को वास्तविक स्थिति का ध्यान कराने के लिए दोनों के सामने भीष्म इतनी स्पष्ट बात करते हैं। इस घटना से पहले ही दुर्योधन कौरवों की विशाल सेना का सेनापति पद भीष्म को ही सौंप देता है, जो कर्ण के लिए चिंतनीय है।

## हाथी के दाँत

कृष्ण की मध्यस्थता के समय धृतराष्ट्र के सामने कर्ण की तारीफ करने और भीष्म-द्रोण की सामर्थ्य को कुछ भी न गिनने वाले दुर्योधन को चाहिए था कि वह सेनापति पद पर कर्ण को मनोमीत करता। दुर्योधन ने कर्ण पर जो विश्वास दिखाया, उस आधार पर वह कर्ण को सेनापति बनाता तो कोई गैर-वाजिब नहीं था। अपने पक्ष के सभी वरिष्ठों की उपेक्षा कर बार-बार कर्ण का पक्ष लेने वाला दुर्याधन ऐन महत्त्वपूर्ण घड़ी में सेनापति बनने के लिए भीष्म के पैर पकड़ता है, यह कम आश्चर्यजनक नहीं है। भले ही आश्चर्य लगे, पर समाज में कर्ण व दुर्योधन एक-दूसरे के 'कंठमणि' होने का नाटक करते हुए कभी किसी समय उसे साकार भी करते रहे। फिर भी दोनों को स्वार्थ प्राण से प्यारा है। अपने अलावा किसी अन्य का कभी विचार भी न करने वाले इन दोनों के मन में खुन्नस बहुत अधिक है। इन दोनों के ही खाने के दाँत अलग हैं और दिखाने के अलग।

कौरव पक्ष के सेनानियों का वर्णन करते हुए भीष्म ने गुणों के साथ दोष भी स्पष्ट रूप से बताए हैं, वह भी दुर्योधन के द्वारा पूछने पर। अश्वत्थामा जैसे चतुरस्त्र योद्धा के गुण बताते उसे श्रेष्ठ रथी, चित्रयोधी, दिव्यास्त्र से युक्त कहकर फिर उसके दोष गिनाए हैं—

*दोषस्त्वस्य महानेको येनैव भरतर्षभ।*
*न मे रथो नाऽतिरथो मतः पार्थिवसत्तम॥*
*जीवितं प्रियमत्यर्थ मायुष्कामः सदा द्विजः॥ (उद्योग अ. 167/7)*

अपने जीवन से अत्यधिक स्नेह के कारण भीष्म उसे न रथी मानते हैं, न अतिरथी। अत्यावश्यक गुणसंपदा और उसकी विलक्षण सामर्थ्य का वर्णन करने को मेरे पास शब्द नहीं है, यह कहने पर भीष्म ने उसके दोष बताए हैं। इससे यह प्रमाणित होगा कि तटस्थ भाव से ही सभी वीरों का वर्णन करना था। इसलिए गुण-दोष जानना स्वाभाविक ही था। अनेक प्रदेशों से आए राजाओं या सेनानियों का युद्ध की दृष्टि से क्या महत्त्व है, यही भीष्म को बताना था। उतनी ही बात उन्होंने कही है। अश्वत्थामा की ही तरह कर्ण का भी सम्यक् चित्रण किया है।

## कर्ण या भीष्म

उद्योग पर्व के अध्याय 168 में भीष्म ने कर्ण के गुण-दोष बताए हैं। पर इससे पहले की भी एक घटना है, जिसे उपेक्षित करना मुमकिन नहीं होगा। अध्याय 156 में महायुद्ध का निश्चय हो जाने पर कौरव—पांडवों ने अपनी-अपनी चतुरंगिणी सेना के सेनापति नियुक्त किए। पांडवों ने द्रुपद के पुत्र को नियुक्त किया, तो कौरवों का सेनापति बनने के लिए दुर्योधन भीष्म के सामने हाथ जोड़कर खड़ा हो गया। इस निमित्त 'हाँ' भरने से पहले भीष्म ने अपनी भूमिका स्पष्ट करते हुए एक शर्त रखी—

*कर्णो वा युध्यतां पूर्वमहं वा पृथिवीपते।*
*स्पर्धते हि सदात्यर्थं सूतपुत्रो मया रणे॥ 24॥*

"यह सूतपुत्र हमेशा ही मुझसे स्पर्धा करता आया है, इसलिए हे राजन, या तो कर्ण पहले युद्ध करे या मैं पहले युद्ध करूँ॥ 24॥"

भीष्म ने इसी वक्त यह शर्त क्यों रखी? और वह भी कर्ण के संबंध में ही क्यों? यह नितांत विचारणीय है। कर्ण-दुर्योधन का सुहृद्! दुर्योधन के राज-काज के पीछे दिमाग कर्ण का ही था। स्वयं दुर्योधन इससे पहले घोषणा कर चुका है कि बिना भीष्म-द्रोण के, केवल कर्ण के भरोसे वह पांडवों को जीत लेगा। कर्ण तो बार-बार ऐसी थोथी घोषणाएँ करता ही रहा है। अर्जुन मेरा सोलहवाँ अंश भी नहीं,

इस तरह मजाकिया उपहास करने वाला कर्ण, भीष्म, द्रोण या कृप की भी कई बार निंदा और अपमान कर चुका है। पांडवों के विनाश के लिए रात-दिन तड़पने वाले दुर्योधन के पांडवों के प्रति द्वेष को कर्ण सलाह/बद-सलाह देकर भड़का रहा है। लाक्षागृह में पांडवों को जला देना, द्रौपदी के वस्त्रहरण के लिए दुर्योधन-दु:शासन को उकसाना, घोषयात्रा के बहाने पांडवों को चिढ़ाना आदि कल्पनाओं को फलीभूत करने में कर्ण ने बड़ी मेहनत की है। दुर्योधन और कर्ण की इस कलंकित पृष्ठभूमि का विचार किए बिना भीष्म ने ऐसी शर्त क्यों रखी, वह समझ में नहीं आएगा। इसके अलावा, पितामह तुम्हारे समीप रहें और पांडवों का विनाश करने की जिम्मेदारी मेरी, यह कहने वाले कर्ण ने इससे पहले ही 'शस्त्र-संन्यास' लिया है। अब तक हुई छोटी-मोटी घटनाओं में भीष्म के प्रति अनुदार बोलने का कर्ण ने कोई अवसर नहीं छोड़ा है। पर कर्ण के इस तरह के बचकाने व्यवहार पर भीष्म ने ध्यान नहीं दिया और कभी-कभी उसे सुना भी खूब दिया है। पर इस बार वे शब्दों की कसरत करना नहीं चाहते। पहले बोलने की बारी कर्ण की थी, अब भीष्म की है। कर्ण जैसे व्यक्ति के कहने में आकर सारे क्षत्रियों पर दुर्योधन ने किस संकट को निमंत्रण दिया, इसे भीष्म बखूबी जान रहे हैं। इसी कारण वे इस बार कर्ण के प्रति अधिक कठोर हुए हैं।

## कुछ कहती यह चुप्पी

मानिए, दुर्योधन कर्ण को सेनापति बनाता तो भीष्म को क्या फर्क पड़नेवाला था? युवावस्था से अनेक पराक्रम करते आए भीष्म 'रणधुरंधर' थे ही। इससे पहले दुर्योधन कई बार भीष्म की सलाह को अनसुना कर चुका है। फिर सेनापति पद की भीष्म को यह पेशकश क्यों? सोचिए। मान लो, यह पेशकश न कर वह कर्ण को सेनापति बना देता तो? यह बाद में देखा जाएगा। भीष्म के जीवित रहते शस्त्र न उठाने की प्रतिज्ञा कर्ण कर ही चुका है। वह बाधा तो थी। मान लो, कर्ण प्रतिज्ञा करता ही नहीं और दुर्योधन उसे सेनापति बनाता तो? वह भी सुसंगत प्रतीत नहीं होता, क्योंकि उसकी पूर्व में कई बार हुई हार दुर्योधन को दिखाई दे रही थी। विजय जैसे दसों दिशाओं में व्याप्त होती है, वैसे लज्जाजनक पराजय भी पीछा नहीं छोड़ती। कई बार पराजित होकर भाग छूटे कर्ण की देख-रेख में लड़ने के लिए तैयार होना, वह भीष्म-द्रोण के होते हुए, आसान नहीं था। सूतपुत्र को वे सेनापति क्यों मानें, यह भी एक सवाल है। फिर भी कर्ण को सेनापति न बनाकर भीष्म से याचना करना यह वास्तविकता है। इसे कैसे मना करें?

आज तक भीष्म से स्वयं ने बरताव कैसे किया, उनका कितना आदर किया, यह आसानी से भूलकर दुर्योधन भीष्म की प्रशंसा करता ही जा रहा है। लेकिन उसका भीष्म पर कोई प्रभाव नहीं पड़ा। यह प्रशंसा कितनी सच्ची-कितनी झूठी है, उसकी परख करने भीष्म ने शर्त रखी 'या तो कर्ण पहले युद्ध करे या मैं ?'

नहीं तो भी, कर्ण घोषणाएँ ही करता है। विलक्षण वाक्पटु ! जब-जब उसने घोषणा की, दुर्योधन उसे सच मानकर भीष्म या द्रोण को कुछ गिनता ही नहीं था। पूर्व की घटनाओं और कर्ण से अंतरंग मित्रता के कारण दुर्योधन को चाहिए था कि भीष्म की शर्त को हवा में उड़ा देता ! अपने अधिकार में भीष्म को महलों में बैठाकर कर्ण को उसे युद्ध के लिए प्रवृत्त करना चाहिए था। पर···शर्त रखने के बाद भीष्म को दुर्योधन ने शर्त वापस लेने के लिए न किंचित् याचना की, न ही उसका निषेध किया। ऐसी घड़ी में कर्ण अपने अंतरंग मित्र दुर्योधन से कैसी प्रतिक्रिया की अपेक्षा करता ? कर्ण के स्वभाव को देखते हुए यही अपेक्षा रही होगी कि दुर्योधन भीष्म को खरी-खरी सुना दें, उनके बजाए किसी और को सेनापति बना दे, आदि। किंतु दुर्योधन को पितामह के सामने मानो काठ मार गया ! एकदम चुप ! यह दुर्योधन की चुप्पी कर्ण के कर्तृत्व के बारे में बहुत कुछ कह जाती है।

डॉ. इरावती कर्वे ने महाभारत पर लिखे अपने ग्रंथ 'युगांत' में महाभारत के सेनापति पद पर नियुक्ति के संबंध में चर्चा करते हुए भीष्म की शर्त को 'वृद्धहठ' कहा है। परंतु महाभारत इसकी पुष्टि नहीं करता। हमें 'युगांत' की इस बात का खण्डन या मंडन नहीं करना है, पर एक संदर्भ/व्याख्या ऐसी भी की गई है, उसकी जानकारी पांडवों को देने के लिए निर्देश मात्र किया है।

## कर्ण का उत्तर

भीष्म के जीवित रहते शस्त्र न उठाने की प्रतिज्ञा कर्ण पहले ही कर चुका है, वही शर्त अब भीष्म ने रखी है। यदि सेनापति बनने का हठ था, तो वे शर्त कैसे रखते ? भीष्म के कहने का मतलब यही है कि शर्त मंजूर हो तो सेनापति बनना स्वीकार्य है, अन्यथा नहीं। 'औरों के साथ घमंडी बरताव रखते अपने पराक्रम की डिंडिम पीटने वाला कर्ण पहले लड़ता हो तो मुझे कोई जल्दी नहीं है, मैं बाद में युद्ध करूँगा।' दुर्योधन को यह सूचना है, 'यदि मुझे सेनापति बनना है, तो मेरे सेनापति रहते कर्ण नहीं लड़ेगा।'

दुर्योधन का सोच में पड़ना स्वाभाविक ही है। भीष्म या कर्ण? एक ओर त्रिलोकी में विश्रुत भीष्म, दूसरी ओर बार-बार पराजित अंतरंग मित्र कर्ण! इस दुविधा से कर्ण ने दुर्योधन को देखिए कैसे छुटकारा दिलाया है—

*नाहं जीवति गांगेये राजन्योत्स्ये कथंचन्।*
*हते भीष्मे तु योत्स्यामि सह गाण्डीवधन्वना॥ 25॥*

"गांगेय भीष्म के जीवित रहते मैं कदापि युद्ध नहीं करूँगा। भीष्म की मृत्यु के बाद ही मैं अर्जुन से युद्ध करूँगा।"

इस तरह कर्ण ने अपनी पूर्व प्रतिज्ञा को दोहराया है। लेकिन दुर्योधन कर्ण के विषय में कुछ नहीं बोल रहा है। यह भी है कि भीष्म के सामने कर्ण का पक्ष लेना ठीक भी नहीं था, न हितावह। कर्ण का उत्तर सुनने के बाद भीष्म की शर्त को दुर्योधन की स्वीकृति/अस्वीकृति का कोई सवाल ही नहीं रह गया। यूँ कर्ण के हटते विधियुक्त तरीके से परंपरानुसार भीष्म को सेनापति पद पर अभिषिक्त किया गया। अब तक की चर्चा से कर्ण के बारे में भीष्म के मन में क्या राय होगी, दृढ़ धारणा होगी, आप समझ सकते हैं। इसी प्रकार युद्ध में पहले 10 दिन कर्ण के पराक्रम से कौरवों को कोई लाभ क्यों नहीं रहा, यह भी समझ ही गए होंगे। हाँ, उसे अर्धरथी कहने पर उसके संताप का आकलन आप जरूर कर सकते हैं—

*एतत् श्रुत्वा तु राधेयः क्रोधादुत्फाल्य लोचने।*

## युवराज से मंत्रणा

168 वें अध्याय 10-29 श्लोकों में कर्ण के द्वारा भीष्म को दिया गया उत्तर देख सकते हैं। पूरा उद्धृत करना जरूरी भी नहीं, लेकिन उस उत्तर का कुछ नमूना देखिए—

*पितामह यथेष्टं मां वाक्शरैरुपकृन्तसि।*
*अनागसं सदा द्वेषादेवमेव पदे पदे॥ 11॥*

"पितामह, निरपराध मुझे आप द्वेष के कारण बार-बार वाग्बाणों से घायल करते रहते हैं।" ठीक है, युवराज के लिए सहन करना होगा, पर आपने अर्धरथी कह दिया तो सारा संसार मुझे यही समझेगा, क्योंकि आप असत्य बोलते ही नहीं। आप किसी को रथी, अर्धरथी कहते रहो, पर यह सब काम और द्वेष के कारण ही आप कह रहे हैं—

*'कामद्वेषसमायुक्तो मोहात्प्रकुरुते भवान्॥ 18॥'*

इतना भीष्म को सुना अब कर्ण दुर्योधन को सलाह दे रहा है—

*त्यज्यतां दुष्टभावोयं भीष्मः कित्विषकृत्तव।*
*स्थानां क्वच विज्ञानं क्वच भीष्मोअल्प चेतनः ॥ 18-19 ॥*

'तुम ठीक से विचार करो। कहाँ रथी-अतिरथी का ज्ञान और कहाँ ये अल्पमति भीष्म'! इसके बाद कर्ण ने पांडवों को तहस-नहस करने की घोषणा की—

*वक्च भाष्मो गतवया मंदात्मा कालचोदितः ॥*
*एकाकी स्पर्धते नित्यं सर्वेण जगता सह ॥*
*न चान्यं पुरुषं कंचिन्मन्यते मोघदर्शनः ॥*
*श्रोतव्यं खलु वृद्धानामिति शास्त्रनिदर्शनम्।*
*न त्वेव ह्यतिवृद्धानां पुनर्बाला हि ते मताः ॥ 24-26 ॥*

"कहाँ युद्ध, कहाँ विध्वंस, गोपनीय चर्चाएँ और कहाँ जीवन के आखिरी दौर में बीते समय के ये भीष्म! सारे संसार से अकेले ही स्पर्धा करते हैं, अपने अलावा किसी को मानते ही नहीं! शास्त्र कहते हैं 'वृद्धों की सुनो' पर अति वृद्धों की नहीं, क्योंकि उनमें और बच्चों में कोई फर्क नहीं रहता है।' यह कहकर फिर से कर्ण ने अपनी प्रतिज्ञा दोहराई है—

*हते भीष्मे तु योद्धाऽस्मि सर्वैरेव महारथैः ॥ 29 ॥*

"भीष्म के मारे जाने पर मैं सभी महारथियों से युद्ध करूँगा।"

□

# 10

# भीष्म की स्पष्टोक्ति

कर्ण ने अब तक कौरव-पांडवों के द्वेष को भड़काने और दुर्योधन को दुष्प्रेरित करने का ही काम किया है। उचित-अनुचित की किंचित् परवाह किए बिना पांडवों के विनाश के लिए दुर्योधन को बदसलाह देकर महायुद्ध को आमंत्रित किया है, उसकी स्वयं पर ही जिम्मेदारी ली, और तिस पर भी खुद को निर्दोष मानने की वह बेशर्मी भी कर चुका है। ऐसा काम वही कर सकता है, जिसकी मन व भावनाएँ मर गई हैं। पर शब्दों का खेल अब खत्म हो गया है। महायुद्ध सामने है। दोनों पक्ष आमने-सामने हैं। भीषण भविष्य भीष्म देख रहे हैं और इसलिए कर्ण को वे कठोर चेतावनी दे रहे हैं—'बहुत हो गया अब, तुम्हारी ही वजह से सर्वनाश की बेला आ गई हैं। तुम्हारी वजह से दुर्योधन किसी की भी सलाह मान नहीं रहा है, वह अतिद्वेषी हुआ है, अब युद्ध शुरू होने वाला है। अब तुम पीछे रहोगे तो चलेगा नहीं। अब तक तुम घोषणाएँ, वल्गनाएँ करते रहे हो, अब कुछ कर दिखाने का समय आ गया है। सावधान! अपना पौरुष, पराक्रम दिखाओ! तुम कहते रहे 'यह मेरी जिम्मेदारी' है।' फिर भीष्म ने कहा—

*युध्यस्व समरे पार्थ येन विस्पर्धसे सह।*
*द्रक्ष्यामि त्वां विनिर्मुक्तमस्माद् युद्धात्सुदुर्मते॥ (उद्योग अ. 168/38)*

"दुर्बुद्धि कर्ण, तुम जिससे स्पर्धा करते रहे, उस अर्जुन से युद्ध करो। इस युद्ध में तुम्हें जीवित देखना चाहता हूँ।"

## आशंका

चूँकि अर्जुन के साथ युद्ध में कर्ण के जीवित बचने की भीष्म कामना कर रहे हैं, अतः अर्जुन के हाथों कर्ण बचेगा नहीं, यह उन्हें पूरा भरोसा था। मुझे लग रहा है

कि कर्ण के पराक्रम पर अधिक टिप्पणी की जरूरत नहीं होगी। इतने कठोर शब्दों में भीष्म ने जो सुनाया, उस समय दुर्योधन को चाहिए था कि वह कुछ तो कर्ण के लिए बोलता! सामान्यतः धृतराष्ट्र के अधिकारों में जो मर्जी आए, जैसे बदल कर अपने दुराग्रह से ही कार्य करने वाले दुर्योधन ने इस बार अपने अंतरंग मित्र के लिए एक शब्द भी नहीं कहा। कोई भी यही कहेगा। उलटे वह पितामह की ही याचना कर रहा है—'बीती ताहि बिसार दें'—जो कुछ हुआ, उसे वे भूल जाएँ, अपने क्रोध को शांत कर नाराजगी को दूर करें—

*तमुवाच ततो राजा धार्तराष्ट्रः प्रतापवान्।*
*मां समीक्षस्व गांगेय कार्यं हि महदुद्यतम्॥*
*चिन्त्यतामिदमेकाग्रं मम निःश्रेयसं परम्।*
*उभावपि भवन्तौ मे महत्कर्म करिष्यतः॥*

*(उद्योग अ. 169/39-40)*

"पितामह, आप मेरी ओर देखिए। हमने बहुत बड़े काम का बीड़ा उठाया है। कृपया मेरे कल्याण का ही आप एकाग्रता से विचार करें। आप दोनों ही मेरा कार्य पूरा करेंगे, ऐसा मुझे विश्वास है।"

तात्पर्य यही है कि मेरा विचार करें और कर्ण के अपराधों को अनदेखा करें। इतना भी दुर्योधन को कहना पड़ा, यह कर्ण के लिए कितना अपमानजनक है! स्वयं कर्ण के घोर शत्रु ने भी उसके सामने ऐसे अपमान नहीं किया होगा, जैसा दुर्योधन ने किया। वास्तविक रूप में इस मौके पर कर्ण दुर्योधन को खरी-खरी सुनाता, 'भीष्म की मृत्यु के बाद शस्त्र उठा शत्रु का विनाश करूँगा!' कहने वाला कर्ण स्वयं आगे होकर युद्ध संचालन अपने हाथ में लेता! अपनी पराजयों को याद कर यह तो कहता कि पहले मैं युद्ध करूँगा, भीष्म बाद में! अपनी घोषणाओं को सत्य सिद्ध करने का उसके हाथ में अवसर आ रहा था, पर वह उसने खो दिया। वह दुर्योघन को बाध्य करता कि भीष्म बाद में लड़ें। पर तत्वहीन और अवसरवादी लोग अपने स्वाभिमान की रक्षा नहीं कर सकते। कर्ण भीष्म के पराक्रम, चारित्र्य, अनुभव और कर्तृत्व के सामने कुछ भी नहीं था, न ही बन सका था। अपने वचन की सिद्धता की उससे अपेक्षा ही नहीं की जा सकती थी। सूर्य के साथ स्पर्धा भले कोई भी करे, उसका तेज भले ही अपने शरीर में समाहित करे, सूर्य पर थूकने की अपनी योग्यता मान लें, तो उसकी कर्ण जैसी ही फजीहत होगी। स्पर्धाशील, मत्सरयुक्त व्यक्ति की उसके आचरण से जितनी शोचनीय हार होती है, वह प्रत्यक्ष पराजय से सैकड़ों गुना अधिक होगी।

## संजय उवाच

कर्ण के चरित्र और उसके घिनौने व्यवहार की निंदा संजय ने धृतराष्ट्र के सामने की है—

*यच्च कर्णोअब्रवीत् कृष्णां सभायां परुषं वचः ॥38॥*
*यत् स्म तां परुषाण्याहुः सभामानाय्य द्रौपदीम्।*
*पांडवानुग्रधनुषः क्रोधयन्तस्तवात्मजाः ॥*
*तं भीमसेनः क्रोधाग्निं त्रयोदश समाः स्थितम्।*
*विसृजंस्तव पुत्राणामन्तं गच्छति कौरव ॥ 42 ॥*

*(उद्योग अ. 170)*

'द्यूतसभा में सभी कौरव, पांडव, द्रोणाचार्य और तुम्हारी स्वयं की आँखों के सामने कर्ण ने अत्यंत नीच और कठोर वाणी में द्रौपदी से कहा, "सब पांडव मर गए, वे नरक में गए। तुम दूसरा पति चुन लो।" उसके प्रायश्चित का अब समय आ गया है। द्रौपदी को सभा में लाकर तुम्हारे पुत्रों ने जो कहा और किया, उससे पांडवों का क्रोध उफन गया। उन्होंने 13 साल तक अपने मन में उसे दबाए रखा, उसे भीम ने और भड़काएगा, उस क्रोधाग्नि में तुम्हारे सारे पुत्रों का अंत होगा।'

## चेतावनी

महायुद्ध शुरू होने से पूर्व की घड़ी। दुर्योधन ने भीष्म से पूछा—'आप पांडवों की संपूर्ण सेना का विनाश कितनी अवधि में करेंगे?' यही प्रश्न द्रोण, कृप, अश्वत्थामा और कर्ण से किया। सोचकर भीष्म ने उत्तर दिया, "पांडवों के विनाश के लिए एक मास लगेगा।" द्रोण ने भी एक महीना कहा, तो अश्वत्थामा ने दस दिन। कर्ण से पूछने पर उसने कहा—

*कर्णस्तु पंचरात्रेण प्रतिजज्ञे महास्त्रवित् ॥*

"पाँच रात्रियों में कर्ण पांडव सेना का विनाश करेगा।" यह सुनकर भीष्म ने हँसकर कर्ण को चेतावनी दी है—

*न हि यावद्रणेपार्थं बाणशंखधनुर्धरम्।*
*वासुदेवसमायुक्तं रथेनायान्तमाहवे ॥*
*समागच्छसि राधेय तेनैवमभिमन्यसे।*
*शक्यमेवं च भूयश्च त्वया वक्तुं यथेष्टतः ॥ 22 ॥*

'राधेय कर्ण, बाण, शंख और धनुष लेकर श्रीकृष्ण के साथ रथ में बैठे अर्जुन

से जब तक तुम्हारा सामना नहीं होता, तब तक इतनी ही, इससे भी अधिक बक-बक कर सकते हो।"

भीष्म-द्रोण द्वारा बार-बार कठोर शब्दों में समझाने, इशारा करने के बावजूद कर्ण में कुछ भी बदलाव नहीं हुआ। युद्ध शुरू होने पर पहले 10 दिन उसे युद्ध से अलग-थलग ही रहना पड़ा, उसी की वजह से। यूँ देखें तो यह युद्ध कौरवों के जीने-मरने को तय करन वाला था। जीना या मरना, तीसरा विकल्प था ही नहीं। अच्छा युद्ध को भी कर्ण ने अपने दुष्कृत्यां से निमंत्रित किया था। ऐसे समय उसे चाहिए था कि वह विशुद्ध मन से भीष्म से क्षमा माँग लेता। अपनी प्रतिज्ञा भूलकर भीष्म-द्रोण के साथ खड़ा हो जाता, सेना के अग्रभाग में रहकर भीष्म की सुरक्षा करता। मध्यस्थता से लौटते वक्त श्रीकृष्ण ने उसे चेताया भी था कि अंगदेश का उपभोग अपने सत्व से नहीं, केवल दुर्याधन की कृपा से ही उसने किया था। कम-से-कम उसे याद रखते हुए अपने मान-अपमान को पचा जाता और युद्ध के लिए तैयार होता!

कर्ण यदि सामान्य सैनिक होता तो उसके इस अड़ियल रवैये पर इतनी गंभीरता से सोचने की जरूरत नहीं थी। पांडवों का पक्ष न्यायपूर्ण है और दुर्योधन अन्याय करते हुए युद्ध करना चाहता है। यह उसे मालूम नहीं था। दुर्योधन का व्यवहार अपने मन-माफिक न होने पर भीष्म-द्रोण-कृप सभी ने साम्राज्य की कृपा से खाए अन्न के प्रति एकनिष्ठ रहते आखिर तक सिंहासन से अपनी निष्ठा को ढलने नहीं दिया। दुर्योधन ने झूठ से वाममार्ग का अनुसरण कर 12 वर्ष तक पांडवों को वल्कल धारण कर रहने के लिए बाध्य किया। क्या दुर्योधन के ये अपराध भीष्म-द्रोण को दिखाई नहीं दे रहे हैं? यह समझ में नहीं आ रहा है। बारंबार इन वरिष्ठ सदस्यों ने कर्ण और दुर्योधन के षड्यंत्र करते रहने की बुद्धि को जताया भी है। पर जब तक गुंजाइश थी, तब तक, यह जानते हुए भी कि दुर्योधन उनके कडे शब्दों का क्या मूल्यांकन कर रहा है! पर समझा-बुझाकर कलह का अंत नहीं हुआ, श्रीकृष्ण की मध्यस्थता भी असफल हो गई, तब चाहे-अनचाहे, यह तय हुआ कि कौरवों व पांडवों के युद्ध में उन्हें शस्त्र उठाना लाजमी हो गया, वह भी पाण्डवों के खिलाफ!

□

## 11

# द्रौपदी की विडंबना : सूत्रधार

यह एक ही घटना ऐसी है जिससे कर्ण निंदनीय, तिरस्कारणीय और स्त्री-समाज का विरोधी सिद्ध हुआ है। महापुरुषों ने इसलिए उसका हमेशा धिक्कार ही किया है। उस प्रकरण की यथासांग चर्चा यहाँ प्रस्तुत है।

महाभारत के 'सभापर्व' में द्यूत-प्रकरण का संपूर्ण विवरण है। पांडवों का सबकुछ हरण करने शकुनि द्वारा द्यूत का प्रस्ताव करने से वनवास की दीक्षा लेकर पांडवों के वन के लिए प्रस्थान करने तक का वर्णन इस पर्व के अध्याय 48 से 76-77 तक आया हुआ है, जो कर्ण के दुराचरण पर पर्याप्त, स्पष्ट प्रकाश डालता है।

दुर्योधन, दुःशासन, शकुनि और कर्ण इस दुष्ट चौकड़ी ने लाक्षागृह में पांडवों को जलाकर खाक करने का षड्यंत्र रचा, जो विदुर की दूरदृष्टि से निष्फल हुआ। पांडव जीवित बचे, फिर ब्राह्मण वेष में स्वयंवर के बहाने पांचालनगरी पहुँचे और शर्त जीतकर अर्जुन ने द्रौपदी को प्राप्त किया। परिणामतः द्रुपद जैसा सामर्थ्यशाली शासक उनका सहायक बना, चाहे-अनचाहे, धृतराष्ट्र ने पांडवों को बुला लिया और स्वतंत्र राज्य के निर्माण के लिए खांडवप्रस्थ की, बंजर ही सही, भूमि दे दी। जलते खांडववन में अर्जुन के हाथों मयासुर को जीवनदान मिला और श्रीकृष्ण के कहने पर युधिष्ठिर के लिए उसने मयसभा बनवा दी।

धर्मानुसार किए गए राजसूय यज्ञ से पांडवों का यश दिग्-दिगंत में फैला, उन्हें सम्मान और ऐश्वर्य मिला। इससे दुर्योधन उनसे और द्वेष करने लगा और मयसभा में हुई फजीहत से तो पांडवों के प्रति मानो रात-दिन जलने लगा। अब पांडवों के विनाश के लिए क्या योजना बनावें, इस चिंता में डूबे दुर्योधन इस कल्पना को कार्यन्वित करने में लग गया।

## विदुर

युधिष्ठिर से विधिसम्मत तरीके से द्यूत न खेलकर कपट से ही खेला जाएगा और उनका राज्य, ऐश्वर्य हमें हड़पना है, यह स्पष्ट शब्दों में शकुनि और दुर्योधन ने धृतराष्ट्र के सामने स्वीकारा है—

*नियतं तं विजेष्यामि कृत्वा तु कपटं विभो।*

*आनयामि समृद्धिं तां दिव्यां चापाह्वयस्व तम्॥ (सभा अ. 49/43)*

धृतराष्ट्र ने पुत्र-मोह से भले ही दुर्योधन के प्रस्ताव को स्वीकार किया हो, पर विदुर ने अपनी ओर से इसका पूरा विराध किया है। 'कलिद्वारमुपस्थितं विनाशमुखमुत्पन्नम्' इन स्पष्ट शब्दों में, कलह का द्वार खुल गया, द्यूत से सर्वनाश का कारण उत्पन्न हो गया, आदि-आदि परिणाम होंगे, यह विदुर ने चेतावनी देते हुए दुर्योधन से कहा। पर उसके सारे प्रयास निष्फल सिद्ध हुए। धृतराष्ट्र की आज्ञा का पालन करते हुए पांडव द्यूत के लिए हस्तिनापुर पहुँच गए।

हस्तिनापुर आने पर धर्मराज पहले धृतराष्ट्र से मिले और फिर भीष्म, द्रोण, अश्वत्थामा, सोमदत्त, दुर्योधन, कर्ण और शकुनि से मिले (सभा अ. 58/22-24)। इससे ध्यान में आएगा कि द्यूत में द्रौपदी के वस्त्रहरण की घटना तक पांडवों ने कर्ण से सम्मानजनक व्यवहार किया है।

पांडवों के विनाश के लिए दुर्योधन ने जो-जो उपाय किए, उन सब में कर्ण सहभागी रहा है, इस घटना से पूर्व भी। फिर भी उसने आमने-सामने पांडवों का अपमान नहीं किया है। शायद इसी से पांडवों ने उसके प्रति दुराग्रह युक्त व्यवहार नहीं किया। मान लो, धर्मराज में यदि कर्ण के प्रति दुर्भावना होती, तो वह कर्ण से मिलने क्यों जाता ? कर्ण के कृष्णलीला के दस अवतारों का प्रारंभ ही द्यूत की इस घटना से होता है ! द्यूत प्रत्यक्ष रूप में शकुनि और धर्मराज के बीच खेला गया। कर्ण ने अपना कोई संबंध न होते हुए अपने चरित्र को दाँव पर लगा समस्त स्त्रीसमाज से ही मानो द्यूत शुरू किया ! जुए का पाँसा हाथ में लिये बिना उसने चालीस लाख सैनिकों के गले में मृत्यु फाँस लटका दिया। धर्मराज ने इस द्यूत में सारा ऐश्वर्य, पत्नी, भाइयों को खो दिया, पर बिना खेले कर्ण ने अपने जीवन मूल्य ही खो दिए। द्यूत खेलते धर्मराज को खेल का ऐसा नशा चढ़ा कि वह अपनी पत्नी खो बैठा। पर कर्ण को ऐसा नशा चढ़ा कि सारी स्त्रियों को उसने वेश्या ही बता दिया !

शकुनि के साथ खेलते हुए धर्मराज सारी संपत्ति खो बैठा। उसके बाद अपने भाइयों को दाँव पर लगाया। फिर वह हारा। फिर स्वयं को दाँव पर लगाया, वह भी

हार गया। उस समय देखिए, धूर्तता और कपट बुद्धि से शकुनि ने उस वक्त धर्मराज से कहा—

*अस्ति ते वै प्रिया राजन् ग्लह एकोऽपराजितः।*
*पणस्व कृष्णां पांचालीं तयाऽऽत्मानं पुनर्जय॥ (सभा अ. 65/34)*

"युधिष्ठिर, तुम अभी हारे नहीं हो। तुम्हारी प्रिय द्रौपदी अभी बाकी है। उसे दाँव पर लगाओ और जीत लो।"

## धिक्कार, धिक्कार!

युधिष्ठिर की पहचान धर्मराज, धर्ममूर्ति के रूप में थी, पर जुआ ऐसी चीज है कि आदमी कितना भी बुद्धिमान हो, उसमें फँसने पर विवेक खत्म हो जाता है, उसका सबकुछ नष्ट होता है, पूरी विवेकशून्यता आने पर उसके पास कुछ भी नहीं बचता। जब उसकी बेहोशी उतर वह होश में आता है, तब वह कहीं का नहीं रहता। जैसे ही शकुनि ने द्रौपदी का नाम लिया, संतप्त होकर युधिष्ठिर शकुनि का कड़े शब्दों में निषेध करता, उसी समय द्यूत और सभा का समापन करना चाहिए था। पर सर्वभक्षी बेहोशी में युधिष्ठिर कुछ सोचने की हालत में नहीं था, पर किंचित् भी विरोध न कर उलटे द्रौपदी के सौंदर्य का वर्णन कर उसे दाँव पर लगा दिया। (सभा अ. 65/41)

युधिष्ठिर ने जब अपनी पत्नी को ही दाँव पर लगा दिया तो सभा के सदस्यों में क्या प्रतिक्रिया हुई?

*धिग्धि गित्येव वृद्धानां सभ्यानां निस्सृता गिरः। (सभा अ. 65/42)*

सभा में उपस्थित वृद्ध सभासदों के मुँह से निकला-धिक्कार हो, धिक्कार हो!

फिर सभा क्रोधित हो गई। अन्य राजा-महराजाओं को दुःख हुआ। विदुर ने अपना सिर दोनों हाथों से पकड़ लिया, वह लगभग प्राणहीन सा हुआ। संताप से विदुर फूत्कार छोड़ने लगा और धृतराष्ट्र? उसे चाहिए था कि अपनी ही एक पुत्रवधू जब दाँव पर लगी, उसी क्षण खेल को बंद कर देता! कोई संस्कारयुक्त व्यक्ति यही करता, क्योंकि विदुर के उपदेश ने एकांत में धृतराष्ट्र को द्यूत से क्या अनर्थ होंगे, यह अच्छी तरह से समझा दिया था। इतना होने के बाद धृतराष्ट्र से अपेक्षा थी कि वह द्यूत को बंद कर देता। पर दिखाई अलग देता है, होता अलग है। दुःख तो कोसों दूर था। उससे आनंद-विभोर हो वह पूछने लगा-महाभारतकार कहते हैं—

*धृतराष्ट्रस्तु संहृष्टः पर्यपृच्छत्पुनः पुनः।*
*किं जितं किं जितमिति ह्याकारं नाभ्यरक्षत। (सभा अ. 65/45)*

धृतराष्ट्र बार-बार पूछने लगा, क्या जीत लिया? क्या जीत लिया? अपनी खुशी को वह छिपा नहीं सका।

खुद धृतराष्ट्र की यह हालत तो उसके पुत्र तो 'ब्रह्मानंद सहोदर' में डूब ही गए थे। सभी महान् और वृद्धों के आँसू झरने लगे। सभा का माहौल गमगीन हुआ जा रहा था, किंतु आधुनिक ललित उपन्यासों के 'नायक' कर्ण को ऐसी खुशी हुई, जो उसकी सात पीढ़ियों के पुरुषों में से किसी को न हुई हो! दुर्योधन-दुःशासन के साथ कर्ण ने भी अपनी खुशी का इजहार किया—

*जहर्ष कर्णोऽतिभृशं सह दुःशासनादिभिः।*
*इतरेषां तु सखानां नेत्रेभ्यः प्रापतज्जलम्॥ (सभा अ. 65/46)*

शकुनि उन्मत्त होकर चिल्लाया 'जीत गए, जीत गए' और हमेशा की छद्म कुशलता से वह दाँव भी उसने जीत लिया। द्रौपदी दाँव पर लगते ही शकुनि ने जो पाँसे फेंके, उन्हें पांडवों के दुर्भाग्य की शुरुआत कहना ठीक होगा। भीषण भविष्य को आखिर शकुनि ने बुला ही लिया।

## कर्ण का युक्तिवाद

'द्रौपदी जीती नहीं गई' इस तरह धृतराष्ट्र के पुत्र विकर्ण ने द्रौपदी का पक्ष लेते ही, कर्ण ने जिसका वर्णन महाभारतकारने 'क्रोध-मूर्च्छित' किया है, कहा, "विकर्ण, तुम्हें उलटी बातें भी सीधी दिखाई देती हैं! जैसे अग्नि अरणी से उत्पन्न होकर उसे ही नष्ट कर देता है, वही तुम्हारी हालत है। जिनसे तुम पैदा हुए, उन्हीं के विनाश पर तुम तुले हो।' 'घर का भेदी लंका ढहाए' एक भी सभासद बोल नहीं रहा है, जबकि द्रौपदी बार-बार यही प्रश्न पूछ रही है। इससे स्पष्ट है कि धर्म के अनुसार ही वह जीती गई है। कम उम्र के होने पर भी तुम बड़ी बात कर रहे हो 'छोटे मुँह बड़ी बात', हे विकर्ण, तुम्हारी मूर्खता से मुझे दुःख हो रहा है। तुम धर्म के स्वरूप को जानते नहीं हो, इसलिए किसी बेवकूफ की तरह द्रौपदी को जीतने पर भी तुम कह रह हो 'वह जीती नहीं गई'। स्वयं युधिष्ठिर अपना सर्वस्व दाँव पर लगा चुका है तब तुम्हें ऐसे कैसे लग रहा है कि द्रौपदी नहीं जीती गई? क्या सर्वस्व में वह नहीं आती? धर्मराज ने उसे दाँव पर लगा दिया, बाकी बचे पांडवों ने अनुमोदन जब कर दिया तब किस कारण से, तुम ऐसा मान रहे हो?" (सभा अ. 68/27-32)

यह तर्क-कुतर्क करने वाले कर्ण को महाभारत में 'क्रोधमूर्च्छित' कहा है। उससे कर्ण के स्वभाव पर प्रकाश पड़ता है। पांडवों, अर्जुन से प्रतिशोध के कारण कर्ण क्षुब्ध हुआ है। द्वेष से वह अपने ही काबू में नहीं है। इस हालत में वह न्याय-

अन्याय, धर्म-अधर्म का मार्गदर्शन करना चाहता है। उसका युक्तिवाद देखिए। द्रौपदी को दाँव पर लगाते वक्त धर्मराज या पांडवों को हिचकिचाहट हुई? कुछ संकोच हुआ? नहीं। तो पति स्वयं अपनी पत्नी को दाँव पर लगाता, हो और हार जाए तो उसे 'बांदी' यही कहना होगा? इसलिए कर्ण विकर्ण को बार-बार चेता रहा है। पर कर्ण की धूर्तता यहाँ दिखाई देती है। क्योंकि द्रौपदी के मूल प्रश्न को होशियारी से एक ओर कर दिया गया है। द्रौपदी का प्रश्न है, 'स्वयं को दाँव पर लगाने और स्वयं के हार जाने से पहले उसने मुझे दाँव पर लगाया था?' अर्थात् जब वह स्वयं हार गया, तब मुझे दाँव पर लगा दिया? कैसे? इस प्रश्न का निर्भीक और स्पष्ट उत्तर विकर्ण ने दिया, पर कर्ण संतप्त हुआ। अब वह शब्दच्छल कर रहा है, किसी भी तरह विकर्ण मान ही लें!

## पाशविकता का स्रोत

महाभारत काल का यदि विचार करें तो तत्कालीन और परवर्ती मत्सरग्रस्त और दीर्घद्वेषी मनुष्यों का मूल स्रोत या पुरुष कर्ण को कहा जा सकता है। द्रौपदी को एकवस्त्र हालात में खींचकर लाने का विकर्ण ने अस्पष्ट उल्लेख न करने पर भी कर्ण उसी मुद्दे को उछालकर सभा के समक्ष बोलता जा रहा है। 'यदि तुम्हें ऐसा लगता हो' कहकर कर्ण ने अपने गंदे और नीच विचारों के लिए रास्ता ही खोल दिया है। एकवस्त्र होने पर दु:शासन द्रौपदी को भरी सभा में खींचकर लाता है, उसका वस्त्र खींच कर उसकी विडंबना करता है। इस हीन, घृणित घटना का कर्ण ने अपनी 'अगाध' बुद्धि से समर्थन किया। कर्ण की महिमा बखान करने वाले लेखक, कर्ण कितना बेहया, बेशर्म था, इसके प्रमाणों की ओर अपनी आँखें मूँद लेते हैं। 'पापमति' या परम दुर्मति, ये महाभारत ने कर्ण के साथ विशेषण जोड़े हैं। ऐसा कर्ण विकर्ण से कह रहा है—

*मन्यसे वा सभामेतामानीतां एकवाससम्।*
*अधर्मेणेति तत्रापि शृणु मे वाक्यमुत्तमम्॥ 34॥*

"एकवस्त्रा द्रौपदी को उसी हालत में इस सभा में लाया गया।" यदि तुम्हें अधर्म लग रहा हो, तो मेरा उत्तर सुनो—

*एको भर्ता स्त्रिया देवैर्विहित: कुरुनन्दन।*
*इयं त्वनेकवशगा बन्धकीति विनिश्चिता॥ 35॥*

'हे कुरुनंद विकर्ण, स्त्री का एक पति होगा, यह देवताओं का बनाया नियम है। पर द्रौपदी अनेक पतियों के वश में है, तो वह रखैल या वेश्या है, इसमें कोई संदेह नहीं।'

भरी सभा में छोटे-बड़ों के सामने द्रौपदी को वेश्या कहने से संतोष नहीं हुआ। एक उच्च कुल की पतिव्रता को वेश्या कहते उसे जरा सी भी शर्म महसूस नहीं हुई। शायद उसे यह बेशर्मी कम स्तर की लगी। उसने एक कदम और बढ़ाया, मानो संसार की सभी नीच प्रवृत्तियों ने उसके हृदय को अपने बसेरा बना लिया है—

*अस्या: सभामानयनं न चित्रमिति मे मति:।*
*एकाम्बरधरत्वं वाऽज्यथवाऽपि विवस्त्रता॥ 33॥*

"(वेश्या होने से) द्रौपदी को एक वस्त्र में या विवस्त्र भी सभा में लाना मेरे लिए किंचित् भी आश्चर्य नहीं है।"

पांडवों के द्वेष में अंतर्बाह्य जलते कर्ण की बुद्धि का दिवाला ही निकला लगता है। द्रौपदी को अपमानित करने के उन्माद में कर्ण ने समस्त स्त्रीसमाज की या यूँ कहिए कि, वेश्याओं को भी घोर विडंबना की है। वेश्या स्त्री है, उसे भी लाज-शर्म होती है। घर से बाहर वे निकलती हैं तो सवस्त्र, सालंकृत होकर निकलती हैं। उस काल में वेश्या और गणिका ढँकी हुई पालकी में बाहर जाया करती थी, गणिका के तो 50-100 सेवक साथ चलते थे। आम्रपाली का उदाहरण सामने है। फिर कर्ण ने किस वजह से उन्हें अपमानित किया? आदमी पढ़ा-लिखा हो या गँवार, देवता या मानव, उच्च कुल का या नीच कुल का, शत्रु या मित्र, कोई भी, किसी भी स्त्री को, भले ही वेश्या क्यों न हो, 'सवस्त्रा या विवस्त्रा' नहीं कहेगा।

कर्ण अपने कथन में फिर धर्मशस्त्र का आधार देने से भी नहीं चूका है—

*यच्चैषां द्रविणं किंचिद्या चैषा ये च पांडवा:।*
*सौबलेनेह तत्सर्वं धर्मेण विजितं वस्तु:॥ 37॥*

"पांडवों, उनकी समृद्धि, राज्य, द्रौपदी, जो भी शकुनि ने जीता है, वह सब न्याय से ही जीता है।"

(उपर्युक्त श्लोक अ. 68 में हैं। भांडारकर संस्करण में उनका क्रम अ. 61/34-37 इस प्रकार है।)

## कर्ण की बेशर्मी

देवता-ब्राह्मणों और समाज जिसे कुलस्त्री का दर्जा दे चुके, उसे 'बंधकी' यानी रखैल कहने में कर्ण को एक प्रकार का राक्षसी आनंद हुआ होगा, अन्यथा सभासदों के समक्ष वह उन्मत्त होकर ऐसी बात न कहता। वस्तुत: द्यूत कौरव-पांडवों के बीच में चल रहा है। पाँसे फेंकने वाले शकुनि और युधिष्ठिर। हारने वाला युधिष्ठिर पत्नी को दाँव पर लगा रहा है। जो भी परिणाम या प्रायश्चित हो, भोगने

के लिए वह तैयार है। दाँव पर द्रौपदी को लगाकर उसे युधिष्ठिर हार गया, तब दुर्योधन-दु:शासन को खुशी होना समझ में आता है। लेकिन कर्ण को क्या वास्ता? अच्छा, कर्ण पांडवों का शत्रु था, द्रौपदी का नहीं। कर्ण जैसा व्यक्ति यदि द्रौपदी से शत्रुता करेगा, तो धिक्कार हो कर्ण के पौरुष/पराक्रम का और उसके पराक्रम से खुश हो रहे कर्ण के भक्त-लेखकों के बुद्धिशून्य लेखन का!

स्वयं कितना असंस्कारी हुआ जा सकता है, यह कर्ण मानो सबूत के साथ सिद्ध करना चाहता है। धर्मशास्त्र का आधार देकर भी उसके मन को शांति मिलनी नहीं थी। विकर्ण को उत्तर देते हुए मानो शरीर से उसने संस्कारों का एक वस्त्र उतारना शुरू किया! द्रौपदी के पक्ष में जब साहस से कहा, 'वह बंधकी नहीं है' तो सभा में उसके जन्मजात कुंडल अपने आप ही नीचे गिर गए होंगे! उसे इतनी धर्मयुक्त बात सुनने की आदत ही नहीं थी। वह उत्तर देने के लिए जब 'सावधान' स्थिति में खड़ा हुआ, उसी क्षण मस्तक पर पहना उसका मुकुट नीचे गिर गया। उसके मुँह से निकलने वाले वाग्बाण कैसे होंगे, यह उसके मुकुट ने पहचान लिया और मस्तक पर रहना अपनी ही विडंबना होगी, यह समझ वह भूमि पर गिर गया! जब विकर्ण को उत्तर देते हुए अपने बाहू ऊपर उठाकर कर्ण जो मर्जी बकने लगा, तब यह चमत्कार ही हुआ तो रत्न-मणियों से शोचित बाजूबंद तत्काल अलग हो जमीं पर गिरे, शायद बाजूबंदों को तसल्ली हुई कि इसके भुजदंड शत्रुओं को रक्त स्नान करा सकते हैं, उनकी इस अपेक्षा का भंग जो हुआ!

पुरुषों की सभा में असहाय, दीन-हीन स्त्री को दु:शासन जैसे नीच व्यक्ति से बचाने की बजाय, कर्ण उसकी विडंबना करने में अग्रणी बना। तब यह आश्चर्यजनक घटना हुई। उसकी पीठ पर लदा तूणीर और धनुष अपने आप अदृश्य हुए! शायद वे समझ गए कि जिसकी पीठ पर वे विराजमान थे, वह पुरुष युद्ध में बार-बार कापुरुष सिद्ध होनेवाला था। यही पीठ दिखाकर भागने वाला है। तो लो, उसके पहले ही उन्होंने वह पीठ छोड़ दी! कमर में बंधी तलवार भी नीचे गिर गई, जब और सारे ही शस्त्रों ने कर्ण का साथ छोड़ दिया, तो उसे लगा होगा अपन ही निकल गए। कर्ण सच्चे अर्थों में विवस्त्र हुआ! फिर कर्ण ने सभासदों को 'न भूतो न भविष्यति' जैसी बात कही, जिससे युगों-युगों में होने वाले नग्ननृत्य का पदन्यास प्रारंभ हुआ।

कर्ण दु:शासन की ओर मुड़ते हुए गरज पड़ा—

*दु:शासन सुबालोऽयं विकर्ण: प्राज्ञवादिक:।*
*पांडवानां च वासांसि द्रौपद्याश्चाप्युपहार॥ 38॥*

"अरे दु:शासन, बड़ी-बड़ी बातें कहने वाला यह विकर्ण महामूर्ख है। द्रौपदी के क्या पांडवों के भी वस्त्र खींच लो।"

पहले ही द्रौपदी के वस्त्र दु:शासन खींच रहा था। रजस्वला होने से उसने एकवस्त्रा थी यह वह जानता था। कर्ण भी यह बात जानता था। फिर भी वह द्रौपदी का वस्त्र खींच लेने की भरी सभा में आज्ञा करता है इसका मतलब क्या? स्पष्ट और सीधा है इसका अर्थ। भरी सभा में द्रौपदी को नग्न हालत में देखने का राक्षसी आनंद उसे भोगना है। दुर्योधन-दु:शासन के जो मन में भी नहीं था, न ही विकर्ण ने उसका अस्पष्ट उल्लेख भी किया, वही नीच कल्पना कर्ण दु:शासन के गले उतार रहा है। अर्जुन से प्रतिशोध लेने उसकी पत्नी को ही विवस्त्र करने की वह आज्ञा दे रहा है। मन में ऐसा विकल्प आना और उसे कार्य रूप में परिणत करने में बहुत फर्क है। जैसे यह विचार कर्ण के मन में कौंधा, उसने अपनी मानवीयता खो दी! अब उसका मनुष्यत्व नहीं रहा!

## असहाय भीष्म

द्यूत में अपना राज्य, संपत्ति खोने पर युधिष्ठिर ने अपने भाइयों पर अधिकार का उपयोग कर उन्हें दाँव पर लगाया। यह दाँव हारने पर स्वयं को दाँव पर लगा वह भी हार गया। फिर उसने द्रौपदी को दाँव पर लगाया। तब वह पूछती है, "जो स्वयं ही हार गया है, वह अपनी पत्नी को दाँव पर कैसे लगा सकता है? उसे क्या अधिकार है?" सभा से पूछे गए इस सवाल पर कोई नहीं बोल सका, तब देखिए भीष्म ने क्या ढुल-मुल जवाब देने की कोशिश की है—

*न धर्मसौक्ष्म्यात् सुभगे विवेक्तुं शक्नोमि ते प्रश्नमिमं यथावत्।*
*अस्वाम्यशक्तः परितुं परस्वं स्त्रियाश्च भर्तुर्वशतां समीक्ष्य॥ 47॥*

"स्त्री अपने पति के अधीन होती है और पति यदि दास हुआ हो तो उसकी पत्नी भी दासी बन जाती है। धर्म की सूक्ष्मता के कारण, स्वामित्व के अभाव में असमर्थ हुआ मैं (इससे अधिक) विर्वचन नहीं कर सकता।"

वयोवृद्ध, ज्ञानवृद्ध भीष्म की जब यह हालत हो गई तो द्रोण और कृप की क्या सामर्थ्य थी? यदि दास की पत्नी दासी होती है, तो शकुनि यह कदापि नहीं कहता, 'अभी भी तुम्हारे पास न जीती गई एक वस्तु है।' उसी समय पितामह को चाहिए था कि वह सभा से गरजते हुए कहते 'द्रौपदी दासी नहीं है।' पर क्षात्र-धर्म का पालन करने वाले भीष्म का सारा कर्तृत्व इस एक ही घटना से कलंकित हुआ। ऐसी हालत में विकर्ण ने जो साहस दिखाया, वह अपने आप में बहुत बड़ा ही कहा जाएगा। पर

यह भी सच है कि भीष्म के कथन से कर्ण की बुद्धि और अधिक विकृत हुई होगी। आपको स्मरण होगा कि मध्यस्थता असफल होने पर लौटते हुए श्रीकृष्ण ने जब कर्ण को अपने रथ में बैठाया, तब उसने स्वयं धर्मशास्त्रज्ञ होने की बात कही थी—

*'धर्मविद् धर्मशास्त्राणां श्रवणे सततं रतिः।'*

"मैं धर्मशास्त्र को जानता हूँ। धर्मशास्त्र के श्रवण में मेरी हमेशा ही रुचि रहती है।"

'उद्योग पर्व' के 141 वे अध्याय में यह विवरण आया है। अब 'सभापर्व' में उसने जो बात कही, वह कितनी अजीबोगरीब थी। जैसे ही विकर्ण ने यह धर्म की बात कही, कर्ण मानो भड़क ही उठा। धर्मशास्त्र के आचरण की उससे क्या अपेक्षा रखें? कोई द्यूत में हार गया तो उसे यों नंगा करना चाहिए ऐसा धर्मशास्त्र तो नहीं कहता है। हार गए तो संपत्ति, सत्ता गई, ठीक है, पर यूँ भरे बाजार में किसी को नग्न घूमने के लिए थोड़े ही बाध्य किया जाएगा? पर कर्ण की रीत ऐसी ही है!

## कैसा यह 'मृत्युंजय'

कर्ण ने यूँ ही अपनी राक्षसी आज्ञा नहीं सुनाई है। द्रौपदी के दाँव पर लगने के बाद उसने हँसकर अपना अनुमोदन प्रकट किया, उसी क्षण से उसके दिमाग में योजना बनना शुरू हो गया होगा। अर्जुन से भयंकर द्वेष, स्वयंवर में 'सूतपुत्र का वरण नहीं करूँगी' कहकर द्रौपदी से अपमान, पांडवों के विनाश के लिए कराए गए षड्यंत्र विफल होकर उनका दिनोंदिन वैभव बढ़ना, इन सबके परिणाम में कर्ण के मन में शल्य की तरह चुभता ही रहा था। अपमान का बदला लेने की इस समय उसने सोची ही होगी। जैसे ही विकर्ण द्रौपदी के पक्ष में बोल पड़ा, कर्ण पर मानो आसमान ही फट गया हो, ऐसे आवेश में उसने द्रौपदी को विवस्त्र करने की दुःशासन को खुलेआम आज्ञा दे दी।

सभा में सिंहासन पर धृतराष्ट्र के बैठे होते हुए भी ऐसी आज्ञा दे डालना 'छोटे मुँह बड़ी बात' ही हो गई। यह आदेश देने का अधिकार कर्ण को किसने दिया? जिस सिंहासन के आश्रय से वह 'अंगराज' बना, उसी का अपमान करने पर कर्ण तुल गया! पर आश्चर्य है पांडवों का! कर्ण के आदेश देते ही घोर पराक्रमी पांडवों ने अपने उत्तरीय नीचे रख दिए। यह उनका भाग्य ही था कि उनकी धोतियाँ खोलने का आदेश नहीं दिया था। पर इतने पर कर्ण संतुष्ट नहीं हुआ। अपने जैसे पुरुषों को नंगा कराने में उसका क्या पौरुष या पराक्रम होता? मर्दों से भरी सभा में द्रौपदी को ही विवस्त्र देखने में उसे सच्चा आनंद मिलना था!

पांडव पुरुष थे, अतः केवल उत्तरीय उतारकर काम चल गया, पर लाज बचाने के लिए जिसके शरीर पर एक ही वस्त्र था, वह क्या करती? उसकी शर्म-हया को कौन बचाएगा? अपने पति नपुंसकों की तरह उत्तरीय उतार बैठ गए, यह देख उस भयभीत हिरणी की क्या हालत हुई होगी? भीष्म, द्रोण, कृप, अश्वत्थामा का त्रिलोकी को भस्मसात् करने वाला ब्रह्मास्त्र अपनी सुरक्षा के ले लिए किसी काम का नहीं रहा, उन्हें भी लूला-लंगड़ा हुआ देख द्रौपदी की स्थिति कितनी करुणाई हुई होगी? अपने जन्मतः अंधे श्वशूर धृतराष्ट्र को भी उसका आर्त नाद सुनाई नहीं दे रहा, यह देख उसे तड़फड़ाहट हुई होगी। पांडवों को यहाँ डरपोक हुए देख, सिंहासन पर सम्राज्ञी के रूप में विराजमान होने का क्षण यादकर द्रौपदी को कितनी यातनाएँ हुई होंगी? द्रुपद की पुत्री और पराक्रमी धृष्टद्युम्न की भगिनी मैं ही हूँ, यह सोच-साचकर दीन-हीन अवस्था बनी द्रौपदी को कितना दुःख हुआ होगा? सामने बैठे मर्दों की मर्दानगी खत्म हो गई थी, दुःशासन और कर्ण का मनुष्यत्व अब नरपशु बन गया था! उनके सभा में किए जा रहे शोर और हो-हल्ले के बीच, झंझावात से ध्वस्त होने वाली बैल की तरह, द्रौपदी की करुण और दयनीय हालत हुई हो, तो क्या आश्चर्य था? समस्त वास्तविकता को खुली आँखों से देखिए, इतिहास की सत्यता को पहचानिए, फिर सोचिए, क्या हमें कर्ण का प्रशस्ति गान करना चाहिए? क्या वह महापुरुष सिद्ध होता है? क्या वह मृत्युंजय बन जाता है? इतने बेशर्म कर्ण का कोई एक वाक्य में भी गुणगान करेगा?

कर्ण के आदेश का उसके द्वारा अपेक्षित परिणाम ही हुआ। दुःशासन, बुद्धिहीन, गँवार व्यक्ति राक्षस बना, तो बुद्धिमान कर्ण नरराक्षस। द्रौपदी के एकमात्र वस्त्र के हरण की कर्ण की आज्ञा सुनते ही दुःशासन जोश में आकर द्रौपदी के वस्त्र उतारने लगा।

## अंधेर नगरी

दुःशासन की सारी मानसिक और शारीरिक शक्ति उसके हाथ में समा गई। पशु का उन्माद उसके सिर चढ़कर बोलने लगा, एक स्त्री को बेहद शर्मसार करने और कर्ण की आज्ञा के पालन के लिए उसने द्रौपदी के वस्त्र का एक छोर हाथ में पकड़कर खींचना शुरू किया। वह अपनी इज्जत बचाने तड़फड़ाहट से आकुल-व्याकुल बनी और अपनी माँ-बहनों को भूलकर शकुनि, कर्ण, दुर्योधन उस हश्य का मजा लेने लगे। उस सभा में एक ही अंधा धृतराष्ट्र है, ऐसा किसी को लगेगा। पर

वह भी अर्धसत्य है, क्योंकि धृतराष्ट्र की तरह और भी अंधजन उस सभा में बैठे ही थे! अपने ही कुल की वधू की चल रही विडंबना से आहत, धैर्यहीन हो, भीष्म-द्रोण ने अपनी आँखें मूँद लीं, आँखें होते हुए अंधे बने, उनकी गर्दने नीची हो गईं, किंतु म्यान से अपना शस्त्र निकाल उन्होंने दुःशासन पर नहीं फेंका। अपना पौरुष म्यान किए हुए पांडव गर्दन नीची कर असहाय बैठे रहे। सिर्फ विकर्ण ने उसकी आँखें होना सिद्ध किया था। बाकी सब अंधे-अन्धेनैव नीयमाना: यथान्धा:।

अंधों की इस सभा में कौन था द्रौपदी की इज्जत बचाने वाला? वहाँ कौन त्रिनेत्र शिव था, जो अपनी तीसरी आँख खोलकर नरराक्षसों को दग्ध करता? यह द्रौपदी की ही नहीं, मेरे घर की स्त्री की विडंबना हो रही है, ऐसा मानने वाला कौन नरकेसरी वहाँ उपस्थित था। 'बचाओ, मुझे बचाओ' यह आक्रोश में रोती द्रौपदी की आँखों के आँसू सूख गए, हृदय पाषाण बन गया। आखिर उसके लिए भगवान् ही बचा था, जोर से वह आर्त आवाहन करने लगी, श्रीकृष्ण का, गोविंद का, मधुसूदन का!

*आकृष्यमाणे वसने द्रौपद्याश्चिन्तितो हरि:।*

वस्त्र में दुःशासन ने जैसे हाथ डाला, गजेन्द्र की मदद के लिए आए श्रीकृष्ण को अपनी सहायता के लिए वह आर्तनाद में पुकारती रही—

*गोविंद द्वारिकावासिन् कृष्ण गोपीजनप्रिय।*
*कौरवे: परिभूतां मां किं न जानासि केशव॥ 41॥*

"हे द्वारका निवासी, हे गोपियों के प्रिय कृष्ण, कौरवों के द्वारा पीड़ित मुझे तुम बचाते क्यों नहीं हो?"

*हे नाथ, हे रमानाथ, ब्रजनाथाअर्तिनाशन।*
*कौरवार्णवमग्नां मां उद्धरस्व जनार्दन॥ 42॥*

"हे नाथ, रमानाथ, दुःखहरण, कौरवों के समुद्र में डूबी जा रही हूँ। उद्धार करो मेरा।"

*कृष्ण, कृष्ण, महायोगिन्, विश्वात्मन् विश्वभावन।*
*प्रपन्नां पाहि गोविंद कुरुमध्येऽवसीदतीम्॥ 43॥*

"हे कृष्ण, अब सिर्फ तुम ही मेरी शरण आश्रय हो। कौरवों के दुःख भोगती, पीड़ित मेरी रक्षा करो।"

जहाँ एक ओर इस प्रकार द्रौपदी श्रीकृष्ण की गुहार करती रही, कर्ण और दुःशासन उसकी विडंबना करते खुश होते रहे। यह विडंबना देख कोई भूत-प्रेत, राक्षस भी आँखें बंद कर अपनी गर्दन झुका लेता। इस घटना के वर्णन में स्वयं

महाभारत का कवि भी शर्म महसूस करता रहा हो और उन्होंने ही कोई चमत्कार दिखाने की सोची होगी। वह भी भयानक विडंबना से मलिन-गात हुआ होगा।

जैसे राख के ढेर के नीचे दबा स्फुल्लिंग-चिनगारी राख को हटाते ही तेज गति से ऊपर आए, उस तरह बाहर से शांत दिखाई देने वाला प्रत्यक्ष क्रोध उस सभा में प्रकट हुआ। वह क्रोधमूर्ति जैसे ही अपनी तीसरी आँख खोलकर सभा में चारों ओर देखने लगा, उस सभा का सारा दृश्य ही बदल गया।

□

# 12

# भीम की प्रतिज्ञा

कर्ण के आदेश से दुःशासन जोर-जोर से द्रौपदी का वस्त्र खींचने लगा। वह भी आक्रोश करती श्रीकृष्ण को गुहारने लगी। इतनी देर चुपचाप बैठा भीम सभा में हो रही द्रौपदी की विडंबना की निर्लज्जता से संतप्त हो उठा। आखिर भीम का शैतान जाग उठा और अपनी पराजय को भूल सारी सभा को संबोधित करते हुए उसने प्रतिज्ञा कर ली। भीम के क्रोध का वर्णन देखिए—

*शशाप तत्र भीमस्तु राजमध्ये बृहत्स्वनः।*
*विनिष्पिष्य करे करम्॥ 51॥*

'प्रचंड गर्जना करते, जोर-जोर से अत्यंत संताप से थरथर काँपने लगे होठों से, क्रोध में एक हाथ दूसरे पर रगड़ते हुए भीम ने सभी के सामने शाप दे दिया—'

"हे समस्त क्षत्रियो, इससे पहले किसी के द्वारा न कही गई और भविष्य में भी किसी के द्वारा कही नहीं जाएगी, ऐसी मेरी वाणी सुनिए। अब मैं जो कहूँगा, वैसा अगर मैंने नहीं किया तो मेरे पूर्वजों को जो सद्गति मिली, वह मुझे नहीं मिलेगी।" भीम ने आत्मविश्वास से सभी का ध्यान अपनी ओर आकर्षित करते हुए भयंकर प्रतिज्ञा की—

*अस्य पापस्य दुर्बुद्धेर्भारतापसदस्य च।*
*न पिबेयं बलाद् वक्षो भित्वा चेद्रुधिरं युधि॥*

*(सभा अ. 68/54)*

"भारत कुल के इस नीच, दुर्बुद्धि दुःशासन का वक्षस्थल अपने बल से चीर कर यदि इसके रक्त को मैं न पीऊँ, तो मुझे वह सद्गति (मुक्ति या मोक्ष) नहीं मिलेगी, जो मेरे पितरों को मिली है।"

## कायर कर्ण

रोमांचित करने वाली भीम की प्रतिज्ञा सुन सभा तो थर्रा ही गई, पर द्रौपदी का वस्त्र खींचने वाला दुःशासन मन-ही-मन काँप गया होगा। हालाँकि द्रौपदी एक ही वस्त्र पहने थी, पर उसे खींचते ही भीम की गर्जना हुई। भीम की प्रतिज्ञा के बाद दुःशासन भयभीत हो नीचे बैठ गया। मजा देखिए, कर्ण सामने ही खड़ा है। यदि उसमें सच में साहस या हिम्मत होती तो क्रोध से जलते अंगारों जैसे भीम के सामने वह दुःशासन से कहता तो सही, "अरे नामर्द! खाली गर्जना करते और अंगारों की तरह अपनी नजर घुमाते भीम से डरकर द्रौपदी को नग्न करने का अवसर तुम खो रहे हो? युद्ध जब होगा, तब होगा। धत्तेरी, मैं तुम्हारे साथ खड़ा हूँ। अभी तो भीम तुम्हारा वक्ष को नहीं चीर रहा न? हिजड़े की तरह क्या देख रहे हो? खींच, खींच ले वस्त्र। भीम ही क्या, सभी पांडवों को मैं ललकारता हूँ, हिम्मत हो तो बढ़ो आगे। इस कर्ण के और दुःशासन की पकड़ से छुड़ा लो अपनी द्रौपदी को।"

पर कर्ण और दुःशासन की कुटिल तपस्या पंगु हो गई, कर्ण भी भीम के सामने चुपचाप बैठा रहा। यूँ देखा जाए तो उस सभास्थान को युद्धभूमि का स्वरूप देने में कर्ण की आज्ञा ही कारण थी। किंतु वह ऐन वक्त पर पीछे हटनेवाला, अपने सहयोगियों को आगे कर अपमानित करने वाला वाचा वीर ही था। ऐसा न होता तो उसे चाहिए था कि दुःशासन को बचाने वह भीम के वध की प्रतिज्ञा करता, भीम का सिर कलम करने के लिए दौड़ जाता, क्योंकि भीम की प्रतिज्ञा और दुःशासन के भावी वध का वही कारण था। इसी ही बीभत्स आज्ञा उसने दी थी। द्रौपदी के वस्त्रहरण की आज्ञा न तो दुर्योधन ने दी, न ही दुःशासनन की वह कुत्सित कल्पना ही थी। एक कुलस्त्री को बेइज्जत करने की बेशर्म कल्पना कर्ण के दिमाग की उपज थी, इस बात की हम उपेक्षा नहीं कर सकते।

द्यूत सभा की इस निंदनीय घटना की जन-सामान्य और पांडवों के मन में तीव्र प्रतिक्रिया कितनी गहरी पैठ गई थी, इसे देखने से भी कर्ण के 'सच्चरित' पर पर्याप्त प्रकाश पड़ेगा।

प्रत्यक्ष महायुद्ध में जब दुःशासन को जमीं पर गिरा, उसके वक्षःस्थल पर उसने अपना पैर रखा, तब भीम को द्यूतसभा की यह घटना याद आ गई। इसका चित्रण मराठी के कवि मोरोपंत ने किया है। भीम दुःशासन से कह रहा है—

*पीतो हे रक्त तुझे, हासत होतासि तू जसा भणगा*

अनुवाद—(पीता हूँ खून तेरा नामर्द, जैसे तुम हँस जो रहे थे।)

द्रौपदी भीम की (भी) पत्नी थी और उसकी विडंबना का प्रतिशोध लेने के

लिए ही भीम ने यह भयंकर प्रतिज्ञा की। इसलिए भीम अपनी प्रतिज्ञा कैसे भूल जाता? मोरोपंत का किया वर्णन भले ही मूल महाभारत में न हो, अगर आप उसे न देखें तो महाभारत में जगह-जगह बिखरी प्रतिक्रिया को आप क्या कहेंगे?

मोरोपंत से सैकड़ों साल पहले भट्ट नारायण ने 'वेणीसंहार' नाटक में भी भीम की प्रतिज्ञा दोहराई गई, जब युधिष्ठिर समझौते के लिए तैयार हो गया था—

*मथ्नामि कौरवशतं समरे न कोपात्।*
*संचूर्णयामि गदया न सुयोधनोरुं॥*
*दुःशासनस्य रुधिरं न पिवाम्युरस्तः।*
*संधिंकरोतु भवतां नृपतिः पणेना॥* इत्यादि

## अधूरी वासना

भीम के प्रतिज्ञा करते ही दुःशासन द्वारा द्रौपदी का वस्त्रहरण रुक गया। इससे भीम पर क्रोधित होने की बजाए कर्ण का गुस्सा दुःशासन पर फूट पड़ा होगा। द्रौपदी की प्रत्यक्ष हो रही विडंबना रुक गई। पर कर्ण की महत्त्वाकांक्षा आधी-अधूरी रह गई। भय से रोमांचित करने वाला भीम का रूप और उसकी प्रतिज्ञा से कर्ण समझ गया कि द्रौपदी को विवस्त्र करने की उसकी राक्षसी महत्त्वाकांक्षा अब पूरी होने वाली नहीं थी। उस अधूरी वासना को चाहे जिस रास्ते पूरा करने को वह छटपटाने लगा, अब भी उसकी प्रतिशोध की भावना का शमन नहीं हुआ। कम-से-कम शब्दों से ही द्रौपदी की निंदा कर, बेइज्जत कर उसे व्यथित करते हुए वह कहने लगा—

"दास, पुत्र और स्वतंत्र न रही स्त्री, तीनों ही दरिद्री होते हैं। गरीब दासों की पत्नी होने पर भी सही मायने में तुम पतिहीन हो, कोई तुम्हारा पति है ही नहीं। वैसे भी दासों के सारे धन का (उनमे से कोई) स्वामी तो होता ही नहीं है।" (सभापर्व अ. 71/1)

अपनी वासना-पूर्ति के लिए सामान्य दासियों की तरह द्रौपदी से बरताव करने की कर्ण की वासना राक्षसी है। इसलिए वह कहता है कि द्रौपदी का कोई पति बचा ही नहीं, सारे तो दास हो गए! पति कौरवों के दास हुए तो वह भी कौरवों की दासी ही हुई! इस कल्पना को कर्ण और स्पष्ट कर रहा है—

"द्रौपदी, अब कौरवों के महलों में आकर उनकी सब प्रकार की सेवा करो। अब यही काम तेरे लिए महलों में बचा है। धृतराष्ट्र के पुत्र ही तेरे स्वामी हैं, पांडव नहीं। या फिर तुम किसी और को पति के रूप में चुन लो"—

*अन्यं वृणीष्व पतिमाशु भाविनी यस्मात् दास्यं न लभसि देवनेन।*

*अवाच्या वै पतिषु कामवृत्तिः नित्यं दास्ये विदितं तत्तवाऽस्तु॥ 3॥*

"हे सुंदरी, जिसके द्यूत से तुम्हें दासी न बनना पड़े, ऐसे किसी अन्य पति का आश्रय तुम लो तो अच्छा है। अपने पतियों के जीवित रहते हुए भी स्वैराचार का निषेध नहीं किया गया है। अब तुम दासी बन ही गई हो, तो दासियों का अपनी इच्छानुसार किसी से संबंध रखना शास्त्र सम्मत व तर्कसंगत है, यह तो तुम जानती ही हो।"

पराजित पांडवों को छोड़ अब वेश्या व्यवसाय करो, यह कर्ण कहता ही जा रहा है—

*पराजितो नकुलो भीमसेनो युधिष्ठिरः सहदेवार्जुनौ च।*
*दासीभूता त्वं हि वै याज्ञसेनि पराजितास्ते पतयो नैव सन्ति॥ 4॥*

"हे याज्ञसेनी द्रौपदी, नकुल-सहदेव, भीम, अर्जुन, युधिष्ठिर पराजित हो गए हैं, इसलिए तुम दासी बन गई हो। पराजित पांडव इसके पश्चात् तुम्हारे पति नहीं रहेंगे।"

राजसभा में वरिष्ठ सदस्यों के बैठे कर्ण जी-तोड़ कोशिश ही नहीं, बल्कि तूफान खड़ा कर रहा है। किसलिए? ताकी द्रौपदी अपने पाँचों पतियों को भूल जाए और अनेक पुरुषों की कामवासना तृप्त करे। यह अधिक स्पष्ट करने के लिए जैसा कर्ण ने कहा, श्लोक मूल रूप में उद्धृत किए हैं।

## उन्मत्त दुर्योधन

भरी सभा में कर्ण की आज्ञा से यदि दुःशासन निंदनीय काम करने पर आमादा हो जाता है तो 'द्रौपदी परपुरुषों से, कौरवों से संबंध रखें' यह कर्ण के कहते ही दुःशासन का बड़ा भाई दुर्योधन कैसे पीछे रहता? कर्ण की बात मानो अपने पौरुष को आह्वान है, ऐसा सोच दुर्योधन आपे में नहीं रहा और तुरंत ही उसने स्वयं को दुःशासन का बड़ा भाई होना सिद्ध किया!

कर्ण का भाषण सुन दुर्योधन ने 'द्रौपदी जीती गई या नहीं' इस प्रश्न का उत्तर देने के लिए युधिष्ठिर से कहा। पर उसके उत्तर देने तक दुर्योधन को धीरज कहाँ था? 'मैं पुरुष हूँ' यह उसने सिद्ध करने का निश्चय किया—

*एवमुक्तवा तु कौन्तेयमपोह्य वसनं स्वकम्।*
*स्मयन्निवेक्ष्य पांचालीमैश्वर्य मदमोहितः॥*
*अभ्युत्स्मयित्वा राधेयं भीममाधर्षयन्निव।*
*द्रौपद्याः प्रेक्षमाणायाः सव्यमूरुमदर्शयत्॥ (सभा अ. 71/10,12)*

(युधिष्ठिर से उत्तर देने के लिए कहकर) माने हँसते हुए द्रौपदी को देख ऐश्वर्य व सत्ता में मदोन्मत्त हुए दुर्योधन ने अपना अधोवस्त्र एक ओर हटाकर···भीम का अपमान और तिरस्कार करने के लिए कर्ण की ओर हँसते हुए देख, उस ओर देख रही द्रौपदी को अपनी जंघा दिखाई॥ 12॥

जंघा दिखाते दुर्योधन ने स्मित करते कर्ण को देखा और फिर अपनी दाहिनी जंघा द्रौपदी को दिखा दी। महाभारत के कवि ने यह स्पष्ट प्रमाण दिया, इसका क्या मतलब? दुर्योधन ने कर्ण की ओर ही क्यों देखा? किसी और को क्यों नहीं? उत्तर स्पष्ट, आसान है। कौरवों से संबंध रखने का सुझाव कर्ण ने ही द्रौपदी को दिया है। वह सुन उसी प्रयोजन से अपनी जंघा विवस्त्र कर द्रौपदी को दिखाने की दुर्योधन को वासना हुई। इसलिए अपने भाई के वध की भीम की प्रतिज्ञा का थोड़ा भी विचार न कर भीम के पराक्रम को चिढ़ाते हुए दुर्योधन द्रौपदी को अपनी जंघा दिखा रहा है। इसका भी कारण कर्ण ही है।

## पुनः प्रतिज्ञा

दुर्योधन का वह पशुतुल्य कार्य देख भीम कैसे शांत रहता? इस घटना से भीम अधिक अपमानित, मर्माहत हुआ और पहली प्रतिज्ञा के जितनी ही एक और भीषण प्रतिज्ञा उसने की—

*पितृभिः सह सालोक्यं मास्म गच्छेत् वृकोदरः।*
*यद्येतमूरुं गदया न भिन्द्यां ते महाहवे॥ (सभा अ. 71/14)*

अपनी लाल-लाल होती आँखें चौड़ी कीं और सभी राजा-महराजाओं को संबोधित कर भीम गरज उठा, "यदि महायुद्ध में दुर्योधन की जंघा को मैंने नहीं तोड़ा तो यह भीम पितृलोक में नहीं जाएगा (जा सकेगा)।"

अब तक पाठकों के ध्यान में आया ही होगा कि जिस पाशविक वृत्ति से दुःशासन और दुर्योधन ने व्यवहार किया, उसका कारण कर्ण ही है। सभा में यदि मौन रखता, तो सभा रणभूमि नहीं बनती। स्त्री, चाहे कुलवधू वेश्या हो, उसकी इज्जत बचाने का पुरुष को प्रयत्न करना ही चाहिए। उसकी मानवीयता, पौरुष का वही प्रमाण होता है। स्त्री की इज्जत राष्ट्र की इज्जत है। कर्ण ने केवल द्वेष और प्रतिशोध से द्रौपदी जैसी कुलस्त्री को सभा में 'नग्न' करने की आज्ञा दुःशासन को दी। उसी समय किसी को चाहिए था कि कर्ण का सिर कलम कर देता! समाज के किसी भी पुरुष को चाहिए था कि कर्ण को नंगाकर उसका शिरच्छेद करे। या 'द्रौपदी वेश्या है, उसे नंगा करो' कहने वाले कर्ण की जिह्वा को समूल उखाड़

फेंकता कोई। सही में, यदि उसी क्षण कर्ण की हत्या कर उसकी अर्थी उठ जाती तो चौदह वर्ष बाद हुए महायुद्ध में लाखों सुहागिनों को विधवाएँ होने की त्रासदी नहीं होती।

दुःशासन के वक्ष को भग्न कर खून पीने या दुर्योधन की जंघा को भग्न करने की भीम की प्रतिज्ञा या महायुद्ध में कर्ण का वध करने की प्रतिज्ञा, पश्चात् बुद्धि का परिणाम है। पर कर्ण, दुर्योधन-दुःशासन जैसे आततायी और नीच व्यक्तियों के वध की प्रतिज्ञा क्यों करनी पड़ती है ? क्यों चौदह साल पांडवों को रुकना पड़ा ? द्रौपदी जैसी मांगल्य, कारुण्य और पातिव्रत्य की मूर्ति को पैरों तले कुचलने वाले कर्ण को कोई भी न्यायालय, कैसी भी कठोरतम सजा देता, तो वह कम ही थी। कोई भी यही कहेगा। कर्ण जैसे क्षुद्र व्यक्ति का समाज से परिचय कराने की कोई भी जरूरत न होने पर, प्राणों पर कोई संकट या आपत्ति न आने पर भी, इसी राधेय कर्ण के जीवन को नाटकीय, अनुचित शब्द-लाघव से रेखांकित करने वाले ललित लेखकों पर हमें दया आती है। इन लेखकों ने इतिहास का लोप कर या अन्यथा व्याख्यायित कर अपनी ललित शैली के बहाने पाठकों और समाज को खुलेआम धोखा दिया है। सामाजिक न्यायालयों में इस अपराध पर पूछताछ होनी चाहिए, उनसे जवाब माँगना चाहिए। कुलस्त्री की विडंबना करने वाले कर्ण के जीवन का अकारण और अवास्तविक चित्रण कर स्त्रियों का अपमान किया है, स्त्री जाति को कलंकित किया है। अब स्त्री समाज को जाग्रत होना पड़ेगा। गुरुद्रोही कर्ण का चित्रण कर नई पीढ़ी को विकृत करने का यह एक योजनाबद्ध प्रयास है। गुरुजनों के प्रति अश्रद्धा और अनादर बढ़ाने में ऐसा लेखन मदद करता है। इसलिए इन कर्ण भक्तों को उनकी असली जगह कौन सी है, यह दिखाने की बहुत बड़ी जिम्मेदारी समाज के विचारकों पर आन पड़ी है। जग जाइए!

## सात्यकी उवाच

जिन्हें कर्ण महापुरुष, सर्वगुणसंपन्न होने का साक्षात्कार हुआ, उनकी मान्यता जब बदलेगी, तब बदलेगी, पर इस राधेय कर्ण को तत्कालीन समाज किस घृणा से देखता था, इसके लिए देखिए सात्यकी क्या कहता है—

"काल, सूर्य व अग्नि जैसे प्रलयकारी गद, प्रद्युम्न और सांव ये तीन वीर हैं, उनसे मुकाबले में कौन उतरेगा ? उनके साथ हम सब धृतराष्ट्र के पुत्रों के साथ शकुनि का भी वध करेंगे और…"

*कर्णं चैव निहत्याऽजावभिषेक्ष्याम पाण्डवम्।*
*नाऽधर्मो विद्यते कश्चित् शत्रून् हत्याऽततायिनः॥*

*(उद्योग अ. 3/19-20)*

"कर्ण का भी वध कर पांडुपुत्र युधिष्ठिर का अभिषेक करेंगे। आततायी शत्रुओं के वध से कोई अधर्म नहीं होता है।"

□

13

# दान या विनिमय?

कर्ण के जो भी गुण थे, उनमें दानवीरता का उल्लेख अवश्य किया जाता है। उसकी मृत्यु के बाद महाभारत के कवि ने उसे 'याचकानां कल्पवृक्षः'- याचकों के लिए कल्पवृक्ष कहा है। इसलिए वह दानशूर या दानवीर कहलाया गया। एकवचनी श्रीराम, क्षत्रियांतक परशुराम, प्रतिज्ञापुरुषोत्तम भीष्म, धर्मात्मा विदुर, अजात-शत्रु युधिष्ठिर, मदांध दुःशासन या दुष्ट दुर्योधन आदि, जैसी इन पुरुषों की मुख्य विशेषता बताई जाती है, वैसे दानशीलता कर्ण का महनीय गुण बताया जाता है। दान के बारे में वह कमाल का जाग्रत है। कोई भी याचक अपने द्वार से खाली हाथ नहीं जाना चाहिए, इसकी वह जीवन भर पूरी सावधानी बरतता रहा। 'दाता हो तो कर्ण जैसा' यह लोकप्रवाद प्रसिद्ध है। आज भी कोई असामान्य दान करता है तो उसे हम 'आधुनिक कर्ण' कहते हैं, इतना कर्ण की दाशीलता का गहरा प्रभाव जन-मानस पर अंकित है। यहाँ हमें कर्ण की दानशीलता की और अपनी अमरता की साक्षी रूप कवच-कुंडल जान-बूझकर इंद्र को दान करने की पृष्ठभूमि क्या थी, यह समझना है।

हरिश्चंद्र, दिलीप, रघु, शिबि और बलि इत्यादि पौराणिक नाम भी दातृत्व की परिसीमा के रूप में पहचाने जाते हैं। अर्थात् महाभारत या उससे पूर्व भी राजा-महराजाओं को दाता के रूप में पहचाना जाता रहा है। जैसा कालिदास ने कहा, 'आदानं ही विसर्गाय'—दान के लिए ग्रहण या स्वीकार, यह शासकों की स्थाई वृत्ति या स्वभाव था—अर्थात् वह उनका स्वाभाविक गुण या विशेषता थी। 'कोई भी राजा हो, वह दानी होगा ही' यह प्राचीन काल में अलिखित संकेत ही था। दान की प्रवृत्ति परंपरा से परवर्ती पीढ़ी में अंतरित हो जाती थी। परिणामतः दान की निर्मल परंपरा पीढ़ी-दर-पीढ़ी अखंड चलती रही। कर्ण का दातृत्व तत्कालीन समाज की

मान्यता का प्रतिनिधि रूप था, ऐसा नहीं है कि कर्ण के अलावा कोई शासक दानी हुआ ही नहीं या अकेला कर्ण ही दाता हुआ! दान शासकों के खून में ही समाया हुआ था। ज्ञानसत्र, यज्ञसत्र की तरह शासकों के यहाँ दानसत्र भी अखंड चलता रहा। सामान्यत: कोई याचक राजमहलों से खाली हाथ नहीं लौटता था। मान लो दान देने में किसी राज्य का खजाना खाली हो जाता तो याचक की माँग को पूरा करने शासक अपने पराक्रम से प्राप्त धन याचक को देकर उसे संतुष्ट करके ही भेजता था। सामान्यत: याचक को खाली हाथ लौटाया नहीं जाता। वरतंतु का शिष्य रघु के पास 14 करोड़ सुवर्ण की मुद्रा माँगने आया, तब शासक रघु की हुई हालत का कालिदास ने बहुत सुंदर वर्णन किया है—

*तमध्वरे विश्वजितिक्षितीशं नि:शेष विश्राणित कोशजातम्।*

रघु ने विश्वजित् नामक यज्ञ में अपना संपूर्ण खजाना खाली किया था। शासकों की स्वाभाविक प्रवृत्ति के लिए इससे अच्छा उदाहरण शायद ही मिले।

## दान की ओर झुकाव

पुराणकालीन शासकों की दानवृत्ति, इस प्रस्तावना का उद्‌देश्य इतना ही सिद्ध करना है कि उस समय दान राजाओं का सहज या स्वाभाविक धर्म था। अर्थात् इसमें अपवाद भी हुए, जैसे द्रुपद जिसने अपने बचपन के दोस्त द्रोण को रात-भर का भोजन देकर रवाना कर दिया। दुर्योधन दुष्ट था, लेकिन पांडवों के संबंध में। वह दाता नहीं था ऐसा कहीं पर उल्लेख नहीं मिलता। युधिष्ठिर भी दाता था। और भी छोटे-मोटे शासक दाता थे ही। पर अंगराज कर्ण की दानशीलता औरों से जुदा थी। कर्ण के वध के बाद उसके गुणों का जो वर्णन महाभारत में किया है, उसे देखिए—

*अर्थिनां पक्षिसंघस्य कल्पवृक्षो निपातित:।*

*'याचक रूपी पक्षियों के समूह का कल्पवृक्ष (अर्जुन ने)गिरा दिया है।'*

*ददानीत्येव योऽवोचन्न नास्तीत्यर्थितोऽर्थिभि:॥ (कर्ण पर्व अ. 94/44)*

'जिसने आखिर तक देता हूँ' यही सुनाया, 'नहीं' कभी नहीं कहा। वह कर्ण आज नहीं रहा—

*यस्य ब्राह्मणसात्सर्वं वित्तमासीन्महात्मन:।*

*नादेयं ब्राह्मणेष्वासीद्यस्य स्वमपि जीवितम्॥ (कर्ण अ. 94/46)*

'जिसने धन ही क्या, अपना जीवन ब्राह्मणों (को दान में) के लिए था, उस कर्ण की आज मृत्यु हो गई।'

उपर्युक्त उद्धरणों से स्पष्ट है कि जीवित रहते और मरने पर कर्ण का महान् दातृत्व सिद्ध होता है। अब विचार यह करना है कि कर्ण के मन में दानवृति का उदय कैसे और क्यों हुआ ?

पितृ-परंपरा से प्राप्त दानशीलता का गुण जैसे राजा-महाराजाओं को मिलता रहा, स्वभावतः वे दान करते रहते थे, ऐसा कर्ण के बारे में संभव नहीं था, क्योंकि बचपन में उस पर क्षत्रियोचित संस्कार नहीं हुए, सूत-कुल में वह संस्कारित हुआ था। उसके पिता और पूर्वज सारथी ही रहे थे। सूतकुल में उत्पन्न होने पर भी उसे राजसिंहासन मिला दो कारणों से, शस्त्रास्त्र संचालन व धनुर्विद्या में उसकी श्रेष्ठता और दुर्योधन से बचपन की मित्रता। अंगदेश का अधिपति होने के समय तक कर्ण की दानवीर के रूप में कुछ भी प्रसिद्धि या कीर्ति नहीं थी।

तो क्या अन्य शासक जैसे प्रशासन के साथ यज्ञ, प्रजापालन, दान करते रहते थे, उनकी देखा-देखी कर्ण में दातृत्व का उदय हुआ ? उसके जन्म के समय वह कवच-कुंडल और सूर्य का प्रखर तेज साथ ही ले आया था, ऐसा वर्णन मिलता है। पर उसमें 'महान् दाता का जन्म हुआ' ऐसा कोई संकेत नहीं मिलता है। यदि अन्य राजाओं को देख, उसने दान करना शुरू किया हो, तो अन्यों की तरह वह 'सामान्य दाता' ही रहता। पर एक बार लिये दान के व्रत ने उसे क्यों अमर किया ? इसका उत्तर महाभारत में वर्णित एक घटना में मिलता है—

पांडवों के वनवास में जाने पर दुर्योधन राजसूय यज्ञ करना चाहता था। पर पुरोहितों ने राजसूय यज्ञ के लिए मना कर 'वैष्णव' यज्ञ करने का सुझाव दिया। यश पाने के लिए बेकरार दुर्योधन ने वैष्णव यज्ञ पूरा तो कर लिया, पर उसे संतोष नहीं हुआ। कर्ण की बड़ी इच्छा थी कि युधिष्ठिर की तरह दुर्योधन भी राजसूय करे किंतु वह यह भी जानता था कि धृतराष्ट्र और युधिष्ठिर के जीवित रहते दुर्योधन राजसूय यज्ञ नहीं कर पाएगा। इसलिए वैष्णव यज्ञ होने पर कर्ण ने अभिनंदन करते हुए दुर्योधन से कहा, "तुमने राजन, यज्ञ पूरा किया, उसके लिए मेरी ओर से बधाई है ही, पर युद्ध में पांडवों का वध कर जब आप राजसूय करेंगे, तब फिर से अभिनंदन करने का मुझे सौभाग्य मिलेगा।"

दुर्योधन को बधाई देने के बहाने कर्ण ने एक बार फिर पांडवों के विरुद्ध जहर उगल दिया। कर्ण की आंतरिक छटपटाहट, उसकी व्यथा का जो इजहार हुआ है उसी में उसकी दानशीलता का मूल दिखाई देता है। कर्ण दुर्योधन से कहता है—

*तमब्रवीत्तदा कर्णः शृण मे राजकुंजर।*
*पादौ न धावये तावत् यावन्न निहतोऽअर्जुन॥* (वन.अ. 257-16)

"हे राजश्रेष्ठ, जब तक अर्जुन का वध नहीं करूँगा, तब तक किसी से भी अपने पैर धुलाऊँगा नहीं।" दुर्योधन का उत्साह दुगुना करते अब जो कर्ण ने कहा है, वह महत्त्वपूर्ण है—

*कीलालजं न खादेयं करिष्ये चासुरव्रतम्।*
*नास्तीति नैव वक्ष्यामि याचितो येन केनचित्॥ (वन अ. 257/17)*

"(अर्जुन का वध न करूँ, तब तक) पानी में पैदा होने वाले कमलबीज, मछलियाँ आदि का सेवन नहीं करूँगा। कभी कोई भी मुझसे कुछ माँगेगा, तो कभी भी 'मेरे पास नहीं है' यह नहीं कहूँगा। इस तरह असुरव्रत का पालन करूँगा।"

## व्रत-समीक्षा

शासक वर्ग सेवकों से अपने पैर धुलवाता रहा है। अर्जुन के वध के लिए इस सम्मान का त्याग करने की उदारता कर्ण ने प्रकट की है। पर इस पद्य के साथ 17वें श्लोक को जोड़कर पढ़िए-किसी याचक को खाली हाथ न भेजने का कृतसंकल्प है, पर अर्जुन का वध करने तक ही।

कोई वीर योद्धा अपने शत्रु के वध या विनाश की प्रतिज्ञा करता है, तो प्रतिज्ञा के साथ ही उसकी शर्तों का पालन भी करना होता है। शस्त्र निपुणता के लिए अधिक दक्ष रहना पड़ता है। जयद्रथ के वध की प्रतिज्ञा में अर्जुन ने 'सूर्यास्त से पूर्व' यह शर्त मान ली थी। उसने यह भी कहा कि प्रतिज्ञा पूरी न कर पाने की स्थिति में वह अग्निकांड भक्षणकर प्राण त्याग करेगा। चलो जाने दो! अर्जुन ने कर्ण के वध की प्रतिज्ञा बूते पर ही की थी। कम-से-कम द्यूत सभा में कर्ण-वध की प्रतिज्ञा के समय अर्जुन ने कभी सोचा ही नहीं कि कृष्ण 13 साल बाद महायुद्ध में उसका सारथी बनेगा!

पहली बात यह है कि अर्जुन के वध की प्रतिज्ञा के समय कर्ण किसी विकट आपदा में नहीं फँसा था। प्रतिज्ञा का उद्देश्य दुर्योधन के मन के डर को दूर करना था। वैसे देखिए, विराट की गायों के हरण के समय कर्ण के पास अर्जुन से युद्ध कर उसका वध करने का अवसर था। गायों को छुड़ाने अर्जुन अकेला ही आया था न? कर्ण के साथ भीष्म, द्रोण, सारी कौरव सेना थी। उस समय कर्ण अर्जुन को पराजित भी नहीं कर पाया, वध तो बहुत दूर की बात थी। अर्जुन ने दो बार कर्ण को पराजित कर युद्ध भूमि से भागने के लिए विवश कर दिया है, विराट-पुत्र उत्तर के हाथों कर्ण का वस्त्रहरण अर्जुन ने करवाया है। कर्ण ने दुर्योधन के सामने पैर न धुलवाने का बचकाना प्रलाप ही किया, जबकि उसके जीवन का अंतिम, परमोच्च उद्देश्य अर्जुन

वध है। किंतु उसने जो कुछ कहा, उसका अर्जुन के वध से क्या लेना-देना ? या अर्जुन का घर में घुस, एकांत पाकर वध करना था ! नहीं, अर्जुन का वध रणभूमि पर ही किया जाना था, फिर ऐसे स्त्रियोचित व्रत के लिए कर्ण क्यों प्रवृत्त हुआ ? युद्ध से कतई संबंधित न हो, ऐसी चीजों का कर्ण किसलिए त्याग कर रहा है ? याचक को 'ना' नहीं कहेगा ? क्यों ? दान का अर्जुन वध से क्या ताल्लुक ? या दान और वध में कोई परस्पर संबंध है ? असीम दान से रणांगण में शत्रुवध क्या किसी मंत्र-तंत्र प्रयोग का हिस्सा है ? तात्पर्य अर्जुन वध के सिलसिले में कर्ण की एक भी बात का दूर-दूर तक कोई संबंध हम स्थापित नहीं कर सकते।

कर्ण के इस दानव्रत से कई प्रश्न खड़े होते हैं। दान की प्रतिज्ञा से अर्जुन के वध से पहले की तैयारियाँ हो सकती थीं, तो ऐसी प्रतिज्ञा कर्ण की अपेक्षा दुर्योधन के लिए और आसान थी। दो कारण हैं—अर्जुन जैसा बलशाली योद्धा पांडवों में से ही एक है। यानी दुर्योधन का वास्तविक शत्रु अर्जुन है। पांडवों से शत्रुता की शुरुआत दुर्योधन ने ही की। क्यों ? क्योंकि पांडव कुरुराज्य के हिस्सेदार बनेंगे। अत: दुर्योधन ने पहले शत्रुत्व किया, उसके साथ-साथ कर्ण ने भी पांडवों से शत्रुता मोल ली। इसलिए अर्जुन के वध का पहला अधिकार दुर्योधन का है, कर्ण का नहीं। मानिए कि द्यूत सभा में अर्जुन ने कर्ण वध की प्रतिज्ञा की, इसलिए कर्ण ने भी की! पर सत्य यह नहीं है। कर्ण की प्रतिज्ञा तक काफी समय बीता है। इतने अंतराल के बाद कर्ण ने क्यों प्रतिज्ञा की ? वह भी अर्जुन के सामने नहीं ! पांडव 13 साल के लिए हस्तिनापुर से निकलने व दुर्योधन का वैष्णवयज्ञ होने पर कर्ण ने जो यह प्रतिज्ञा की वह एक ही तात्कालिक उद्‌देश्य से—दुर्योधन की प्रसन्नता।

दूसरा कारण यह है कि याचक को कभी भी खाली हाथ न भेजने की प्रतिज्ञा यदि दुर्योधन करता तो वह अधिक ठीक लगता, क्योंकि वह कुरुराज्य का युवराज है। कई शासक उसके अधीन हैं। पांडवों की सारी संपत्ति, प्रदेश वह खा बैठा है। स्पष्ट है, कुरु-सम्राट् का खजाना कर्ण के खजाने की अपेक्षा कई गुना ज्यादा है। दुर्योधन की तुलना में उसके अधीन किसी शासक की दान देने की सामर्थ्य कितनी गौण होगी, एक बच्चा भी अंदाजा लगा सकता है। दुर्योधन दान का व्रत लेता तो उसे निभाना उसके लिए आसान था। यदि दानव्रत से अर्जुन का वध होना था तो दुर्याधन ने वह क्यों नहीं लिया ? दुर्योधन का खजाना तब भी रीता नहीं होता, यदि त्रिलोकी के सारे याचक उपस्थित होते ! इतना सरल, सादा उपाय दुर्योधन स्वीकार नहीं करता। मान लो दुर्योधन और कर्ण दोनों ही अखण्ड दान का व्रत लेते, तो न 18 दिन युद्ध चलता, न 40 लाख सेना को मृत्यु के मुँह में धकेलना पड़ता !

## दानव्रत का सत्य

अर्जुन-वध के लिए की गई प्रतिज्ञा को कर्ण की असली वृत्ति, स्वाभाविक प्रवृत्ति पर अच्छा प्रकाश पड़ता है। हमने पहले स्पष्ट किया है कि कर्ण पितृ-परंपरा से दानवृत्ति का प्रतिनिधि या उत्तराधिकारी नहीं है, न ही किसी सिंहासन का वह दावेदार है। कर्ण कोई स्व-पराक्रम से राज्य प्राप्त करता या नहीं, यह बाद का सवाल है, अंगदेश उसे दान में ही दिया गया था, दुर्योधन की कृपा व मित्रता के कारण। इसका तात्पर्य यह है कि कर्ण पर क्षत्रियोचित दानवृत्ति के संस्कार नहीं हुए थे। काश! ऐसा होता तो अंगराज होते ही याचक को खाली हाथ न लौटने का वह निर्णय ले लेता! सिंहासन पर बैठे शासक के लिए अनिवार्यतया दानवृत्ति का स्वीकार कर लेते, इतने विलंब से, वह भी अर्जुन-वध के लिए प्रतिज्ञा करना, क्या उसके स्वभाव के द्योतक नहीं है ?

पुश्तैनी शासक ऐसी प्रतिज्ञा नहीं करते। प्रौढ़ होने के पहले से ही राजकुमार ऐसे अगणित दान के साक्षी रहे हुए होते हैं, शुद्ध, निरपेक्ष दान के संस्कार उन पर होते रहते हैं। उनका मन संस्कारित होता रहता है। ऐसे ही राजकुमारों में से रघु, बलि, दशरथ जैसे विख्यात राजा-महाराजा बनते हैं। 'नहीं' कहने की प्रतिज्ञा उन्हें करनी नहीं पड़ती है, न ही कभी उसकी जरूरत होती है। विश्वामित्र को खाली हाथ न लौटना पड़े, इसलिए दशरथ ने राम-लक्ष्मण को ऋषि के सुपुर्द किया। बचपन में होने वाले ऐसे संस्कार कर्ण पर कहाँ से होते ? हरिश्चंद्र ने स्वप्न में दिए राज्यदान को यथार्थ में बदल दिया। विष्णु को तीसरा पैर रखने की जगह नहीं बची तो बलि ने अपना मस्तक आगे कर दिया। दाता बोलता नहीं, कर दिखाता है। प्रतिज्ञा नहीं, दान ही उसके यश को दिगंत में फैलाता है।

कर्ण की प्रतिज्ञा से दो प्रकार के तात्पर्य ध्वनित होते हैं। मानिए, अर्जुन वध की बात न होती तो क्या कर्ण या दुर्योधन ऐसी प्रतिज्ञा करता ? फिर तो उन्हें जरूरत ही नहीं रहती। क्यों ? कर्ण का स्वभाव व परिवेश देखिए। वह अनुवांशिक दाता के रूप में पैदा ही नहीं हुआ न ? अर्जुन वध नहीं, तो प्रतिज्ञा नहीं। मानिए, कर्ण के हाथ से अर्जुन का वध होता, तो उद्देश्य पूरा होने पर वह दानव्रत जारी रखता ? कदापि नहीं, क्योंकि उसकी दृष्टि में दान का उद्देश्य न रहता, निरपेक्ष दान तो उसके शब्दकोश में ही नहीं था। प्रतिशोध की भावना से दिया दान कभी निस्वार्थ, सात्विक दान का महत्त्व नहीं प्राप्त करता। इसी में उसकी विकृत मानसिकता के न चाहते हुए हमें दर्शन हो ही जाते हैं। बहुत संभव है, यूँ दान देते रहकर पुण्य का संचय करने की उसकी अपेक्षा रही हो, पर सोद्देश्य दान दाता को पुण्य के

मामले में रीता ही रखता है। जो सात्विक और निरपेक्ष नहीं, उस दान का कैसा पुण्य ? और क्या फलाश्रुति ?

कर्ण अर्जुन को अपना बड़ा दुश्मन मानता ही आया है। अर्जुन से श्रेष्ठ होने का उसे घमंड भी कम नहीं है। अर्जुन से हर बात में होड़ करते कर्ण ने द्रोणाचार्य से ब्रह्मास्त्र की याचना की थी। वह निष्फल हो गई। फिर परशुराम से असत्य संभाषण किया। यद्यपि उपर्युक्त घटनाएँ प्रतिज्ञा के बाद की हैं, पर इतनी सामर्थ्य होते हुए दानवृत्ति की जरूरत ही क्यों आन पड़ी ? ब्रह्मास्त्र की प्राप्ति के परवर्ती समय की ये घटनाएँ होने से ऐसी भी आशंका मन में आती है कि क्या कर्ण का दान में वास्तविक विश्वास था ? यदि दान का व्रत अर्जुन के वध पर निर्भर था तो कर्ण को आश्वस्त हो जाना चाहिए था, लेकिन ऐसा भी दिखाई नहीं देता! अर्जुन-वध के लिए आवश्यक शस्त्रास्त्र उसके पास थे ही, फिर भी कुछ पुण्य जोड़ा जाए, यह तो उसने नहीं सोचा होगा ? या अपने शस्त्रास्त्रों पर वह पूरा भरोसा कर नहीं पा रहा था ? इसलिए पुण्य कमाने की जरूरत थी ? या अपने हाथों हुए अनेक दुष्कर्मों का भार वह दान से पुण्य कर उतारना चाहता था, ताकि अपराधी मन को कुछ शांति मिले ? उसने मान लिया हो कि अपने पापसंचय के कारण कोई उसे पुण्यात्मा तो कहेगा नहीं ? इस प्रतिज्ञा से पहले अर्जुन से पराजित होने के कारण उसने मान लिया हो कि पराक्रम और वीरता के लिहाज से वह अमर नहीं हो पाएगा। यह दोनो ही रास्ते अमर होने के लिए बंद हो जाने से उसने दान का आसान मार्ग चुन लिया ? जो कुछ भी हो, अर्जुन के जीवित रहते अपना प्रभाव पड़ेगा नहीं और पांडवों के जीवित रहते अपने दुष्कर्म छिपेंगे नहीं, यह उसके मन में निश्चित होने पर उसने आखिरी मार्ग के रूप में अर्जुन वध को अपना उद्‌देश्य बनाया और इसकी पूर्ति के लिए जो अनेक उपाय वह करता, उसमें उसने अखंड दानव्रत का प्रारंभ किया, यही सीधा-सादा अर्थ इस घटना से लिया जा सकता है। पांडवों में से भीम, अर्जुन, सहदेव इन्होंने भी सार्वजनिक रूप से प्रतिज्ञाएँ की हुई हैं। दुःशासन का वक्षस्थल भंग कर खून पीने की प्रतिज्ञा भीम ने भरी सभा में ही की है। पर उसे अपने बल पर पूरा विश्वास था। यदि उसे आत्मविश्वास न होता और आततायी बन प्रतिज्ञा करता तो उसे भी कर्ण की ही तरह किसी और पुण्य कर्म की भी प्रतिज्ञा करना पड़ती! पर अर्जुन, भीम को अपनी सामर्थ्य पर विश्वास था। जो आत्मविश्वास कर्ण को नहीं था।

ऐसी विदारक पृष्ठभूमि पर जब कर्ण उसे जन्मतः प्राप्त कवच-कुंडल इंद्र को दान देता है, तो क्या इस दान को सात्त्विक विशुद्ध कहा जाएगा ? या उसमें भी कर्ण

की विकृति अंतर्निहित थी, ऐसी आशंका होना स्वाभाविक है। इस घटना पर पूर्वापर संदर्भ मे विचार किया जाना चाहिए।

जन्मत: कर्ण को मिले कवच-कुंडल दान में प्राप्त कर उसे निष्प्रभावी बनाने की इंद्र ने सोची, अर्जुन के लिए। कर्ण की दानवीरता की ख्याति संसार में फैली हुई ही थी। कर्ण किसी भी ब्राह्मण को कभी खाली हाथ नहीं लौटाता, ऐसी उसकी कीर्ति दिगंत में व्याप्त थी। इसी का फायदा उठाने के लिए इंद्र ने कर्ण के पास जाने का निश्चय किया।

इंद्र का यह षड्यंत्र सूर्य को मालूम पड़ गया। पुत्र-स्नेह से उसने कर्ण को सपने में आकर इशारा किया, "इंद्र ब्राह्मण के छद्म-वेष में कवच-कुंडल माँगने यदि तुम्हारे पास आए तो किसी भी सूरत में तुम उसे मत देना, क्योंकि उसे देते ही तुम अवध्य नहीं रहोगे। जब तक कवच-कुंडल तुम्हारे पास हैं, कोई भी तुम्हें पराजित नहीं कर सकेगा। यदि अपने प्राण प्रिय हों तो कवच-कुंडल की रक्षा करना।" (वन अ. 281/10-20)

इतनी स्पष्ट सूचना का दुराग्रही कर्ण पर कोई प्रभाव नहीं पड़ा। उलटे कहता है, "अपने प्राण भी कोई माँगे तो वह भी दूँगा, क्योंकि मेरा दानव्रत सारे संसार में प्रसिद्ध है और इंद्र ब्राह्मण वेष में आए तो अपने दान के कर्तव्य से जरा भी न हटके अपने कवच-कुंडल इंद्र को दे दूँगा।" कर्ण इस तरह सूर्य के समक्ष अपने निर्णय का इजहार करता है। दानव्रत कलंकित न हो, यह कर्ण की मंशा है। आगे कर्ण अपने पिता से कहता है कि जीवन क्षणिक है, मृत्यु कभी-न-कभी होगी ही। पर मरने के बाद यश अमर रहता है। उस बनाए रखने में ही सच्चा पुरुषार्थ है। जब सूर्य ने देखा कि पुत्र अपने निश्चय पर अडिग है, तो सूर्य ने एक उपाय सुझाया कि इंद्र को दान देते समय उसकी अमोघ वासवी शक्ति तो कम-से-कम माँग लो! यह बताकर सूर्य अदृश्य हो गया।

कर्ण यह तो जानता ही था कि उसके बलबूते दुर्योधन ने पांडवों से दुश्मनी मोल ली है, अत: युद्ध तो होगा ही होगा। साथ ही उसने अर्जुन के वध की प्रतिज्ञा भी की हुई है। दानवीरता की उसकी कीर्ति भी सब जगह फैली हुई थी, इसलिए उसकी लोकेषणा भी बढ़ गई थी। चूँकि दान सापेक्ष था, तथापि उसमें उसका नाम सर्वत्र लोगों की जुबान पर था। अत: दान की कीर्ति को शुद्ध, कलंकहीन रखने की इच्छा होना स्वाभाविक ही था। यह सब सत्य था। फिर भी सूर्य द्वारा भावी धोखे की सूचना देने से कर्ण पशोपेश में पड़ गया। इंद्र को यदि वह रीते हाथ लौटाता तो उसकी कीर्ति कलंकित होती! कीर्ति का महिमामंडन वह अपने पिता के सामने कर ही चुका है।

यदि कीर्ति को अखंड रखने के लिए इंद्र को वह दान दे तो अवध्यत्व नहीं रहेगा और उसे अर्जुन से हारना पड़ेगा। ऐसे पेंच में कर्ण फँस गया। ऐसे समय कर्ण ने वही किया, जो प्राय: आत्मकेंद्रित व्यक्ति करते हैं। आखिरकार कीर्ति भी कलंकित न हो और अर्जुन से हार का सामना भी न करना पड़े, इसलिए उसने पिता के सुझाव के अनुसार ही कार्य करने का निर्णय किया। एक तीर, दो पक्षी! कीर्ति भी बेदाग और अर्जुन-वध की प्रतिज्ञा भी बरकरार! कीर्ति बढ़ेगी और अर्जुन वध भी सुलभ होगा। इसलिए इंद्र को कवच-कुंडल दान करते समय कर्ण ने इंद्र की वासवी शक्ति माँग ली। दान में ही सही, विनिमय हो ही गया। ऐसा दान सात्त्विक होगा क्या ? आप ही निर्णय करें! कर्ण ने इंद्ररूपधारी ब्राह्मण को जो कहा, उसी में विनिमय व्यापार का शब्दत: उल्लेख है—

*यदि दास्यामि ते देव कुंडले कवचं तथा।*
*वध्यतामुपयास्यामि त्वं च शुक्रावहास्यताम्॥*
*तस्मात् विनिमयं कृत्वा कुंडले वर्म चोत्तमम्।*
*हरस्व शक्र कामं मे न दद्यामहमन्यथा॥ (वन अ. 294/16-17)*

"इंद्र, यदि मैं अपने कवच-कुंडल तुम्हें दूँ तो मैं अवध्य नहीं रहूँगा, लोग तुम पर भी हँसेंगे, मजाक बनाएँगे। इसलिए कवच-कुंडल के बदले तुम मुझे कुछ देते हो (वचन मिलने पर)तो मैं कवच-कुंडल दे दूँगा।"

## इंद्र की चाल

इंद्र भी कम बुद्धिमान थोड़े ही था! उसने कर्ण से वज्र के अलावा और कुछ भी माँगने के लिए कहा। इंद्र की स्वीकृति मिलते ही कर्ण न उससे अजेय (कभी निष्फल न होने वाली) शक्ति माँग ली और कवच-कुंडल दे दिए। कर्ण के अजेय शक्ति माँगते ही इंद्र ने उसमें एक शर्त रखी—'कवच-कुंडल के बदले में तुम्हें इच्छित शक्ति दे तो दूँगा पर उसमें एक शर्त है'—देखिए, इंद्र भगवान की यह होशियारी—

*सेयं तव करप्राप्ता हत्वैकं रिपुमूर्जितम्।*
*गर्जन्तं प्रतपन्तं च मामेवैष्यति सूत॥ (वन अ. 314/25)*

"(मेरी वासवी शक्ति तुम्हें दूँगा) परंतु वह तुम्हारे हाथ में आते ही गरजने वाले तुम्हारे किसी एक पराक्रमी शत्रु का वध करेगी और तत्काल मेरे पास लौट आएगी।"

इंद्र की यह शर्त भी कर्ण ने मान ली। इंद्र की शर्त का सीधा-सीधा एक ही मतलब निकलता है कि कर्ण उस शक्ति का युद्ध में केवल एक बार ही उपयोग

कर सकेगा। किसके बदले में शक्ति दी, तो कवच-कुंडल के, जिनसे कर्ण त्रिलोकी में अजेय बना था। फिर अपने अमरत्व पर पानी फेरकर सिर्फ एक शत्रु का नाश करने वाली शक्ति कर्ण ने क्यों स्वीकार की? फिर अर्जुन-वध की प्रतिज्ञा का क्या होगा? क्या कीर्ति और दान का सौदा करते हुए वह अपनी प्रतिज्ञा भूल गया? यश का भी नशा चढ़ता है, पर कितना? अर्जुन वध के लिए दान की प्रतिज्ञा करते समय कर्ण ने सौदा करना पड़ेगा तो भी दान मैं देता रहूँगा, ऐसा तो नहीं कहा था? या इससे पहले भी अर्जुन के सामने वह युद्ध में पराजित हुआ, जब भी कवच-कुंडल उसके पास थे। क्या इसलिए अर्जुन वध की दृष्टि से वह कवच-कुंडलों का मोल आँक नहीं सका? उसे कवच-कुंडल से भी वासवी शक्ति पर अधिक भरोसा था? या इससे पूर्व अनेक बार अर्जुन से पराजित होने से उसका आत्मविश्वास कम हो गया और दान से अमरत्व पाने की उसकी इच्छा प्रबल हो गई?

कुछ भी हो, कोई चीज प्राप्त कर उसने कवच-कुंडल दे दिए हैं। कर्ण ने इंद्र से कहा—

*एकमेवाहमिच्छामि रिपुं हन्तुं महाहवे।*
*गर्जन्तं प्रतपन्तं च यतो मम भयं भवेत्॥*

*(वन अ. 314/26)*

"जिससे मुझे डर है, ऐसे गरजने वाले प्रतापी शत्रु का महायुद्ध में वध करने की इच्छा है।"

ऐसा भय उत्पादन करने वाला कर्ण का प्रतापी शत्रु अर्जुन के अलावा कौन होगा? जिसके वध के लिए कर्ण ने इंद्र से वासवी शक्ति माँग ली। क्या उससे अर्जुन का वध कर दिया? कैसे करता? इंद्र ने शर्त जो रखी थी कि सारे शस्त्रास्त्र खत्म या निरुपयोगी होने पर ही कर्ण इस शक्ति का प्रयोग कर सकता था। वासवी शक्ति देते समय ही इंद्र ने यह शर्त डाल दी थी। इसलिए अर्जुन पर उस शक्ति का प्रयोग करना इतना आसान नहीं था। आखिर इस वासवी शक्ति की क्या त्रासदी हुई? आखिरी क्षणों में कृष्ण ने घटोत्कच को कर्ण पर आक्रमण के लिए भेजा। इस राक्षसी आक्रमण से कौरव-सेना की हालत खराब होने लगी, भगदड़ मची। तब सेना के द्वारा बार-बार बिनती करने पर कर्ण को घटोत्कच पर वासवी शक्ति का प्रयोग करना पड़ा। कितनी तकलीफ हुई होगी कर्ण को? अब अर्जुन के वध का अजेय अस्त्र भी गया! कवच-कुंडल पहले ही दान दिए थे। घटोत्कच वध के क्षण से कर्ण के लिए यमलोक का रास्ता खुलने लगा। बड़े दुःख से कहना पड़ता है कि आत्मकेंद्रित

व्यक्ति खुद ही अपनी दयनीय हालत कैसे या क्यों बना लेते हैं ? इस प्रश्न के उत्तर में 'कर्ण की तरह' कहना पड़ रहा है। कम-से-कम वह दुर्योधन का ता विचार करता ? पर जीवन-यात्रा में फँसा बेहद द्वेष और महत्त्वाकांक्षा के कारण स्वयं को और समाज को धोखा देने वाला कर्ण आखिर उसके बलाढ्य शत्रु के हाथों मारा गया। दान से अमरत्व पाने की उसकी दुर्दम्य इच्छा ने अंततः उसी के प्राण ले लिये।

□

# 14

# युद्धभूमि पर

10वें प्रकरण में कुरुराज की सभा में दुर्योधन ने अपने सभी प्रमुख सेनानियों से युद्ध जीतने के लिए वे कितना समय लेंगे, आदि चर्चा आई हुई है। उसमें कर्ण ने 5 दिन, भीष्म-द्रोण ने एक महीना, तो अश्वत्थामा ने दस दिन का समय पांडवों के विनाश के लिए जरूरी होगा, यह बात कही थी। वैसे समय देखते हुए कर्ण को सेनापति के रूप में उतारना चाहिए, पर दुर्योधन ने चुनाव भीष्म पितामह का ही किया, जबकि मन से वह कर्ण को चाहता था। भीष्म का चुनाव दुर्योधन की मजबूरी थी या उसकी कूटनीति का हिस्सा था, इस पर हमें विचार करने की जरूरत महसूस होती है।

## भीष्म का चुनाव

भरी सभा में दुर्योधन ने धृतराष्ट्र से कहा था-भीष्म, द्रोण, कृप, अश्वत्थामा आदि योद्धाओं पर किंचित् भी निर्भर नहीं हूँ, कर्ण पर निर्भर रहकर सभी पांडवों का विनाश करने में 'मैं समर्थ हूँ'। तब दुर्योधन को सुनना पड़ा—

*न त्वं करोषि कामेन कर्णः कारयिता तव।*

इसी तरह गांधारी, विदुर और कृपाचार्य का मत था। अतः प्रथमतः दुर्योधन कर्ण का ही सेनापति बनाता। किंतु समय पर भीष्म का उपहास करने वाला दुर्योधन महायुद्ध का क्षण समीप आने पर भीष्म से बेशर्मी से निवेदन कर रहा है, 'मेरे नितांत कल्याण के लिए आप मन एकाग्र कर विचार करें' बार-आर हाथ जोड़े उनसे याचना कर रहा है! यह कितना आश्चर्य है कि इस व्यवहार में दुर्योधन ने हठात् कर्ण का मूल्यांकन कर लिया है। पांडव सैन्य का विनाश जब भीष्म एक मास में और कर्ण 5 दिनों में करने वाले थे, तो भीष्म को एक तरफ कर दुर्योधन को सेनापति का

दायित्व कर्ण को ही देना चाहिए था, कम-से-कम दस दिन में पांडवों की ऐसी की तैसी करने वाले अश्वत्थामा को ही सेनापति बनाता! पर कुटिल राजनीति में निष्णात दुर्योधन ने ऐसा नहीं किया। भीष्म वृद्ध हो गए हैं, और वे पांडवों का वध नहीं करेंगे तथा भीष्म के होते हुए कर्ण अपनी प्रतिज्ञा पूरी कर नहीं सकेगा, यह सब वह जानता था। फिर भी 'भीष्म का त्याग करो' कर्ण की इस सलाह को ठुकराकर भीष्म को सेनापति बनाया। यह दुर्योधन की कूटनीतिक चाल थी।

अर्जुन के मन में भीष्म के प्रति अपार श्रद्धा है, यह दुर्योधन जानता ही है। इस श्रद्धा के कारण मन में कितनी भी इच्छा हो, अर्जुन भीष्म से युद्ध में निर्णायक युद्ध नहीं कर सकेगा। इसका फायदा उठाकर पांडव सेना का विध्वंस करना भीष्म के लिए संभव होगा, यह दुर्योधन की दूरदृष्टि थी। भीष्म की सारी शर्तें युद्ध शास्त्र के प्रतिकूल होने और शत्रुपक्ष के लिए उनके मन की सहानुभूति प्रसिद्ध होने पर भी दुर्योधन ने आखिर भीष्म का ही चुनाव किया। पांडवों के घोरतम शत्रु, कर्ण को दस दिन तक बैठे रहना पड़ा। इसका कार्य-कारण भाव निश्चित रूप से दुर्योधन की राजनीति में मिलेगा। विशेष रूप से स्पष्ट है कि महायुद्ध के पहले दस दिनों में दुर्योधन का यह अनुमान अचूक साबित हुआ है।

## सत्य की उपेक्षा

पाँच दिन में पांडवों की सेना को जमींदोज करने की घोषणा करने वाले कर्ण को कौन और कितनी बार पराजित करे, इसकी गिनती ही नहीं है। पर सात्यकी, भीम और अभिमन्यु ने अपन रथों से उतरकर कर्ण को भागने के लिए मजबूर किया है। वैसे जंग की जीत या हार के कोई मायने नहीं होते हैं। इसलिए ऐसी पराजय से किसी योद्धा का हम मूल्यांकन नहीं कर सकते। वैसे देखिए, तो अर्जुन को छोड़ शेष पांडवों को कर्ण ने करारी शिकस्त दी। पर इसे कैसे भूलें कि भीष्म-द्रोण की हार के बाद अकेले कर्ण ने पांडवों की आधी सेना को बुरी तरह से पराजित किया? अर्जुन भी वासवी शक्ति का प्रभाव जानता ही था, इसलिए श्रीकृष्ण की सूचना पर घटोत्कच ने कर्ण पर धावा बोल दिया।

यह सब सही है, फिर भी पाँच दिन में पांडव विनाश का तांडव करने वाले कर्ण की शर्मनाक पराजय हुई। भीष्म में 10 व द्रोण ने 5 दिन युद्ध करने के बाद कर्ण दो ही दिन सेनापति रहा। वह अर्जुन के हाथों मारा गया। कम-से-कम 5 दिन तो लड़ता! भीष्म के बाद बचे सात दिन में कम-से-कम 7-8 बार कर्ण को हार का सामना करना पड़ा है। आधुनिक लेखकों ने इसे नजरअंदाज कर कर्ण के पराक्रम

का कितना भी रसभरा वर्णन किया हो, पर वह कब तक चलेगा? युधिष्ठिर को जीवित पकड़ने के लिए द्रोण को दुर्योधन ने कहा, तब उन्होंने जवाब दिया-'तुम अर्जुन को किसी और स्थान पर उलझा दो, तब युधिष्ठिर को पकड़ सकेंगे।' अर्जुन की द्रोण के मन पर कितनी धाक जमी हुई थी, आप सोच सकते हैं! अर्जुन के साथ लड़ने वालों में से कौरव सेना एक का भी वध नहीं कर सकी। उलटे कर्ण, द्रोण, कृप, अश्वत्थामा, दुर्योधन-दुःशासन की आँखों के सामने अर्जुन ने जयद्रथ का सिर कलम कर दिया है। भीम जब कर्ण की ओर दौड़ा, तब उसकी रक्षा के लिए दुर्योधन ने अपने भाइयों को भेजा। उनमें से 14-15 को भीम ने यमलोक पहुँचा दिया। कर्ण, दुर्योधन के भाइयों को भीम की पकड़ से बचा नहीं पाया। गदायुद्ध में प्रवीण भीम ने धनुर्वेद में निष्णात कर्ण की 3-4 बार धनुष बाण का प्रयोग कर पराजय की है। इससे और बेशर्मी क्या हो सकती है? मजे की बात देखिए, हार मानते-मानते भी कर्ण बार-बार गरजता ही जा रहा है, घमंड कम नहीं हो रहा था।

## पराजय श्रृंखला

आचार्य द्रोण सेनापति बने भीष्म के पतन के बाद, तब कर्ण ने लड़ना शुरू किया। दूसरे ही दिन अर्जुन ने कर्ण को अच्छा सबक सिखाया है। कर्ण को वैसे 10 दिन का विश्राम मिला था, जबकि अर्जुन, शेष पांडव और उनके पक्ष के वीर दस दिन तक जान की बाजी लगाकर भीष्म, द्रोण, अश्वत्थामा जैसे शूर योद्धाओं का सामना करते रहे। कर्ण ताजे दम का खिलाड़ी है, वह पांडवों को नाकों चने चबाता। दुर्योधन को प्रोत्साहित करते हुए अपने पराक्रम से वह पांडवों की सेना में भय पैदा करता! पर जिस अर्जुन से जीवन भर दुश्मनी मोल ली, उसने युद्ध में सामने खड़े होकर कर्ण की ऐसी की तैसी की है—

*अर्जुनश्चापि राधेयं विद्ध्वा सप्तभिराशुगैः।*
*कर्णादवरजं बाणैर्जघान निशितैः शरैः॥*
*पश्यतां धार्तराष्ट्राणामेकेनैव किरीटिना।*
*प्रमुखे सूतपुत्रस्य सौदर्या निहितास्त्रयः॥*

*(द्रोण अ. 32/61-62)*

"अर्जुन ने सात बाणों से कर्ण को जख्मी किया ही, पर धृतराष्ट्र-पुत्रों और कर्ण के देखते-देखते उसने कर्ण के तीन भाइयों का वध किया।"

अपने भाइयों को बचा पाना भी कर्ण के लिए असंभव हुआ। फिर सात्यकी और कर्ण का युद्ध शुरू हुआ। अर्जुन को छोड़िए, सात्यकी के सामने भी कर्ण का

पराक्रम काम नहीं आया। सात्यकी को परजित करना तो दूर, उससे कर्ण को छुड़ाने के लिए दुर्योधन, द्रोण और जयद्रथ को प्रयास करने पड़े—

*ततो दुर्योधनो द्रोणो राजा चैव जयद्रथः।*
*निमज्जमानं राधेयं उज्जहुः सात्य कार्णवादात्॥ (द्रोण अ. 32/69)*

'सात्यकी रूपी समुद्र में डूबते राधेय को बचाने द्रोण, जयद्रथ और दुर्योधन ने आकर उसे जैसे-तैसे बाहर निकाला।'

अभिमन्यु से जूझते हुए भी कर्ण की एक न चली। कर्ण को बचाने उसका भाई दौड़ा आया, पर कर्ण के सामने ही अभिमन्यु ने उसका वध कर दिया। भाई के शोक से दुःखी कर्ण को अभिमन्यु ने कंकपत्र बाण छोड़कर घायल ही नहीं किया, उसे उलटे पाँव भागने के लिए मजबूर भी किया—

*भ्रातरं निहतं दृष्ट्वा राजन् कर्णो व्यथां ययुः।*
*विमुखीकृत्य कर्णं तु सौभद्रः कंकपत्रिभिः॥*
*अन्यानपि महेष्वसांस्तूर्णमेवाभिदुद्रुवे॥ (द्रोण अ. 41/5-6)*

'द्रोणपर्व' में धनुर्बाण से लड़ते भीम ने कर्ण को 3-4 बार पराजित किया। कर्ण के धनुष, निशान, सारथी और रथ के घोड़ों को तबाह कर युद्धभूमि से उसे भगा दिया और वह सिंह की तरह गरजने लगा—

*निर्जित्य तु रणे कर्णं भीमसेनः प्रतापवान्।*
*ननाद बलवन्नादं पर्जन्यनिनदोपमम्॥ (द्रोण अ. 129/34)*

बाद में जयद्रथ के वध की अर्जुन ने जब प्रतिज्ञा की, तब सभी कौरव वीर जयद्रथ की रक्षा के लिए सज्ज होकर लड़ने लगे। उस समय भीम और कर्ण का युद्ध हुआ। उस समय धनुष-बाण से आक्रमण कर भीम ने कर्ण की हालत दयनीय कर दी। कर्ण ने स्वयं ही अपनी दुर्दशा का वर्णन दुर्योधनादि के समुख किया है, जिसे 'द्रोणपर्व' के 164वें अध्याय में आप देख सकते हैं। दुर्याधन ने जब उससे कहा, 'अब जयद्रथ को अर्जुन से बचाने के लिए तैयार हो जाओ' तब भीम के आघातों से पीड़ित कर्ण कह रहा है—

*योत्स्यामि तु यथाशक्त्या त्वदर्थं जीवितं मम।*
*यथा पांडवमुख्योऽसौ न हनिष्यति सैंधवम्॥ (द्रोण 145/27)*

"दुर्योधन मैंने तुम्हें अपना संपूर्ण जीवन समर्पित किया है। मैं हर संभव प्रयास करूँगा कि अर्जुन के हाथों सिंधु देश का यह राजा मारा न जाए!"

'भीष्म की मृत्यु के बाद ही पृथ्वी पर शासन करने वाले ये राजा-महाराजा मेरा पराक्रम देखेंगे। पांडवों के सभी महारथियों से मैं युद्ध करूँगा।' कर्ण के मुँह

से (श्लोक 27) यह बात सुनना हास्यस्पद है या करुणास्पद, यह आप तय करें।

जिस पर विश्वास कर दुर्योधन निश्चिंत हुआ, उसे ही भीम, सात्यकी, अभिमन्यु के आक्रमण में जीवित बचाने के लिए दौड़ना पड़ा! घटोत्कच के आक्रमण से त्रस्त, पस्त भागम-भाग करती सेना के बीच कर्ण घटोत्कच के सामने सीना ठोंककर खड़ा नहीं हो पाया, उसे भागना पड़ा। सिर्फ अश्वत्थामा सामना करता रहा।

इतनी बार युद्ध में जलील होने पर कर्ण कम-से-कम अपनी जुबान को तो काबू में रखता। लेकिन नहीं, उसकी घोषणाएँ, दर्पोक्तियाँ जरा भी कम न हुईं।

## कृपाचार्य की स्पष्टता

कुछ ही देर पहले घटोत्कच से भयभीत भगोड़ा कर्ण फिर दुर्योधन के सामने अपनी शेखी बघार रहा है—

"अर्जुन की मदद के लिए खुद इंद्र भी दौड़े-दौड़े आएँ तो भी अर्जुन को परास्त कर जमींदोज कर दूँगा। इंद्र की दी हुई शक्ति अर्जुन पर छोड़ दूँगा और उसका वध होने पर, युधिष्ठिर आदि ये भाई या तो तुम्हारे दास बनेंगे या अरण्य में चले जाएँगे।"

अंहकार से उन्मत्त कर्ण की यह दर्पोक्ति सुन क्रोधित कृपाचार्य उसे सुनाने लगे—

*शोभनं शोभनं कर्ण सनाथः कुरुपुंगवः।*
*त्वया नाथेन राधेय वचसा यदि सिद्ध्यति॥*

"शाबाश, राधेय, अरे बोलने से ही सारे संकल्प पूरे होते हों, तो यही कहना पड़ेगा, दुर्योधन के लिए तुम बड़े आधार बन गए हो। तुम्हारी वजह से ही तो वह सनाथ, धन्य-धन्य हो गया है।"

*बहुशः कत्थसे कर्ण कौरवस्य समीपतः।*
*न तु ते विक्रमः कश्चित् दृश्यत फलमेव वा॥*

"अरे कर्ण, दुर्योधन के सामने तुम हमेशा अपनी ही शेखी बघारते हो, पर तुम्हारा पराक्रम या उसका यश, न कभी देखा, न सुना!"

*समागमः पाण्डुसुतैर्हष्टस्ते बहुशः युधि।*
*सर्वत्र निर्जितश्चासि पांडवैः सूतनंदन॥*

"हे सूतपुत्र, कई बार युद्ध में तुम्हारा सामना पांडवों से हुआ, पर हर बार उन्होंने तुम्हें परास्त ही किया है।" (द्रोण अ. 158/13-15)

पर इतना कहकर ही कृपाचार्य रुके नहीं। अगले ही श्लोकों में, इससे पूर्व हुईं उसकी पराजयों की सप्रमाण गिनती भी की है—

*ह्रियमाणो तदा कर्ण गंधर्वधृतराष्ट्रजे।*
*तदाऽयुद्ध्यंत सैन्यानि त्वमकोऽग्रेऽपलायितः॥*

'(घोषयात्रा के समय) जब गंधर्व दुर्योधन को उठाकर ले जाने लगे, तब सेना लड़ती रही, तुम सबसे पहले भाग लिये।'

*विराटनगरे चापि समेता सर्व कौरवाः।*
*पार्थेन निर्जिता युद्धे त्वं च कर्ण सहानुजः॥*

'विराट नगरी में अकेले अर्जुन ने, सभी कौरवों के साथ तुम्हें परास्त किया। इसी समय तुम्हारे भाई का भी वध अर्जुन ने किया है-'

*एकस्याप्यसमर्थत्वं फाल्गुनस्य रणाजिरे।*
*कथमुत्सहसे जेतुं सकृष्णान् सर्वपाण्डवान्॥ (द्रोण अ. 133/16-18)*

"अकेले अर्जुन को भी परास्त करने में तुम असमर्थ हो, फिर पांडवों और श्रीकृष्ण को पराजित करने की आशा कैसे तुम अपने मन में लिये हो?"

आगे 19-20 वे श्लोकों में कृपाचार्य की स्पष्टता अधिक धारदार हो गई है- 'फालतू बकवास मत करो। बोलो मत, युद्ध करो। सच्चे क्षत्रिय का धर्म बिना बोले हथियार चलाना है। शरद ऋतु में रिक्त बादल जैसे गड़गड़ाहट करते हैं, वैसे तुम गरजते ही जा रहे हो, कर कुछ नहीं पा रहे हो।'

'द्रोणपर्व' के इसी अध्याय के श्लोक से 21-23 में कर्ण को आखिरी बार चेताया है—

*तावद् गर्जसि राधेय यावत् पार्थं न पश्यसि।*
*पुरा पार्थं हि ते दृष्ट्वा दुर्लभं गर्जितं भवेत्॥ 21॥*

"राधेय, जब तक सामने अर्जुन नहीं, तब तक तुम गरजते रहोगे। उसे सामने देखते ही ये गर्जनाएँ हवा हो जाएँगी।"

*त्वमनासाद्य तान् बाणान् फाल्गुनस्य विगर्जसि।*
*पार्थसायकविद्धस्य दुर्लभं गर्जितं भवेत्॥ 22॥*

"अर्जुन के बाणों की तुम पर वर्षा नहीं होगी, तब तक तुम गरजते रहो। उसके बाणों से छिन्न, घायल होने पर गरजना भूल जाओगे।" फिर क्षत्रियों के धर्म की कृपाचार्य याद दिला रहे हैं—

*बाहुभिः क्षत्रियः शूराः वाग्भिः शूराः द्विजातयः।*
*धनुषा फाल्गुनः शूरः कर्णः शूरो मनोरथैः॥ 23॥*

"क्षत्रिय बाहुबल से, ब्राह्मण वाणी से शूर होते हैं। (ऐसे ही) अर्जुन धनुर्वेद में तो तुम मनोरथ करने में शूर हो।"

ऊपर आए 13-15 श्लोकों में महाभारत में कृपाचार्य ने कर्ण के तथाकथित पराक्रम की धज्जियाँ उड़ाईं, वह आपने देखी हैं। अनेक विद्वानों ने वर्षों तक खोज कर संपादित किए महाभारत के भांडारकर संस्करण में भी ये ही सबूत 133वें अध्याय में दिए हैं। कोई कितने ही कर्ण के गुण गाए, उसके पराक्रम की प्रशंसा करे, किंतु उपर्युक्त सबूत जो भी पढ़ेगा, वह हकीकत समझ जाएगा। अब इन सबूतों को झुठलाकर कोई कर्ण के तेज से दीप्तिमान महाभारत को देखता है, तो उसका तो क्या उपाए? अस्तु।

कृपाचार्य ने कर्ण को जो सुनाया, अब उसकी प्रतिक्रिया भी देख लीजिए।

## कर्ण की प्रतिक्रिया

अपने घमंडी स्वभाव के कारण गुरु स्वयं कठोर होकर बोल रहे हैं, कम-से-कम इसे तो कर्ण समझ लेता। पर स्वभाव की उन्मत्तता उसे कैसे शांत रहने देती? पहले जैसे भीष्म से अवमानना करते हुए ग्राम्य भाषा कर्ण ने काम में ली थी, वैसे ही कृपाचार्य के बारे में उसने किया। पांडवों से निरंतर परास्त होने और युद्ध में रोज खून की धार बहते रहने पर भी कर्ण बहुत ही उद्दंड होकर कृपाचार्य को जवाब देने लगा। फिर वह अपने घमंडी स्वभाव का बेशर्मी से समर्थन भी करने लगा। इसलिए आचार्य उसकी मनोवृत्तियों व अर्जुन के वध की लालसा के लिए उसे प्रताडना देने लगे। इस पर यह इतना क्रुद्ध हुआ कि कृपाचार्य के लिए 'दुर्मति', 'वृद्ध', 'पुरुषाधम', 'द्विजाधम' कहते हुए उन पर मानो बरसने लगा—

*ततस्ते खड्गमुद्यम्य जिह्वां छेत्स्यामि दुर्मते। (भांडारकर संस्करण, द्रोण अ. 13/52)*

"कृपाचार्य, तलवार से आपकी जीभ छाँट दूँगा, समझे, खबरदार।"

कुरुकुल की मर्यादा लाँघकर स्वयं अपने गुरु की जीभ छाँटने वह तैयार हो गया! फिर सबके सामने कोई उसका सिर कलम कर दे, तो क्या गलत था? भीष्म, द्रोण, कृप, श्रीकृष्ण, भीम, अर्जुन को कर्ण का शिरच्छेद करने का अवसर नहीं मिला था, ऐसी बात नहीं है, लेकिन कर्ण ने तो खुद ही अवसर ला खड़ा कर दिया था।

## अश्वत्थामा : वीरश्री संचार

कृपाचार्य अश्वत्थामा के मामा। हालाँकि कर्ण गुरुद्रोही था, पर उसके गुरुद्रोह की चरम सीमा किसी ने नहीं देखी थी। सबके सामने अपने मामा का ऐसा अपमान तेजस्वी और तामसी प्रवृत्ति का भाँजा कैसे सहन करता? कर्ण की उन्मत्तता और

नीच व्यवहार के प्रदर्शन से अश्वत्थामा उत्तेजित हो, म्यान से धारदार खड्ग निकाल, सीधे कर्ण के सामने जा, आक्रामक मुद्रा में खड़ा होकर बोला, "नीच, नराधम, चूँकि तुमने यहाँ कृपाचार्य की जुबान छाँटने की बात की है, रुक, मैं तेरा सिर ही कलम कर देता हूँ, देख ले।"

इधर महायुद्ध चल रहा है, कर्ण नें अपने ही पक्ष में कैसी आफत मोल ली। सही में अश्वत्थामा कर्ण का शिरच्छेद कर ही देता! उसे वही सजा मिलनी चाहिए थी, पर अभी उसके दिन भरे नहीं थे।

घनघोर युद्ध के दौरान यह गृह-कलह प्राणांत करने वाला न हो, इसलिए दुर्योधन और कृपाचार्य ने जैसे-तैसे अश्वत्थामा को समझा-बुझणकर उसकी उत्तेजना को शांत किया, तो उसने मजबूर होकर खड्ग म्यान में रख लिया। फिर भी अंततः उसने कर्ण को उसका भविष्य दिखा ही दिया—

*दर्पमुत्सिक्तमेतत्ते फल्गुनो नाशयिष्यति। (भांडारकर संस्करण, अ. 134/5)*

"हे दुष्ट, सूत के पुत्र, इस बार (तो) हम क्षमा करते हैं। पर याद रखो, तुम्हारे इस उफनते दर्प का आखिर में अर्जुन ही नाश करेगा।"

□

# 15
# अंतिम युद्ध

पिछले 14 प्रकरणों में अब तक उपेक्षित संदर्भों के आधार पर कर्ण के जीवन का लेखा-जोखा देने का प्रयास किया है। कौन, कितने दिनों में पांडवों को परास्त करेगा, यह चर्चा भी आपको याद होगी। पहले 10 दिन भीष्म-पितामह और उसके बाद 5 दिन द्रोणाचार्य युद्धभूमि पर डटे रहे। अर्थात् कर्ण 10 दिन तक स्वास्थ्य-लाभ करता रहा। अतः दुर्योधन को उससे बहुत सारी अपेक्षाएँ होना स्वाभाविक था। पर द्रोण के पतन के बाद सेनापति कर्ण दो दिन भी पांडवों का मुकाबला नहीं कर पाया, इस वास्तविकता की ओर आँखें मूँद नहीं सकते हम। साँच को आँच नहीं।

भीष्म पितामह सेनापति रहे उन 10 दिनों में। उनके व्यक्तित्व और असामान्य क्षात्रधर्म में निष्ठा के कारण जो युद्ध हो रहा था, वह वास्तव में धर्मयुद्ध रहा। ग्यारहवें दिन द्रोणाचार्य के सेनापति बनने के बाद युद्ध का रूप या स्वरूप ही बदल गया। द्रोण की भरी जवानी में द्रुपद ने उनके किए घोर अपमान से उत्पन्न प्रतिशोध की प्रवृत्ति उनके मन में ज्यूँ की त्यूँ थी, जरा भी कम नहीं हुई। भीष्म तो मत्सर, ईर्ष्या से दूर रहकर संयम और युद्ध के नियमों के अनुकूल लड़ते रहे किंतु द्रोणाचार्य युद्ध नहीं कर पाए। परिणामतः उनके सेनापति के 5 दिनों में ही अभिमन्यु जैसे किशोर का क्रूर वध किया गया, वह भी अन्याय से! घटोत्कच जैसे राक्षस के हाथों कौरवों की सेना का भयंकर संहार हुआ और दुर्योधन के वाग्बाणों से घायल द्रोणाचार्य ने न्याय-अन्याय की जरा भी परवाह किए बिना पांडवों का जो भयंकर विनाश किया, उसके जवाब में उनका, शस्त्रहीन अवस्था में निर्दयता से वध किया गया, धृष्टद्युम्न के द्वारा।

महायुद्ध के 16वें दिन कर्ण सेनापति बना। हालाँकि वह दो दिन ही लड़ा, उसका पराक्रम अपने चरम पर था। पांडवों की सेना का नाश भीष्म-द्रोण 15

दिनों में भी नहीं कर पाए, वह कर्ण ने, पांडवों की आधी सेना को जमींदोज करते हुए किया, अकेले ने। इससे पूर्व कर्ण कई बार युद्धभूमि से भाग निकला था, पर सेनापति बनते ही उसने सैन्य का संहार करते पांडवों को भयमिश्रित आश्चर्य में डाल दिया था।

17वें दिन का सूर्योदय हुआ। यह कर्ण के लिए घातक सिद्ध हुआ। प्रात: ही 'बिना अर्जुन का वध किए लौटूँगा नहीं' ऐसी दुर्योधन के सामने कर्ण ने प्रतिज्ञा की। अपने सामने सारे संसार को कुछ न गिनने वाला कर्ण इस बार भी आत्मगौरव का बखान करने से नहीं चूका। अर्जुन की सामर्थ्य का पूरा विवरण देकर वह गुणों में अर्जुन से कैसे श्रेष्ठ है, यह बात दुर्योधन के गले उतारने की भरसक कोशिश करता रहा। अर्जुन की तुलना में अगर कोई कमी थी, तो सिर्फ कुशल सारथी की। कर्ण ने यहाँ स्पष्ट किया, 'मुझे भी अर्जुन के सारथी की तरह कोई कुशल सारथी मिले, तो मैं अर्जुन की अपेक्षा अद्‌भुत पराक्रम करूँगा।' आखिर में उसने स्पष्ट भी किया कि "अपने सैन्य में ऐसा एक वीर है, अर्थात् महाराज शल्य, जो सारथ्य कर्म में कुशल है। यदि वह मेरा सारथी बने तो आज ही अर्जुन का वध कर दूँगा" यह भी उसने जोर देकर कहा।

जब से दुर्योधन समझने लगा था, तभी से पांडवों का अस्तित्व उसकी आँखें में चुभता रहा था। विषप्रयोग, लाक्षागृह, कपट से खेले द्यूत से भी पांडवों का विनाश नहीं हुआ। पांडवों का अस्तित्व खत्म करने की उसकी जिद थी। अर्जुन से द्वेष के कारण ही कर्ण ने अंततोगत्वा हालात को महायुद्ध तक ला ही दिया था। भीष्म और द्रोण का पांडवों के प्रति स्नेह भरा दृष्टिकोण दुर्योधन जानता ही था। वैसे अब पांडवों के विनाश की सारा दारोमदार कर्ण पर ही थी अर्थात् उसकी लोकोत्तर सामर्थ्य पर। सोलहवें यानी सेनापतित्व के पहले ही दिन कर्ण ने अपन सामर्थ्य का जलवा दिखा ही दिया था पांडवों की आधी सेना का भयंकर संहार कर। इसलिए कर्ण की शल्य के लिए की गई माँग को पूरा करना दुर्योधन के लिए जरूरी हो गया था, क्योंकि कौरव पक्ष में पांडवों का विनाश कर सके, ऐसा अकेला कर्ण ही बचा हुआ था। सिर्फ सारथी अच्छा न होने से कर्ण के पराक्रम पर कोई आँच नहीं आनी चाहिए थी। पर शल्य कोई सामन्य राजा नहीं, मद्र का अधिपति था। सूतपुत्र का सारथी बनने की बात पर शल्य का अपमानित हो भयंकर क्रोध करना लाजिमी था। कुछ भी हो, सूत बंदीजन या चारण-भाटों की तरह, क्षत्रियों के स्तुतिपाठक ही तो थे! क्षत्रिय कुलाभिमानी शल्य इसे कैसे सहन करता? अपमानित शल्य तुरंत वहाँ से बाहर निकल गया।

कर्ण के हाथों पांडव पराजित हों, इसलिए दुर्याधन ने शल्य का निषेध भी पचा लिया। शल्य के गुस्से पर कोई ध्यान उसने नहीं दिया। सीधे शल्य के पैर ही पकड़ लिये उसे राजी करने के लिए। दुर्योधन उसकी प्रशंसा के मानो गीत ही गाने लगा, "कर्ण योग्यता में तुम्हारे सामने कुछ भी नहीं। अश्वशास्त्र का असीम ज्ञान है, सारथी के कार्य में तुम कृष्ण से ज्यादा कुशल हो। इसलिए मेरी बिनती है कि तुम आज कर्ण के सारथी बनो।" दुर्योधन कितना दूरदर्शी है! देखिए, अपना काम निकालने के लिए उसने शल्य के अश्वज्ञान की तारीफ के पुल बाँधते हुए उसे कृष्ण से श्रेष्ठ सारथी बना दिया! परिणाम जो उसे चाहिए था, वही हुआ। शल्य का गुस्सा थोड़ा ठंडा पड़ा और उसने कर्ण का सारथी बनना कबूल किया, पर एक शर्त रखी। खुशी से तो उसने 'हाँ' नहीं कही थी! उसने शर्त रखी, 'मैं कर्ण को कुछ भी कहूँ, जैसे-तैसे बोलूँ, बिना कुछ कहे सहना पड़ेगा।' कर्ण, दुर्योधन को तो यह शर्त माननी ही थी, कहाँ जाते?

सवाल यह है कि शल्य ने यह शर्त अभी क्यों रखी? ऐसा कर्ण ने शल्य का कौन सा घोर अपमान किया था? इसकी पृष्ठभूमि समझे बिना यह माजरा समझ में नहीं आएगा।

जैसे ही कृष्ण की मध्यस्थता असफल हो गई, युद्ध अटल हो गया और दोनों पक्षों की इकठ्ठी की जा रही सेना 18 अक्षौहिणी तक पहुँच गई। यह काम जब हो रहा था, तब की एक घटना है। शल्य, नकुल और सहदेव का मामा था, इसलिए उसका झुकाव पांडवों की ओर होना स्वाभाविक था। दुर्योधन और कर्ण की वजह से अपने भाँजे इस स्थिति में फँस गए हैं, यह वह जानता ही था। इसलिए पांडवों के पक्ष में लड़ने के लिए शल्य अपनी एक लाख सेना लेकर मद्र देश से निकला था। यह मालूम होते ही शल्य को अपनी ओर मिलाने के लिए उसे अपने जाल में फँसाने दुर्योधन उद्यत हुआ। शल्य के रास्ते में दुर्योधन ने उसकी और सेना की बड़ी खातिरदारी की व्यवस्था की। शल्य खुश हुआ। इस कल्पना से कि यह युधिष्ठिर ने की है, इसलिए खुश होकर वह बोल उठा, 'जिसने मेरा यह स्वागत किया, उसे वह जो चाहे, मैं दे दूँगा।' यह सुन मन ही मन खुश दुर्योधन ने विनम्रभाव से कहा कि यह व्यवस्था उसी ने की है। शल्य अपने ही वचनों में फँस गया था, यह बात उसके ध्यान में नहीं आई। समय का फायदा उठाते, दुर्योधन ने बिनती की, 'आप हमारी ओर से लड़ें।' शल्य ने यह बात मानी, पर उसने कहा, 'पांडवों के लिए ही मैं राजधानी से रवाना हुआ हूँ, अतः पहले उनसे मिलकर फिर तुम्हारे पास आता हूँ' और वह पांडवों से मिलने चला गया।

शल्य कौरवों की ओर से युद्ध करेगा, यह जानकर भी युधिष्ठिर विचलित नहीं हुआ, पर उसने शल्य से निवेदन किया, "कर्ण और अर्जुन का जब द्वंद्वयुद्ध होगा, तब कर्ण के सारथी बनकर हमारी विजय के लिए आप उसके गर्व और सम्मान पर चेट करते रहें, ताकि उसका तेज क्षीण हो जाए। यह काम 'अकर्तव्य' है, पर हमारे लिए आपको यह करना होगा।" शल्य ने शर्त मान ली। कौरवों के साथ अपनी बलशाली सेना के साथ लड़ने के लिए वह तैयार हुआ। उसने वचन दोनों को ही दिया, कौरवों की ओर शरीर, पांडवों की ओर मन।

महायुद्ध शुरू होने से पहले ही युधिष्ठिर कैसे जान गया कि शल्य कर्ण का सारथी बनेगा ? यह भविष्यवाणी थी या संयोग ? युद्ध के 11वें दिन से 16वें दिन तक कर्ण को शल्य की याद नहीं आई! 17वें दिन ही उसे कुशल सारथी की जरूरत क्यों पड़ी ? युधिष्ठिर भी शल्य को यह सूचना क्यों देता है ? महायुद्ध में कभी-न-कभी कर्ण और अर्जुन आमने-सामने होंगे, यह तो सत्य ही था। शल्य सारथी बनेगा, यह भी अनिश्चित था। वैसे पांडवों के लिए वह मद्रदेश से निकला था। ऐसे समय में जब शल्य जैसा शक्तिशाली योद्धा कौरवों के पक्ष में जा मिलता है, अपने ही वचनों में बद्ध होने से, तब राजनीति में पाँसा फेंकने के अलावा युधिष्ठिर के पास कोई उपाय भी नहीं बचा था। शल्य के सारथि-कर्म कुशल होने की प्रसिद्धि भी थी। अर्जुन जैसे योद्धा वध करते समय पड़े कर्ण शल्य की सहायता माँग सकेगा, इस तर्क के आधार पर ही युधिष्ठिर ने शल्य से निवेदन किया था। यदि यह अवसर शल्य को न मिलता तो कर्ण का तेज क्षीण या भग्न नहीं होता। युधिष्ठिर के तर्क के अनुसार आखिर शल्य को अवसर मिल ही गया, पांडवों को दिया वचन निभ गया।

भीष्म, द्रोण, जयद्रथ स्वर्गलोक में प्रस्थान कर चुके थे। कर्ण के कवच-कुंडल हाथ से निकल गए, वासवी शक्ति घटोत्कच के युद्ध में काम आ गई और कर्ण के सिर पर लटकता रहा परशुराम और ब्राह्मण का शाप! इन हालात में युद्ध के सत्रहवें दिन का उदय हुआ। इस स्थिति में कर्ण को शल्य की जरूरत पड़ना उसका दुर्भाग्य सिद्ध हुआ। दुर्योधन, कर्ण और उनकी सेना की अब तक के युद्ध में होती रही हार के उपरांत भी कर्ण का अहंकार थोड़ा भी कम न हुआ। युद्ध के प्रारंभ से ही उसकी थोथी घोषणाएँ शुरू हुईं, 'आज ही मैं पांडवों का वध करता हूँ। मेरा पराक्रम अर्जुन को मालूम पड़ना चाहिए। शल्य घोड़ों की लगाम जरा ढीली ही रखना।' कर्ण का अहंकारी और अन्यों को किस पेड़ की पत्ती मानने वाला स्वभाव शल्य अच्छी तरह से जानता था। अर्जुन की निंदा किए बिना वह अपने महत्त्व का बखान कर

ही नहीं पाता। शल्य इसी क्षण के इंतजार में था। अर्जुन के वध के लिए उतावला बने कर्ण की आत्मप्रशंसा अब शल्य के लिए सहन कर पाना मुश्किल हो रहा था। शल्य ने अब तक कर्ण की जब-जब हार हुई, उसकी याद दिलाते हुए उसे चेताया, "आज के युद्ध में भयभीत होकर यदि तुम नहीं भाग सके, तो अर्जुन के हाथों अपने वध के लिए तैयार रहो।"

अब रथ में ही वाग्युद्ध शुरू हो गया। परस्पर प्रश्नोत्तर की तीव्रता बढ़ गई, कर्ण की मूर्खता और बच्चों जैसी हरकतें बढ़ गईं। उसने यहाँ तक कह दिया कि जो कोई उसे अर्जुन कहाँ है, यह दिखा दे, तो वह उसे बहुत इनाम देगा। यह सुन शल्य ने उसका बहुत मजाक उड़ाया, अपमान करने में कोई कसर नहीं रखी। वह उग्र होने लगा कर्ण को कुत्ता, लोमड़ी न जाने और भी क्या-क्या कहने लगा! दोनों एक-दूसरे के प्रदेश की, वहाँ की प्रजा की निंदा करने लगे। शल्य कर्ण का उत्साह बढ़ाता, पर कर्ण के लिए दुर्योधन के सिवा किसके मन में अपनापन था? दोनों ही परस्पर की जान लेने पर उतारु हो गए। तब दुर्योधन ने बीच में आकर उन्हें शांत किया।

फिर कर्ण ने लड़ना शुरू किया। पहले की कटुता भूल अब शल्य उसका जोश बढ़ाने लगा। शल्य पर किया अपना गुस्सा पीकर कर्ण जोर-शोर से लड़ने लगा। कर्ण की सामर्थ्य कितनी भयानक है, यह दिखाई देने लगा। तब श्रीकृष्ण अर्जुन को कर्ण के विरुद्ध क्रोधित करने की कोशिश करने लगा। कर्ण ही इस महायुद्ध का कैसे मूल कारण है, यह कृष्ण अर्जुन को समझाने लगा।

पहले जब कुंती कर्ण से मिलने गई थी, तब उसके माँगे बिना कर्ण ने वचन दिया था, "युद्ध में अर्जुन को छोड़, यदि संभव हुआ तो शेष चार पांडवों का मैं वध नहीं करूँगा।" युद्ध के दौरान ऐसा क्षण आया था, जब कर्ण इन चार पांडवों का वध कर सकता था। पर उनका तिरस्कार कर अपमानित करते हुए उसने उन्हें जीवनदान दे दिया था। उस समय जितना कुत्सित व्यवहार वह कर सकता था, अपशब्द कह सकता था, उनमें कर्ण ने कोई कमी नहीं रखी। उसने युधिष्ठिर को सुना दिया, "तुम ब्राह्मणों की तरह यज्ञ-याग करते बैठो। वीरों के साथ युद्ध करने की कोशिश न करो।" कर्ण की सामर्थ्य और नीच वृत्ति के कारण युधिष्ठिर 13 वर्षों में एक भी रात चैन की नींद नहीं सो पाया। इस घटना के बाद तो उसे अर्जुन पर बहुत गुस्सा आया कि अब तक उसने कर्ण का वध क्यों नहीं किया? उसने अर्जुन और उसके गांडीव धनुष का धिक्कार किया। इससे संतप्त अर्जुन तलवार निकाल युधिष्ठिर की ओर दौड़ा तब श्रीकृष्ण ने 'आज ही कर्ण का वध होगा' यह कहकर युधिष्ठिर का गुस्सा ठंडा किया।

यह सब लिखने की जरूरत इसलिए महसूस हुई कि युधिष्ठिर कर्ण के वध के लिए कितनी जल्दबाजी कर रहा था! श्रीकृष्ण की भी कर्ण-वध के लिए तीव्र इच्छा होने लगी। दोनों को ही कर्ण के दुष्कर्मों का स्मरण हो रहा है। युधिष्ठिर, द्रौपदी की इज्जत लूटने के लिए उसे भगाने वाले जयद्रथ को माफी देने के लिए तैयार था, पर कर्ण के लिए उसके मन में लेशमात्र भी दया नहीं है। उसके वध का युधिष्ठिर बड़ी बेसब्री से इंतजार कर रहा है। इसलिए कर्ण के सारे कारनामों की याद दिलाकर कृष्ण अर्जुन को प्रोत्साहित कर रहा है। 'सभापर्व' में द्यूत के समय द्रौपदी की अवहेलना, तिरस्कार याद आने पर अर्जुन का पारा भी चढ़ने लगा और कर्ण के वध की प्रतिज्ञा कर वह जोश से युद्धभूमि पर आया।

यह तुमुल युद्ध हो रहा था। एक घटना से कौरव सेना भयाक्रांत रहने लगी। वह घटना है, भीम द्वारा किए गए दुःशासन के वध की। भीम प्रतिज्ञा के अनुसार उसका सिर तो कलम कर ही देता है, उसके वक्षस्थल से खून भी पीता है। कर्ण कैसा धुरंधर योद्धा था, पर वह दुःशासन को बचा नहीं पाया। फिर अभिमन्यु के वध का प्रतिशोध लेते अर्जुन ने कर्ण के पुत्र वृषसेन का, उसके सामने ही वध किया। पुत्र-वध से कर्ण संतप्त होने पर भी उसका दुःख करने का कर्ण को अवसर नहीं मिला। अब कर्ण-अर्जुन जैसे समान पराक्रमी योद्धाओं में जंग शुरू हो गई।

सब प्रकार के गुण और उदार राजाश्रय होते हुए कर्ण ने अपने जीवन का अंतिम उद्देश्य तय किया था—अर्जुन-वध। सारे क्षत्रियों को युद्ध की खाई में धकेलने वाले और अपने अहंकार के तुष्टीकरण के लिए कौरव-पांडवों में हमेशा प्रतिशोध की आग को भड़काने वाले कर्ण का वध, अर्जुन और श्रीकृष्ण का उद्देश्य था। बिना कवच-कुंडल, वासवी शक्ति खोए हुए, परशुराम और ब्राह्मण की शाप वाणी और पुत्र-शोक—इतनी विपरीत परिस्थिति में, इन सबको भूलकर कर्ण ने अर्जुन से किया हुआ युद्ध वास्तव में बेजोड़ था। दोनों ही श्रेष्ठ धनुर्धारी थे, इसलिए कभी किसी की जीत, तो कभी हार होती रही। कौन जीतेगा, कौन हारेगा, कोई नहीं कह सकता था! मान लो, कर्ण के कवच-कुंडल होते या वासवी शक्ति होती तो अर्जुन क्या करता ?

कर्ण ने जो डर शल्य को बताया था, आखिर वही हुआ। उसे अर्जुन या कृष्ण का भय नहीं था, भय था तो परशुराम और ब्राह्मण के शाप का। अपनी सारी सामर्थ्य दाँव पर लगाकर कर्ण अर्जुन से चल रहे युद्ध में जब निर्णायक मोड़ पर था, उसके रथ का चक्का जमीन में फँस गया। क्या हालत हुई होगी कर्ण की ? वह गुस्सा हुआ, आँखों से आँसू उमड़े और भावुक हो वह अर्जुन से कहने लगा, 'रुको अर्जुन, एक

क्षण रुको। मेरे रथ का चक्का जमीन में धँस गया यह देख नीच की तरह बरताव मत करो। इस वक्त मुझ पर वार करना तुम्हारे लिए योग्य नहीं है। रुको, जब तक मैं चक्के को निकालूँ।'

"जब मृत्यु सामने हो, तो पृथ्वी तुम्हारे रथ के चक्के को अपना ग्रास बना लेगी और जिस शत्रु से तुम आजीवन खार खए बैठे हो, वही तुम्हारा सिर कलम कर देगा" यह ब्राह्मण का शाप कर्ण को डराने लगा। वह डर उसके मन से गया नहीं था। वह पहचान गया कि मौत अब टलेगी नहीं इसलिए इन आखिरी क्षणों में वह अर्जुन से बिनती कर रहा है।

कर्ण के आवाहन का वास्तव में ही अर्जुन पर परिणाम हुआ। कर्ण के मुँह से धर्म की बातें सुनना एक अजूबा ही था। तुरंत कृष्ण ने पूछा, "क्व ते धर्मस्तदा गतः ?" कर्ण के दुष्कृत्यों को उसने गिनना शुरू किया। "दुर्योधन, दु:शासन, शकुनि और तुमने भरी सभा में द्रौपदी का अपमान किया, तब तुम्हारा धर्म कहाँ गया था? द्यूतप्रवीण शकुनि ने कपट से धर्मराज को जीत लिया, तब तुम्हारा धर्म कहाँ था? रजस्वला द्रौपदी का वस्त्र दु:शासन खींचने लगा, तब तुमने कुत्सित हास्य किया, उस समय तुम्हारा धर्म कहाँ गया था? शकुनि की शह पर फिर से तुमने युधिष्ठिर को खेलने के लिए बुलाया, तब तुम्हारा धर्म कहाँ गया था? अभिमन्यु जैसे बच्चे का तुम सब महारथियों ने अन्याय से बध किया, तब कहाँ था धर्म?" कृष्ण के इन प्रश्नों पर कर्ण क्या कहता? शर्म से उसकी गर्दन झुक गई!

कृष्ण के बोलने से अर्जुन अत्यंत क्रोधित हुआ, यह देख कर्ण ने उस पर ब्रह्मास्त्र दागा। अब तो दोनों में आखिरी तुमुल युद्ध शुरू हुआ। अर्जुन ने कर्ण के रथ पर लगी ध्वजा को गिरा दिया। ध्वजा न दिखाई देने से कौरवों की सेना में भगदड़ मची···फिर एक तीक्ष्ण बाण से अर्जुन ने सूर्यास्त से पहले कर्ण का सिर आकाश में उछाल दिया।

जिसके भरोसे दुर्योधन ने इस सर्वनाश का सूत्र-संचालन किया, कर्ण के धराशायी हुए निष्प्राण शरीर को देख, उसकी अश्रुधारा फूट पड़ी। अब क्या? कर्ण की जैसे ही मृत्यु हुई, सेना भागने लगी। पराक्रमी शल्य भी भागने के लिए मजबूर हुआ। अपनी सारी बुद्धि लगा जो पांडवों के साथ खड़ा रहा, उस कृष्ण की खुशी का कोई ठिकाना ही नहीं रहा!

जिसके स्मरणमात्र से तेरह साल तक युधिष्ठिर चैन की नींद नहीं सो सका, उसे कितनी खुशी हुई होगी, इसकी कल्पना की जा सकती है। कर्ण की मृत्यु से धर्म

स्थापना का आनंद युधिष्ठिर को हुआ, इससे कर्ण का अस्तित्व सामाजिक दृष्टि से भी कितना भयावह था, सोचिए!

कर्ण गुणी न होता, गुंडा या लुटेरा होता, तो उसके लिए इतने पृष्ठ काले करने की हमें जरूरत नहीं थी। कर्ण, कुंती अर्थात् क्षत्रियकन्या का पुत्र सूतपुत्र के रूप में बड़ा होना उसकी बदनसीबी थी। फिर भी उसकी योग्याता इतनी उच्चस्तरीय थी कि कोई क्षत्रिय उसकी बराबरी नहीं कर सकता था। अर्जुन से स्पर्धा करने की उसकी ही योग्यता थी। युद्धशास्त्र में दोनों समान रूप से सक्षम थे। कर्ण सूर्योपासक, ध्येयमूर्ति, दानवीर, दयालु, अत्यंत पराक्रमी, सत्यप्रतिज्ञ, श्रेष्ठ रथी, महायोद्धा और अद्‌भुत विक्रमी जितना था, उतना ही नृशंस, शीघ्र और हठ क्रोधी, पापबुद्धि, हीन स्वार्थ से युक्त, गुरुद्रोही, क्रूर, दीर्घकाल तक शत्रुता निभानेवाला अधम व्यक्ति सिद्ध हुआ है। अत्यंत आत्मकेंद्रित और अहंकारी व्यक्ति जब असीम सामर्थ्यशाली हो जाते हैं, तब समाज का विध्वंस अपरिहार्य, अटल हो जाता है। गुणों की खान होने के बावजूद, उसके दोषों ने इन गुणों को मिट्टी में मिला दिया!

गुण और योग्यता से संपन्न कोई महान् पुरुष सिर्फ अपनी अहमन्यता के कारण अपने साथ असंख्य निरपराध व्यक्तियों, पर्याय से सारे समाज का कैसे विध्वंस कर सकता है, इसका निर्विवाद उदाहरण महाभारत का कर्ण है।

**'इति श्रीमहाभारते कर्ण व्यथा!'**

□□□